KB147058

셀레스틴 부인의 이혼

번역공방　권민정 서효진 안인선 오연용

셀레스틴 부인의 이혼

인쇄 · 2019년 2월 28일
발행 · 2019년 3월 5일

지은이 · 케이트 쇼팽
옮긴이 · 여국현
펴낸이 · 한봉숙
펴낸곳 · 푸른사상사

주간 · 맹문재 | 편집 · 지순이 | 교정 · 김수란
등록 · 1999년 7월 8일 제2-2876호
주소 · 경기도 파주시 회동길 337-16 푸른사상사
대표전화 · 031) 955-9111(2) | 팩시밀리 · 031) 955-9114
이메일 · prun21c@hanmail.net
홈페이지 · http://www.prun21c.com

ⓒ 여국현, 2019

ISBN 979-11-308-1412-4　03840
값 14,000원

이 도서의 전부 또는 일부 내용을 재사용하려면 사전에 저작권자와
푸른사상사의 서면에 의한 동의를 받아야 합니다.
이 도서의 국립중앙도서관 출판예정도서목록(CIP)은 서지정보유통지원시스템 홈페이
지(http://seoji.nl.go.kr)와 국가자료종합목록시스템(http://www.nl.go.kr/kolisnet)에서 이
용하실 수 있습니다. (CIP제어번호 : CIP2019006559)

케이트 쇼팽 단편집

셀레스틴 부인의 이혼

여국현 옮김

*Madame Célestin's Divorce_* Kate Chopin

푸른사상
PRUNSASANG

바이우 너머

라 폴*이 사는 오두막을 에워싸고 바이우**가 초승달 모양으로 굽이져 있었다. 강과 오두막 사이에 널찍하게 펼쳐진 버려진 들판으로 바이우에서 물이 넉넉히 흘러들면 방목된 소 떼가 그곳에서 풀을 뜯었다. 라 폴은 어딘지도 모를 곳으로 이어진 숲 사이에 마음속으로 가상의 경계선을 그려 놓고 그 너머로는 결코 발을 들이지 않았다. 그녀가 광적으로 집착하는 유일한 일이었다.

서른다섯이 넘은 큰 체격에 수척한 흑인인 그녀의 진짜 이름은 재클린이지만 농장 사람들은 모두 그녀를 '라 폴'이라 불렀다. 어린 시

---

* La Folle. 프랑스어로 '미친 여자'라는 뜻. ─옮긴이
** Bayou. 미국 남부의 독특한 지형으로, 넓고 평탄한 저지대에 물이 찬 늪 또는 유속이 극단적으로 느린 큰 강이다. 주로 멕시코만 연안, 특히 미시시피강 삼각주에 많으며, 텍사스주와 케이트 쇼팽 소설의 주 무대가 되는 남부 루이지애나주가 바이우 지형으로 유명하다. ─옮긴이

절에 몹시 놀라서 말 그대로 '정신이 나간' 뒤로 다시는 제정신을 찾지 못한 탓이다.

그날은 하루 종일 숲속에서 전투가 벌어지고 총격이 있던 날이었다. 저녁 무렵, 작은 주인님이 화약과 피로 범벅이 된 채 재클린의 어머니가 살던 오두막으로 비틀거리며 들어왔다. 추격자들이 그 뒤를 바짝 쫓아왔다. 그 끔찍한 광경이 어린 라 폴의 여린 마음에 큰 충격을 주었다.

그녀는 외딴 오두막에서 혼자 살았다. 근처 숙소에 거주하던 다른 모든 사람들은 그녀가 볼 수도 알 수도 없는 곳으로 떠났다. 웬만한 남자들보다 힘이 센 라 폴은 여느 훌륭한 농사꾼 못지않게 목화와 옥수수 밭을 일구고 담배도 재배했다. 그러나 바이우 너머 세상에 대해서는 아는 것이 전혀 없었다. 그저 끔찍한 상상 속에서 떠올릴 수 있는 게 전부였다.

늪지 건너 벨리시메 농장 사람들은 라 폴과 그녀가 살아가는 방식에 익숙해져서 전혀 개의치 않았다. '노마님'이 세상을 떴을 때, 라 폴이 바이우를 건너오지 않고 건너편에서 애처롭게 통곡했을 때도 마을 사람들은 놀라지 않았다.

이제 벨리시메 농장의 주인은 작은 주인님이었다. 중년의 사내인 그에게는 아리따운 두 딸과 한 명의 아들이 있었다. 라 폴은 그 막내 아들을 마치 자기 아들이라도 되는 것처럼 사랑했다. 그녀는 그 아이를 '셰리'*라 불렀고, 다른 사람들도 그녀를 따라 그렇게 불렀다.

* Chéri. '금지옥엽으로 길러진 아이', '귀염둥이'라는 뜻 — 옮긴이

라 폴에게 두 딸은 결코 셰리와 같은 존재는 아니었다. 아이들은 모두 라 폴 옆에서 '쩌~기 늦지 너머'*에서 늘 일어나는 놀라운 이야기를 듣고 싶어 했다. 하지만 두 딸은 셰리처럼 라 폴의 손을 만지거나, 편안하게 무릎을 베고 눕지 않았으며, 셰리가 늘 그러듯 라 폴의 품에 안겨 잠들지도 않았다. 셰리도 자기 총을 갖게 되어 우쭐대면서 검은 곱슬머리를 잘라 낸 이후로는 그런 어리광을 거의 부리지 않았다.

셰리가 라 폴에게 빨간 리본으로 묶은 검은 곱슬머리를 건네준 그 해 여름, 바이우의 수위가 낮아져 농장의 꼬마들까지 맨발로 바이우를 건널 수 있을 정도가 되자 소 떼는 강 하구 풀밭으로 옮겨 갔다. 라 폴은 말 없는 소 떼를 참 좋아해서 소 떼가 떠나자 마음이 아팠다. 들판에 있는 소 떼가 밤이면 집 울타리 근처까지 어슬렁거리며 오는 소리를 듣는 게 좋았다.

들판이 텅 빈 토요일 오후였다. 남자들은 주말 장을 보기 위해 이웃 마을로 몰려갔고 여자들은 집안일로 분주했다. 라 폴도 마찬가지였다. 약간의 옷가지를 손보고 빨래를 하고 집 청소도 하고 빵도 구웠다.

빵을 구울 때면 라 폴은 언제나 셰리 생각을 했다. 그날도 셰리가

---

* 등장인물들의 남부 언어를 그대로 살려 번역하는 일은 쉬운 일이 아님은 물론 불가능한 일이기도 할 것이다. 최대한 그 어감을 살리기 위해 원텍스트에서 크리올 언어나 흑인들의 말은 축약되거나 생략된 말의 특성을 감안하여 표준어보다는 발음을 변형시켜 표현하는 것이 적절하다고 판단하여 이렇게 표시한다. —옮긴이

가장 좋아하는 크로키뇰 쿠키*를 구웠다. 그 아이가 반짝이는 새 소총을 어깨에 메고 오래된 들판을 가로질러 오는 모습을 보고 라 폴은 한껏 기쁜 마음으로 "셰리! 셰리!" 하고 소리쳐 불렀다.

그러나 굳이 부를 필요도 없었다. 아이는 곧바로 그녀를 향해 걸어오고 있었다. 주머니마다 그날 아버지 집에서 저녁 식사로 나왔던 음식 가운데 챙겨 두었던 아몬드, 건포도, 오렌지가 불룩하게 들어 있었다.

셰리는 명랑한 얼굴을 한 열 살배기 아이였다. 아이가 주머니 속의 것을 다 털어 내놓자 라 폴은 통통하고 발그레한 아이의 볼을 어루만지고 지저분한 손을 앞치마로 닦아 준 뒤 머리를 부드럽게 쓰다듬었다. 그리고 잠시 뒤 손에 쿠키 조각을 든 아이가 오두막 뒤로 난 좁다란 목화밭을 가로질러 숲 속으로 사라지는 것을 바라보았다.

아이는 숲에서 총으로 사냥할 것들에 대해 으스대며 말했다.

"숲에는 사슴이 많겠지, 라 폴?" 아이는 능숙한 사냥꾼이나 되는 것처럼 물었다.

"아녀. 아녀!" 그녀는 웃으면서 말해 주었다. "셰리, 사슴 찾을 생각일랑 말어. 건 너무 커. 낼 저녁꺼리로 라 폴에게 통통한 다람쥐만 갖다 줘도 난 만족혀."

"다람쥐 한 마리로 누구 코에 붙여! 몇 마리 더 잡아 올게, 라 폴." 아이는 그렇게 큰소리치고 떠났다.

한 시간 뒤, 라 폴은 숲 언저리에서 나는 총소리를 들었다. 총소리

---

*   밀가루 · 계란 흰자위 · 설탕 등으로 만든 쿠키. ─옮긴이

에 이어 고통이 실린 날카로운 신음 소리가 들려오자 그녀의 가슴이 덜컥 내려앉았다.

그녀는 얼른 빨래통에서 손을 빼 앞치마에 문질러 닦고 떨리는 사지를 온 힘을 다해 추스르며 그 불길한 소리가 들려온 곳으로 서둘러 달려갔다.

우려했던 대로였다. 셰리는 땅에 널브러져 있고 총은 그 옆에 떨어져 있었다. 아이는 애처로운 소리로 울부짖었다.

"나 죽어, 라 폴. 나 죽어! 나 죽는다구!"

"아녀, 아녀!" 라 폴이 아이 옆에 무릎을 꿇으며 단호하게 소리쳤다. "팔로 라 폴 목 끌어안어. 셰리. 이건 암것도 아녀. 갠찮을 거여." 라 폴은 아이를 힘껏 들어 안았다.

셰리는 총구를 아래로 하고 걷다가 발을 헛디뎠다. 어찌된 영문인지도 몰랐다. 다만, 총알이 다리 어딘가에 박혔다는 사실만은 확실하게 느낄 수 있었다. 아이는 이제 죽음이 얼마 안 남았다고 생각했다. 머리를 그녀의 어깨에 기댄 채 겁에 질려 고통스럽게 울며 흐느끼고 있었다.

"아, 라 폴! 라 폴! 너무 아파! 못 견디겠어, 라 폴."

"울지 마, 내 애기, 내 애기, 내 귀염둥이!" 그녀는 들판을 성큼성큼 내달리며 아이를 달랬다. "라 폴이 널 봐 줄 거여. 봉필 의사가 와서 내 귀염둥이를 고쳐 줄 거여."

그렇게 정신없이 달린 라 폴은 버려진 들판에 도착했다. 소중한 아이를 안고 들판을 건너면서 라 폴은 불안한 듯 계속해서 이쪽저쪽을 살피고 또 살폈다. 끔찍하게 무서웠다. 바이우 건너편 세계에 대한 두려움이, 어린 시절부터 그녀를 짓눌러 왔던 병적이고 광적인 공포가 엄습해 왔다.

바이우 가장자리에 다다른 라 폴은 멈춰 서서 도와 달라는 고함을 치기 시작했다. 마치 생사가 걸린 일이기라도 한 것처럼.

"아, 작은 주인님! 작은 주인님! 이리 와 주세유! 도와주세유! 도와주세유!"

아무런 대답이 없었다. 셰리의 눈물이 그녀의 목을 뜨겁게 적셔 왔다. 라 폴은 그곳에 사는 모든 이들의 이름을 하나하나 불러 보았지만 여전히 아무런 대답도 없었다.

라 폴은 고함을 치며 울부짖었다. 하지만 사람들이 그녀의 목소리를 듣지 못했는지 아니면 들어도 주의를 기울이지 않았는지 아무리 미친 듯 소리를 질러 대도 아무런 대답이 없었다. 그러는 내내 셰리는 흐느껴 울면서 엄마가 있는 집으로 데려가 달라고 애원했다.

라 폴은 마지막으로 절망적인 눈길로 사방을 둘러봤다. 끔찍한 공포가 엄습했다. 라 폴은 아이를 가슴에 꼭 끌어안았다. 아이는 망치로 두드리듯 고동치는 그녀의 심장을 느낄 수 있었다. 곧 라 폴은 눈을 질끈 감은 채 별안간 바이우의 얕은 둑 아래로 내달리기 시작했다. 맞은편 가장자리에 이르러서야 그녀는 달리던 걸음을 멈췄다.

잠깐 사시나무처럼 떨며 서 있던 라 폴은 감았던 눈을 떴다. 그리고는 다시 나무들 사이에 난 길로 냅다 뛰기 시작했다.

라 폴은 더 이상 셰리에게 말을 걸지 않고 하염없이 혼잣말만 했다. "신이여, 부디 라 폴에게 자비를! 신이시여, 제게 자비를!"

라 폴은 본능적으로 나아가는 듯했다. 숲길이 또렷하게 보이는 평탄한 곳에 이르자 라 폴은 다시 눈을 질끈 감았다. 알 수 없는 두려운 세상을 보지 않으려는 듯.

갈대숲에서 놀던 아이가 마을 쪽으로 다가오는 그녀를 보고는 놀라 자빠지듯 소리를 질러 댔다.

"라 폴이다!" 온 힘을 다해 목청이 터져라 그 여자아이가 소리를 질러 댔다. "라 폴이 바이우를 건너왔다!"

그 외침은 이내 줄지어 늘어선 오두막집으로 전해졌다.

"저기 봐, 라 폴이 바이우를 건너왔대!"

어린아이, 영감, 노파, 팔에 아이를 안은 젊은 엄마들 할 것 없이 문간이며 창가로 몰려나와 이 놀라운 광경을 지켜보았다. 그들 대부분은 그 광경이 불러올 끔찍하고 두려운 미신을 떠올리며 몸서리를 쳤다. "그 여자가 셰리를 안고 있어!" 누군가 소리쳤다.

좀 더 대담한 몇몇은 라 폴 주변에 몰려들어서 그녀 뒤를 바짝 따라오다가 라 폴이 일그러진 표정으로 고개를 돌리면 또 무서운 마음에 잠깐 움찔했다. 라 폴의 눈은 핏발이 서고 검은 입가에는 흰 거품이 가득했다.

누군가 라 폴보다 앞서 가족, 손님들과 화랑에 앉아 있던 작은 주인님에게 달려갔다.

"작은 주인님! 라 폴이 바이우를 건너왔어요! 저기요! 저기 셰리를 안고 있어요!" 라 폴이 오는 것을 본 사람들이 보인 첫 반응은 이렇게 깜짝 놀라며 알려 주는 것이었다.

라 폴은 이제 거의 다 왔다. 그녀는 성큼성큼 걷고 있었다. 마치 기진맥진한 황소처럼 라 폴은 필사적으로 바로 앞만 바라보면서 거칠게 숨을 몰아쉬고 있었다.

그녀가 도저히 올라갈 수 없었던 계단 발치에서 라 폴은 아이를 아이 아빠의 팔에 건네주었다. 그러자 온통 핏빛 같았던 세계가 돌연 깜깜해졌다. 마치 화약과 피를 처음 보았던 바로 그날처럼.

라 폴은 잠깐 비틀거리더니 누군가 팔로 미처 붙들어 주기도 전에 둔탁하게 쓰러졌다.

라 폴이 의식을 다시 찾았을 때 그녀는 집에 와 있었다. 오두막 자기 침대에. 열린 문과 창문으로 들어온 달빛이 식탁 옆에서 향긋한 약초를 달이던 늙은 흑인 유모를 비추고 있었다. 한밤이었다.

집에 찾아와 그녀가 꼼짝도 못 한다는 사실을 알게 된 사람들은 이내 돌아갔다. 작은 주인님도 다녀갔다. 그와 함께 왔던 의사 봉필은 라 폴이 죽을 수도 있다고 말했다.

하지만 죽음은 그녀를 비켜갔다. 라 폴은 구석에서 약 달인 물을 내리고 있던 리제트에게 아주 또렷하고 기복 없는 목소리로 말을 걸었다.

"리제트 아줌마, 약 달인 물 한 모금만 주면, 잠을 푹 잘 수 있을 것 같아요."

그녀는 깊은 잠에 푹 빠졌다. 라 폴이 아무 탈 없이 곤하게 잠이 들자 리제트는 주저하지 않고 살그머니 자리를 빠져나와 달빛 비치는 들판을 가로질러 새 거주지에 있는 자기 오두막으로 돌아갔다.

라 폴은 어스름한 아침의 시원한 첫 기운을 받으며 잠이 깼다. 어제 같은 일만 아니면 그 어떤 폭풍우가 닥쳐와도 흔들리거나 겁먹지 않을 듯 차분해 보였다.

일요일이라는 것을 기억해 낸 라 폴은 푸른색 면으로 지은 새 옷을 찾아 입고 하얀 앞치마를 둘렀다. 진한 커피 한 잔을 내려 마음껏 음미하며 마신 뒤 오두막을 나와 익숙한 옛 들판을 가로질러 바이우 가장자리로 다시 걸어갔다.

예전에는 늘 거기서 걸음을 멈추었지만 이번에는 한결같은 걸음으로 성큼성큼 바이우를 건넜다. 마치 평생 그래 왔던 것처럼.

덤불숲과 맞은편 둑을 따라 쭉 늘어선 작은 미루나무들 사이를 가로질러 걸어가던 라 폴은 이윽고 하얗게 터져 넘실거리는 목화가 이슬을 머금은 채 이른 새벽 서리 맞은 은방울처럼 무수히 반짝이는 들판 가장자리에 이르렀다.

라 폴은 건너편 마을을 바라보며 깊은 한숨을 내쉬었다. 그녀는 마치 걷는 법을 잘 모르는 사람처럼 주변을 살피며 천천히 머뭇거리며 걸었다.

어제 라 폴을 좇아 소란스럽게 웅성대는 소리로 가득했던 오두막들이 지금은 조용했다. 벨리시메 농장에서 깨어나 움직이는 이는 아무도 없었다. 새들만이 덤불숲 여기저기서 날아오르며 아침 노래를 지저귀고 있었다.

널찍하게 펼쳐진 공단 같은 잔디밭에 에워싸인 집에 다다른 라 폴은 물기를 머금어 폭신폭신한 잔디 위를 천천히 기쁜 마음으로 걸어갔다. 걸을 때마다 발아래서 향긋한 느낌이 전해졌다.

그녀는 잠시 멈춰 이미 오래전에 잃었던 기억을 강렬하게 떠오르게 하는 그 향기가 어디서 오는지 찾아 두리번거렸다.

바로 거기, 풍성한 녹색 잔디밭 사이로 삐쭉 고개를 내민 무수한 푸른 빛깔의 제비꽃에서, 바로 거기, 그녀의 머리 위로 크고 풍성한 종 모양의 목련꽃에서, 그리고 주변에 가득한 재스민 꽃 덤불에서 나오는 향기였다.

셀 수도 없을 만큼 수많은 장미꽃이 피어 있고, 양 옆으로 야자나무의 넓은 잎들이 우아한 곡선을 이루며 늘어서 있었다. 모든 것이 반짝이며 빛나는 이슬에 매혹당한 것 같았다.

라 폴은 여러 계단을 천천히 조심스럽게 올라 베란다에 이르자 자신이 걸어 올라온 그 두려운 계단에서 뒤를 돌아보았다. 마을 어귀에 은빛 활처럼 굽이쳐 흐르는 강이 보였다. 그녀의 가슴이 벅찬 기쁨으로 환해졌다.

라 폴은 앞에 있는 문을 노크했다. 셰리의 엄마가 조심스럽게 문을 열었다. 그녀는 라 폴을 보고 당황한 기색을 재빨리 감췄다.

"아, 라 폴, 당신이군. 이렇게 일찍 웬 일로?"

"예, 마님, 내 가여븐 꼬마 귀염둥이가 어떤가 혀서, 아침이라."

"애는 한결 좋아졌어. 고마워. 라 폴. 봉필 선생님이 심각한 건 아니라고 하셨어. 지금 자고 있는데. 아이가 깨면 다시 오는 게 어때?"

"아녀유, 마님. 귀염둥이가 깰 때까지 여서 기대릴게요." 말을 마친 라 폴은 베란다로 이어진 계단 제일 위쪽에 앉았다.

바이우 너머 아름다운 새 세상 위로 떠오르는 태양을 처음 지켜보는 라 폴의 얼굴에 형언할 수 없는 놀라움과 충만한 만족감이 가득 피어올랐다.

마담 펠라지

1

전쟁이 터졌을 때만 해도 해안가 택지인 '행복한 해안'에는 붉은 벽돌로 지은 으리으리한 저택이 로마의 신전처럼 당당하게 서 있었다. 저택 주변은 위풍당당한 떡갈나무 숲이 에워싸고 있었다.

30년이 지난 뒤 그곳에는 그저 음산한 붉은 벽돌과 두꺼운 담벼락만 남은 채 무성하게 뒤엉킨 넝쿨들이 여기저기 빼곡하게 자라고 있었다. 거대한 원형 기둥들은 그대로였다. 홀과 현관 주랑의 석판도 어느 정도는 원형 그대로 남아 있었다. '행복한 해안' 어디를 둘러봐도 그렇게 장엄한 집은 없었다. 그걸 모르는 사람은 없었다. 필립 발메가 오래전 1840년에 그 집을 짓기 위해 6만 달러나 지불했다는 사실을 모두 알고 있었다. 발메의 딸인 펠라지가 살아 있는 한 어느 누구도 감히 그 사실을 잊을 수는 없었다. 펠라지는 쉰 살이 되었고 머리는 하얗게 세었지만 여왕처럼 기품이 넘쳤다. 결혼도 하지 않았지만 사람들은 그녀를 '마담 펠라지'라 불렀다. 여동생 폴린도 미혼이기는 마찬가지였다. 하지만 마담 펠라지의 눈에 폴린은 여전히 아이일 뿐이었다. 서른다섯 살이나 먹은 아이.

지금 자매는 황량한 폐허의 그늘이 거의 다 가릴 듯한 세 칸짜리 작은 오두막에서 둘만 살고 있다. 두 사람은 단 하나의 꿈－실은 마담 펠라지의 꿈－인 옛집을 다시 지을 목표를 위해 살았다.

그 꿈을 이루기 위해 두 여인이 보냈던 나날들! 둘은 지난 30년 동안 온갖 비용을 아껴 가며 꾸준히 푼돈들을 모아 왔지만 집을 짓는 데 필요한 돈에는 아직 반도 채 되지 않았다! 이런 이야기를 일일이 다 하려면 가슴이 미어질 정도였다. 그러나 마담 펠라지는 자기가 앞으로 20년은 더 살 것이고 동생은 그 후에도 그만큼은 더 살 것이라고 확신했다. 그러니 20년, 어쩌면 40년쯤 더 지나갈 세월 동안 무슨 일인들 안 일어나겠는가?

가끔 쾌청한 오후에 두 여인은 루이지애나의 푸른 하늘을 지붕 삼아 석판이 깔린 현관 주랑에 앉아 진한 커피를 마셨다. 두 사람은 조용히 그곳에 앉아 있는 것을 좋아했다. 그들과 어울리기라도 하려는 듯 힐끔거리는 반들반들한 도마뱀들을 옆에 두고 그렇게 둘이 앉아 옛 시절을 회상하고 새로운 계획을 세우기도 했다. 이따금 부드러운 미풍이 일면 올빼미가 둥지를 튼 기둥 사이 너덜너덜한 넝쿨들이 높이 흩날렸다.

마담 펠라지는 말하곤 했다. "예전과 똑같이 될 수는 없을 거야, 폴린. 살롱의 대리석 기둥들은 나무 기둥으로 바꿔야 할 테고, 크리스틸 촛대도 치워야 할지 몰라. 어때? 그래도 괜찮겠지, 폴린?"

"그럼요, 언니, 괜찮아요." 늘 그랬다. 가엾은 폴린 양은 언제나 그렇게 대답했다. "그래요, 언니." "아니, 언니." 아니면 "언니가 원하는 대로." 옛 시절의 화려함에 대해 그녀가 굳이 기억할 까닭이 뭐가 있겠는가? 여기저기 흐릿한 빛 같은 추억의 흔적뿐이었다. 별 탈 없이 지나던 어린 시절의 희미한 기억, 그리고 엄청난 폭발음. 그건 전쟁이 임박했음을 의미했다. 이어진 노예들의 폭동, 총격과 화재를 불러온 혼란. 그 혼란 속에서 펠라지는 튼튼한 팔로 동생을 안전하게 안아 지금껏 살고 있는 통나무 오두막으로 데려왔다. 남동생 레앙드르는 그 모든 사정에 대해 폴린보다는 더 잘 알고 있지만 펠라지 만큼은 아니었다. 그는 대농장을 관리하는 일은 물론 농장에 관한 모든 추억과 전통을 지키는 일까지 누나에게 맡긴 채 도시로 나가 살았다. 그것도 벌써 오래전 일이다. 이즈음 레앙드르는 일 때문에 자주 멀리 여행을 떠나게 되어 홀아버지 밑에서 자라는 그의 딸이 '행복한 해안'에 있는 고모 집에 와 함께 머물게 되었다.

두 사람은 황량한 현관에 앉아 커피를 홀짝이며 그 일에 대해 얘기했다. 폴린은 몹시 들떠 있었다. 창백하고 초조한 얼굴은 발갛게 상기된 채 깍지 낀 가녀린 손가락을 연신 꼼지락거렸다.

"꼬맹이와 뭘 하지? 어디서 재우지? 뭘 해야 그 아이가 좋아할까? 오, 주님!"

"우리 옆방 침대에서 자면 될 거야." 마담 펠라지가 말했다. "그냥 평소처럼 하면 돼. 그 애도 우리가 왜 이리 사는지 형편을 알 테니. 아빠가 말해 줬을 거야. 우리가 마음만 먹으면 쓸 만큼 쓰면서 살 수 있다는 건 그 애도 알 거야. 너무 걱정하지 마. 그저 우리 꼬맹이가 진정한 발메 가문의 일원이기를 바랄 수밖에."

말을 마친 마담 펠라지는 우아하고 침착한 자세로 일어나 말안장을 얹으러 나갔다. 매일 하던 대로 말을 타고 들판을 돌아보는 마지막 일정이 남아 있었다. 폴린은 뒤엉킨 풀들이 오두막 쪽으로 이어진 길을 따라 천천히 걸어갔다.

꼬맹이가 몰고 온 바깥세상의 낯설고 자극적인 분위기는 자신들만의 꿈을 위해 살아가던 두 사람에게 큰 충격을 주었다. 소녀의 키는 펠라지만 했고, 검은 눈동자에는 잔잔한 연못에 비치는 별빛 같은 기쁨을 머금고 있었다. 동그란 볼은 핑크빛 백일홍 같았다. 폴린은 조카딸에게 입맞춤하며 가볍게 몸을 떨었다. 펠라지는 무언가 찾으려는 듯한 시선으로 아이의 눈을 마주 보았다. 눈앞에 있는 모습 속에서 옛 모습의 비슷한 흔적을 찾기라도 하려는 듯.

그렇게 두 사람은 그들 사이에 조카딸을 위한 자리를 마련해 주었다.

2

꼬맹이는 고모 집에서 그녀가 겪게 될 것이라 짐작한, 낯설고 답답한 생활에 적응해 가겠다 마음먹었다. 시작은 순조로웠다. 큰고모를 따라 목화밭으로 나가 목화 꽃이 피고 하얗게 익어 가는 것을 지켜보기도 하고, 단단한 줄기에 열린 옥수수 열매를 세어 보기도 했다. 하지만 작은 고모 폴린을 따라 집안일을 돕고, 지나온 이야기를 드문드문 나누기도 하고, 이끼 낀 커다란 떡갈나무 아래 팔짱을 끼고 산책하는 일이 더 잦았다.

그해 여름, 폴린 양의 걸음걸이는 경쾌하고 두 눈은 새의 눈처럼 반짝였다. 그러나 꼬맹이가 그녀에게서 멀어질 때면 그 빛은 사라지고 불안한 예감만이 가득했다. 소녀는 그런 폴린에게 보답이라도 하듯 애정을 보이며 정겹게 고모라 불렀다. 하지만 시간이 지나면서 소녀는 말이 없어졌다. 불안했다기보다는 무언가 생각에 잠긴 듯 행동도 둔해졌다. 뺨의 핏기도 사라지더니 마침내 폐허에서 피어나는 흰 배롱나무의 갓털처럼 부옇게 변하고 말았다.

어느 날 고모들과 함께 배롱나무 그늘 아래 앉아 두 고모의 손을 잡고 소녀가 말했다. "펠라지 고모, 폴린 고모, 두 분께 드릴 말씀이 있어요." 나지막하게, 그러나 또렷하고 확고한 목소리로 소녀가 말했다. "제가 두 분을 사랑한다는 걸 기억해 주세요. 하지만 저는 그만 여길 떠나야겠어요. 더 이상 이곳에서 살 수 없어요."

폴린의 가냘픈 몸에 경련이 일었다. 소녀는 자신의 손과 깍지 낀 고모의 여윈 손가락이 움찔하는 것을 느꼈다. 마담 펠라지는 표정의 변화 없이 꼼짝 않고 있었다. 그러나 그녀의 마음속 깊은 곳에서는 어느 누구도 꿰뚫어 볼 수 없는 안도감이 피어났다. "무슨 소리니, 애야? 너를 우리한테 보낸 네 아빠는 우리와 함께 있기를 바라실 텐데."

"아빠는 저를 사랑해요, 펠라지 고모. 그러니 사정을 아시면 그러지 않으실 거예요. 아!" 불안한 몸짓을 보이며 소녀는 계속 말했다. "여기 있으니 꼭 묵직한 뭔가가 저를 짓누르는 것 같아요. 저는 다르게 살고 싶어요. 전에 살던 대로 살고 싶어요. 하루하루 세상에서 일어나는 일들을 알고, 사람들이 하는 말을 듣고 싶어요. 저만의 음악, 책, 친구들을 갖고 싶어요. 이렇게 궁핍하게 사는 것 말고 달리 방법이 없다면 이렇게 살 수도 있을 거예요. 이렇게 살아야만 한다면 어떻게든 해볼 수 있을 거라고 생각해요. 하지만 그러지 않아도 되잖아요. 펠라지 고모도 아시잖아요. 고모도 그럴 필요 없다는 걸. 그건 마치……." 한숨을 쉰 뒤 그녀가 덧붙였다. "저 자신에게 죄를 짓는 것 같아요. 아, 그런데 고모, 작은 고모가 왜 저러시는 거죠?"

별일 아니었다. 그저 약간 어지러울 뿐 곧 지나갈 일이었다. 폴린은 두 사람에게 신경 쓰지 말라고 했지만, 둘은 물을 떠오고 야자나무 잎으로 그녀의 땀을 식혀 주었다.

그날 밤 고즈넉한 방에서 폴린은 아무리 달래도 소용이 없을 만큼 하염없이 흐느끼고 있었다. 마담 펠라지가 그녀를 안아 주었다.

"폴린, 내 동생, 폴린, 네가 이러는 것을 본 적이 없구나. 이젠 나를 사랑하지 않는 거니? 우리 둘이 행복했잖아? 안 그래?"

"그렇고 말고요, 언니."

"그 애가 떠난다는 것 때문에 그러니?"

"그래요, 언니."

"너한테는 저 아이가 나보다 더 소중한가 보구나!" 마담 펠라지는 가슴 아린 분노를 느꼈다. "네가 태어나던 날 너를 따뜻하게 안아 주었던 나보다, 네게는 엄마고 아빠고 언니였고, 널 사랑하는 게 전부였던 나보다! 폴린, 나한테 어떻게 그런 말을 하니!"

폴린은 훌쩍이며 대답했다.

"언니, 어떻게 설명할 수가 없어요. 나도 이해할 수가 없어요. 언제나처럼 언니를 사랑해요. 하느님 다음으로. 그렇지만 그 아이가 떠나면 나는 살아갈 수 없을 거예요. 나도 모르겠어요, 언니, 날 도와줘요. 그 아인 내겐 마치 구세주 같아요. 내 손을 잡고 내가 가고 싶은 곳으로 나를 데려다 주는 아이예요."

마담 펠라지는 실내복을 입고 슬리퍼를 신은 채 침대 옆에 앉아 누워 있는 동생의 손을 잡고 부드러운 그녀의 갈색 머리를 쓰다듬었다. 그녀는 한마디도 하지 않았다. 그치지 않는 폴린의 흐느낌만이 방의 정적을 깨트렸다. 마담 펠라지가 일어나 불안해하며 조바심 내는 아이를 달래듯 오렌지 음료를 섞어 동생에게 건넸다. 한 시간은 족히 지나고 나서야 마담 펠라지가 다시 말을 건넸다.

"폴린, 이제 그만 울음을 그치고 자거라. 그러다 병나겠구나. 그 애는 안 떠날 거야. 내 말 듣고 있니? 알아들어? 약속하마. 그 애는 여기 있을 거야."

폴린은 그 말을 정확하게 이해하지는 못했지만 언니의 말을 믿고 언니의 약속과 부드럽게 꼭 잡아 주는 손길에 위안을 느끼면서 잠이 들었다.

3

마담 펠라지는 동생이 잠든 것을 확인하고 조용히 일어나 밖으로 나가 천정이 낮고 비좁은 현관 복도로 걸어갔다. 그녀는 잠시도 머뭇거리지 않고 성급하고 초조한 걸음으로 오두막과 저택의 폐허 사이 길을 가로질러 갔다.

칠흑같이 깜깜한 밤은 아니었다. 밤하늘엔 구름 한 점 없고 달빛은 환했다. 밝거나 어둡거나 그게 무슨 차이가 있었겠는가. 그녀가 온 농장 사람들이 모두 잠든 밤에 폐허가 된 저택으로 살그머니 나온 게 처음은 아니었다. 그러나 이번엔 달랐다. 이토록 가슴 아프게 이곳을 찾게 되다니! 오늘 밤이 이곳에서 자신의 꿈을 그려 보는 마지막 밤이 될 것이다. 그녀는 이제껏 숱한 날들을 자신과 함께해 왔던 그 꿈을 확인하고 이제 그 꿈에 작별을 고할 참이었다.

폐허에서 그려 본 환영 속의 현관에서 맨 처음 그녀를 맞아 준 사람은 늦게 귀가한 그녀를 꾸짖는 백발의 건장한 노인이었다. 대접해야 할 손님들이 있다. 그녀가 깜빡했나? 먼 도시와 가까운 농장에서 온 손님들. 그래, 그녀는 자신이 늦었다는 걸 안다. 펠릭스와 밖에 나가 있다 보니 시간이 얼마나 빨리 갔는지 몰랐다. 펠릭스도 거기 있다. 그가 모든 것을 잘 설명해 줄 것이다. 펠릭스는 그녀 옆에 있다. 하지만 펠라지는 펠릭스가 아빠에게 하려는 말을 듣고 싶지 않다.

마담 펠라지는 이제 폴린과 함께 자주 앉아 있곤 하던 벤치에 앉았다. 고개를 돌려 옆으로 휑하게 쩍 벌어진 창틈을 뚫어지게 바라보았다. 폐허의 안쪽이 불타는 듯 빛난다. 달빛 때문이 아니다. 달빛은 다른 빛에 대면 오히려 희미하다. 크리스털로 만든 나뭇가지 모양의 촛대에서 나는 광채! 흑인 노예들이 조용히 공손하게 움직이며 차례차례 밝혀 놓은 그 촛대의 빛! 윤기 나게 닦은 대리석 기둥에 반사되며 반짝이는 그 찬란한 빛!

방은 손님으로 가득했다. 기둥에 기대고 서 있다가 라핌 씨가 뭐라고 하자 두툼한 어깨를 들썩이며 웃는 뤼시앵 상티엔 노인, 그의 아들 줄. 그래, 펠라지와 결혼하고 싶어 하는 그 줄. 그녀는 웃는다. 펠릭스가 벌써 아빠에게 말했을까? 소파에서 레앙드르와 체커 게임을 하고 있는 어린 제롬 라핌. 그들에게 투정을 부리며 게임을 방해하는 폴린. 그런 폴린을 꾸짖는 레앙드르. 결국 울음을 터뜨리고 마는 폴린. 근처에 있다가 느릿느릿 방을 가로질러 폴린을 데려가려고 오는 흑인 유모 클레멘타인. 어린 폴린은 얼마나 유난스러울 정도로 예민한지! 그래도 한두 해 전보다는 훨씬 더 뽀르르 돌아다니며 제 몸을 가눌 줄도 아는 폴린. 그래, 한두 해 전만 해도 폴린은 석판이 깔린 바닥에 넘어져 이마에 큰 혹이 생겼었다. 그 일 때문에 마음이 아픈 것은 물론 무척 화가 났던 펠라지는 양탄자와 들소 가죽 덮개를 가져와서 바닥에 두텁게 깔도록 했다, 어린 폴린이 더 안전하게 다닐 수 있도록.

"폴린을 다치게 하면 안 돼." 마담 펠라지가 고함을 치고 있었다, "폴린을 다치게 하면."

홀을 지나 흰 백일홍이 피어 있는 커다란 식당 쪽을 다시 바라보는 펠라지. 하! 박쥐는 얼마나 낮게 빙빙 돌았던가! 마담 펠라지의 가슴에 툭 하고 부딪히기까지 했지만 그녀는 느끼지도 못했다. 이제 펠라지는 그곳을 지나 아버지가 친구들과 어울려 앉아 포도주를 마시는 식당에 있다. 늘 그렇듯 그들은 정치 이야기에 빠져 있다. 따분하기도! 그들이 자주 '전쟁'이라고 말하는 걸 들었다. 전쟁이라. 흠! 그녀와 펠릭스 두 사람에게는 떡갈나무 아래나 협죽도 그늘 뒤쪽에서 나눌 더 재미있는 이야깃거리가 있다.

하지만 그들 말이 맞았다! 섬터로 발사된 대포 소리가 남부 주들을 가로지르면서 그 메아리가 '행복한 해안' 전체에 들려온다.

그래도 펠라지는 믿지 않는다. 리케누스가 맨살이 드러난 검은 두 팔을 허리춤에 올리고 그녀 앞에 서서 악독한 욕설과 파렴치한 말들을 퍼부을 때야 비로소 실감한다. 펠라지는 그녀를 죽이고 싶다. 그래도 그녀는 진심으로 믿지는 않을 것이다. 하지만 펠릭스가 능소화 넝쿨이 늘어져 있던 식당을 지나 그녀 방으로 와 작별 인사를 고할 때는 믿지 않을 수 없었다. 펠릭스가 입고 있던 회색의 새 군복에 달린 커다란 황동 단추가 그녀의 부드러운 가슴을 지그시 눌러오던 그 느낌을 그녀는 결코 잊을 수 없다. 그녀는 소파에 앉아 있고 펠릭스가 그 곁에 있다. 두 사람 모두 가슴이 아파 아무 말도 하지 못했다. 그 방은 변하지 말았어야 했다. 소파조차도 예전 그 자리에 그대로 있어야만 했다. 마담 펠라지는 지난 30년 동안 줄곧 언젠가 때가 되면 자신이 그 소파에 누워 죽으리라 마음먹고 있었다.

하지만 적이 바로 문 앞에 있는데 울고 있을 시간은 없다. 문은 적을 막을 수 있는 장벽이 아니었다. 적들은 소란을 피우면서 홀을 지나다니며 포도주를 마시고 크리스털과 유리로 된 물건들을 깨트리고 초상화를 찢어발기고 있다.

그중 한 녀석이 펠라지 앞에 오더니 집을 떠나라고 말한다. 그녀는 녀석의 뺨을 후려갈긴다. 그놈의 하얀 뺨 위에 붉은 핏자국처럼 뚜렷한 그녀의 손자국!

꼼짝 않고 서 있는 그녀 위로 퍼붓는 굉음 같은 총소리와 불길. 펠라지는 루이지애나의 딸인 자신이 정복자들 앞에서 얼마나 당당하게 생을 마감할 수 있는 지를 똑똑히 보여 주고 싶다. 하지만 어린 폴린이 극도의 공포에 어쩔 줄 몰라 두려워하며 그녀의 무릎을 꼭 붙들고 있다. 어린 폴린은 구해야만 한다.

"폴린을 다치게 하면 안 돼." 펠라지는 다시 크게 소리치고 있었다. "폴린을 다치게 하면."

밤이 거의 지나갔다. 마담 펠라지는 앉아 있던 벤치에서 미끄러져 석판 깔린 길 위에 몇 시간이고 엎드린 채 꼼짝도 하지 않았다. 천천히 걸음을 다시 옮길 때, 그녀는 마치 꿈속을 걷는 것 같았다. 크고 장엄한 기둥들을 지날 때마다 그녀는 차례차례 팔을 뻗어 아무런 느낌도 없는 그 벽돌을 만져 보기도 하고 뺨을 지그시 대고 입맞춤을 하기도 했다.

"안녕, 안녕!" 마담 펠라지는 나지막하게 속삭였다.

그녀가 익숙한 길을 따라 오두막으로 돌아올 때 달빛은 더 이상 비추지 않았다. 동쪽 하늘에는 낮게 뜬 환한 샛별이 빛나고, 폐허 위를 날아다니던 박쥐들도 날개를 접었다. 오디나무 고목 숲에서 몇 시간째 지저귀던 흉내지빠귀도 잠이 들었다. 동트기 전의 깜깜한 시간이 온 대지를 감싸고 있었다. 마담 펠라지는 축축하게 젖어 뒤엉킨 풀들과 얼굴을 스치는 두터운 이끼를 헤치면서 폴린이 있는 오두막 쪽으로 바쁜 걸음을 옮겼다. 그녀는 거대한 괴물처럼 웅크리고 있는 저택의 폐허, 칠흑 같은 어둠 속에서 까만 점처럼 서 있는 그쪽을 단 한 번도 돌아보지 않았다.

4

1년 조금 더 지난 뒤 유서 깊은 발메 가문의 저택이 겪은 변모의 과정은 '행복한 해안' 일대에서는 놀라운 이야깃거리였다. 옛 폐허의 흔적을 찾아 기웃거린 이가 있었다면 허탕을 쳤을 것이다. 저택의 폐허도 그 옆의 통나무집도 더 이상 없었다. 햇빛이 비추고 바람이 스쳐 지나는 공터에는 그 지역의 숲에서 난 나무로 지은 보기 좋은 건물이 탄탄한 기반 위에 서 있었다.

쾌적한 회랑의 한쪽 모퉁이에서 레앙드르가 담배를 피우며 앉아 오후에 이곳을 찾은 이웃들과 잡담을 나누고 있었다. 그곳은 그에게는 그저 잠시 머무는 거처였으며, 그의 누이들과 딸이 사는 곳이었다. 나무 아래서 젊은이들의 웃음소리가 들려왔고, 집 안에서는 꼬맹이가 피아노를 연주하고 있었다. 꼬맹이는 어린 예술가다운 열정으로 옆에서 황홀하게 듣고 있는 폴린 고모를 위해 더할 나위 없이 아름다운 피아노곡을 연주했다. 발메 가의 재건이 폴린에게는 깊은 영향을 미쳤다. 그녀의 뺨은 마치 꼬맹이처럼 발갛게 상기되었다. 그녀에게서 세월의 흔적이 사라져 가고 있었다. 마담 펠라지는 동생 레앙드르와 그의 친구들과 이야기를 나누던 중이었다. 그러다 몸을 돌려 걸어 나오더니 잠깐 멈춰 꼬맹이가 연주하는 음악을 들었다. 아주 잠깐이었다. 그녀는 곧 베란다 모퉁이를 돌아 혼자가 되었다. 그곳에 홀로 가만히 난간을 잡고 서서 멀리 들판 너머를 조용히 바라보았다.

그녀는 검은 옷을 입고 늘 걸치는 하얀 스카프를 가슴 위로 두르고 있었다. 윤기 나는 풍성한 그녀의 머리카락이 이마 위로 은빛 왕관처럼 솟아 있었다. 깊고 짙은 눈동자에는 결코 다시는 타오르지 않을 것 같은 불빛이 이글거렸다. 그녀는 몹시 늙었다. 그녀가 자신의 환영에 작별을 고했던 그 밤 이후 불과 몇 달이 지났을 뿐이었지만 마치 몇 년의 세월이 흘러 버린 것 같았다.

가엾은 펠라지! 다른 도리가 있었겠는가! 젊고 유쾌한 존재가 뿜어내는 압박에 밀려 빛 속으로 걸어 들어가기는 했지만 그녀의 영혼은 늘 그 폐허의 그늘에 머물러 있었으니!

데지레의 아기

　날이 화창해지자 발몽드 부인은 데지레와 아기를 보러 마차를 몰아 레브리로 갔다.

　아기를 안고 있는 데지레 생각을 하자 웃음이 났다. 그래, 데지레가 아기였던 때가 불과 엊그제 같은데 말이야. 발몽드 씨가 마차를 타고 집 정문으로 들어오다가 커다란 돌기둥 그늘 아래 잠들어 있는 데지레를 발견했다.

　어린것이 발몽드 씨의 팔에 안겨 '아빠'를 찾으며 울음을 터뜨렸다. 그 자그만 아이가 할 수 있는 건 그게 다였다. 아이가 저 혼자 길을 잃고 헤매다 그곳까지 왔을 것이라 생각하는 이들도 있었다. 당시 데지레는 아장아장 걸을 수 있을 정도의 나이이기는 했다. 그러나 대부분의 사람들은 그날 느지막이 마차를 타고 농장 바로 아래 코튼 메이 선착장을 지나간 텍사스 사람들이 일부러 버리고 간 것이라고 믿었다. 발몽드 부인은 다른 생각은 하지 않고 자신에게 아이가 없는 것을 가엾게 여긴 자비로운 신이 사랑으로 보살펴라고 데지레를 보내 주신 것이라 철석같이 믿었다. 아이는 자라 예쁘고 상냥하며 다정하고 진실한 숙녀이자 발몽드 부부가 더없이 애지중지하는 딸이 되었다.

어느 날 데지레는 18년 전 잠이 든 자신에게 그늘을 드리웠던 그 돌기둥에 기대 서 있었다. 마침 말을 타고 그곳을 지나던 아르망 오비니가 그녀를 보고 사랑에 빠져 버린 것은 당연한 일이었다. 오비니 가문의 사내들은 다 그렇게 사랑에 빠졌다. 마치 총 맞은 것처럼 한눈에. 사실 진짜 놀랄 만한 일은 오비니가 어떻게 그전에 데지레와 사랑에 빠지지 않았냐 하는 것이다. 어머니가 세상을 떠났던 여덟 살 되던 해에 아버지가 파리에서 그를 데려온 뒤로 아르망은 줄곧 데지레를 알고 있었다. 어쨌건 바로 그날 문 앞에 서 있는 데지레를 본 순간, 그의 마음속에 불붙은 열정은 마치 모든 것을 휩쓸고 지나가는 눈사태처럼, 초원에 번져 가는 불길처럼, 혹은 어떤 장애물이라도 물불 안 가리고 막무가내 달려드는 그 무엇처럼 걷잡을 수 없이 휘몰아쳤다.

발몽드 씨는 현실적인 입장에서 모든 점들을 찬찬히 생각해 보기를 원했다. 이를 테면 데지레의 알 수 없는 근본 같은 것 말이다. 그러나 아르망은 그녀의 눈동자를 찬찬히 살펴보고는 전혀 신경 쓰지 않았다. 그녀의 원래 이름을 알 수 없다는 것도 생각해 봤다. 하지만 자신과 결혼만 하면 루이지애나에서 가장 유서 깊고 긍지 높은 가문의 이름을 갖게 될 터인데 이름 따위가 무슨 문제가 된단 말인가? 아르망은 결혼식에 쓸 꽃바구니를 파리에 주문해 놓고 참을성 있게 기다리다가 꽃바구니가 도착하자 곧 결혼식을 올렸다.

발몽드 부인이 딸 데지레와 아기를 못 본 지도 4주가 지났다. 부인은 레브리에 도착해서 집을 보자마자 몸에 전율이 일었다. 늘 그랬다. 레브리 저택은 슬픔이 가득 담긴 곳이었다. 여러 해 동안 안주인의 부드러운 손길이 닿은 흔적이 없었다. 아르망의 아버지는 프랑스에서 아내와 결혼했고 그곳에서 아내를 잃었다. 그의 아내는 조국인 프랑스를 너무도 사랑한 나머지 프랑스를 떠나려 하지 않았다. 레브리 저택의 지붕은 검고 가파른 고깔 모양으로, 누렇게 회칠한 집을 사방으로 둘러싼 회랑까지 덮을 만큼 내리뻗어 있었다.

커다랗고 장엄한 떡갈나무가 집 가까이 자라서 잎이 울창하게 덮인 긴 가지들이 마치 관을 덮는 천처럼 저택에 그늘을 드리우고 있었다. 집 주인인 아르망 오비니의 규율은 몹시 엄해서 흑인 노예들은 즐거워하는 법조차 잊고 살았다. 아르망의 아버지는 편안하고 관대한 분이었던 터라 그분이 살아 계셨을 때는 그렇지 않았다.

젊은 아기 엄마 데지레는 천천히 기운을 회복하는 중이었다. 레이스 달린 희고 부드러운 모슬린 속옷을 입고 침상에 누워 있었다. 애기는 엄마 품에 안겨 잠들어 있었다. 흑백 혼혈의 누르스름한 살결을 한 유모가 창 옆에서 부채질을 하고 있었다.

발몽드 부인은 뚱뚱한 몸을 숙여 데지레에게 입맞춤을 한 다음 잠깐 동안 부드럽게 안아 주었다. 그리고는 아기에게로 눈길을 돌렸다.

"꼭 다른 아기 같구나!" 그녀의 목소리에 놀란 기색이 역력했다. 그때만 해도 발몽드 식구들은 프랑스어를 사용했다.

"엄마가 놀라실 줄 알았어요." 데지레가 웃으며 말했다. "얼마나 쑥쑥 크는지 몰라요. 우리 아기 돼지! 다리 좀 봐요, 엄마. 손도, 손톱도요. 어른 손톱 같다니까요. 오늘 아침에도 잔드린이 깎아 줘야만 했다니까요. 그렇지, 잔드린?"

유모가 터번 두른 머리를 우아하게 숙이며 답했다. "그랬지요, 마님."

"울음소리는 또 어떻게요." 데지레의 말이 이어졌다. "귀가 다 얼얼할 정도예요. 아르망이 저 멀리 블랑시네 오두막에서도 들었을 정도라니까요."

발몽드 부인은 아기에게서 눈을 떼지 못했다. 아기를 안아 올려 가장 환한 창 쪽으로 걸어갔다. 그곳에서 아기를 꼼꼼하게 살펴보더니 마치 무엇인가를 확인이라도 하듯 옆에 있는 잔드린을 바라보았다. 잔드린은 고개를 돌려 건너편 들판을 바라보았다.

"그렇구나. 아기가 자라면서 많이도 변했구나." 발몽드 부인의 말투는 느릿느릿했다. 아기를 엄마에게 건네며 물었다. "애 아빠는 뭐라던?"

데지레의 얼굴이 온통 행복한 기운으로 붉게 상기되었다.

"아, 아르망이야말로 이 근방에서 가장 뿌듯한 아빠인 것 같아요. 저 아이가 가문을 이을 수 있는 사내아이라서요. 물론 자기 입으로 그렇게 말하진 않지만. 그이는 계집아이라도 똑같이 좋아했을 거라고 했어요. 하지만, 그건 본심이 아니에요. 그냥 저 좋으라고 그리 말하는 거 알아요. 게다가 엄마." 데지레는 발몽드 부인의 얼굴을 끌어당기며 나지막하게 속삭였다. "얘가 태어난 뒤로 남편은 노예들을 벌하지 않았어요, 단 한 명도. 심지어 네그릴론이 일 안 나가려고 발을 덴 척했을 때도 그냥 웃어넘기면서 '그놈 참 능청스런 놈이야' 한마디 하고 말더라고요. 엄마, 난 너무 행복해요. 너무 행복해서 겁이 날 정도예요."

데지레의 말은 맞았다. 결혼하고 아들이 태어난 다음 위압적이고 까탈스러운 아르망의 성격이 많이 누그러졌다. 온순한 데지레가 그토록 기뻐한 것은 그 때문이었다. 사실 데지레는 남편을 끔찍이도 사랑하고 있었다. 아르망이 얼굴을 찌푸리면 그녀는 두려움에 떨었지만, 그래도 남편을 사랑했다. 남편이 미소를 지을 때면 그 이상 신의 어떤 축복도 바라지 않을 정도였다. 그러나 다행스럽게도 데지레와 사랑에 빠진 후 아르망은 잘생긴 까무잡잡한 얼굴을 흉하게 찌푸리는 일은 많지 않았다.

아기가 태어난 지 석 달쯤 되었을 때, 잠에서 깬 데지레는 그동안 자신이 누려온 평화를 위협하는 일이 벌어지고 있다는 확신이 들었다. 처음에는 무엇인지 알 수 없는 미묘한, 그저 불안한 암시 정도였다. 흑인들 사이에 풍기는 알 수 없는 분위기, 왜 왔는지 이유를 알 수도 없는 먼 이웃들의 예상치 못한 방문, 그리고 낯설고도 두려운 남편의 태도 변화. 그녀는 남편에게 왜 그러는지 물어볼 엄두조차 감히 낼 수 없었다. 데지레에게 말을 할 때면 시선을 피했는데, 그 시선에서 예전에 보이던 사랑의 빛은 완전히 사라진 것 같았다. 그는 집을 자주 비웠고, 집에 있을 때는 아무런 말도 없이 그녀나 아기와 함께 있는 자리를 피했다. 노예들을 다루는 태도는 갑자기 악령에 사로잡히기라도 한 듯 무자비해졌다. 데지레는 비참한 마음에 죽고 싶은 생각이 들 정도였다.

햇살 뜨거운 어느 오후, 데지레는 가운을 걸친 채 자기 방에 멍하게 앉아 어깨까지 드리운 비단같이 고운 긴 머리카락을 손으로 쓸어넘기고 있었다. 맨살이 훤히 드러난 아기는 공단 천이 반쯤 드리워진 호사스러운 왕좌 같은 커다란 마호가니 침대에 잠들어 있었다. 라 블랑시의 어린 혼혈아들 중 하나가 마찬가지로 맨살을 드러낸 채 옆에 서서 공작 깃털로 만든 부채를 부치고 있었다. 데지레는 슬픈 표정으로 멍하게 아기를 하염없이 바라보면서 한편으로는 자신에게 다가오고 있는 모호한 위협의 정체를 파악하려고 애쓰고 있었다. 데지레는 아기를 보다가 옆에 있는 소년을 보다가 또 아기에게 시선을 돌렸다. 몇 번이고 그 일을 되풀이했다. "아!" 그녀의 입에서 자신도 미처 의식하지 못한 비명이 터져 나왔다. 온몸의 피가 얼어붙는 것 같더니 축축한 식은땀이 얼굴에 맺혔다.

옆에 있는 혼혈 아이에게 뭔가 말을 하려고 해 보았지만 당장은 아무 말도 할 수 없었다. 한참 뒤 아이가 자기를 부르는 소리를 듣고 고개를 들었을 때 안주인 데지레는 문 쪽을 가리키고 있었다. 아이는 크고 부드러운 부채를 내려놓고 까치발을 한 채 윤기 나는 바닥을 가로질러 조용히 방을 나갔다.

데지레는 여전히 아기를 응시한 채 꼼짝도 하지 않고 있었다. 얼굴에 끔찍한 공포가 서려 있었다.

곧 남편이 들어오더니 그녀를 본 체 만 체 탁자로 가서는 펼쳐진 서류를 뒤적이기 시작했다.

"여보." 데지레가 남편을 불렀다. 그녀의 목소리는 남편의 가슴이라도 파고들 듯 날이 서 있었다. 그가 인간적 감정을 지녔다면 느끼고도 남았을 것이었다. 하지만 아르망은 알은체하지 않았다.

"여보." 그녀가 다시 남편을 부르고는 일어나 남편에게 다가갔다. "여보." 데지레가 남편의 팔을 잡고 다시 한 번 거칠게 몰아붙였다. "우리 애기를 봐요. 왜 저렇지요? 말씀 좀 해 보세요."

아르망은 냉정한 태도로 가만히 데지레의 손을 풀어내면서 팔을 뿌리쳤다. "왜 저런 거냐구요!" 그녀가 필사적으로 소리쳤다.

"그건 저 애가 백인이 아니기 때문인 거지. 그건 곧 당신이 백인이 아니라는 것이고." 남편이 태연하게 대답했다.

그 같은 비난이 무엇을 의미하는지를 금방 알아챈 그녀가 평소와는 달리 용기를 내어 반박하기 시작했다. "거짓말이에요. 그건 사실이 아니라구요. 나는 백인이에요. 내 머릿결을 봐요. 갈색이잖아요. 내 회색 눈은 어떻고요. 여보, 당신도 알잖아요, 내 눈이 회색이라는 건. 게다가 내 살결도 이렇게 하얗잖아요." 데지레가 남편의 손목을 움켜잡으며 말했다. "내 손을 봐요. 당신 손보다 더 하얗잖아요, 여보." 데지레는 미친 듯이 웃음을 터뜨렸다.

"그렇지, 블랑시의 손처럼 하얗지." 남편은 냉정하게 맞받아치고 데지레와 아기만 남겨 둔 채 방을 나갔다.

가까스로 펜을 잡을 수 있을 정도로 정신을 추스린 데지레는 엄마인 발몽드 부인에게 절망적인 호소를 담은 편지를 썼다.

"엄마, 사람들이 저더러 백인이 아니래요. 아르망도 제가 백인이 아니래요. 제발 사실이 아니라고 말씀해 주세요. 엄마는 틀림없이 아시잖아요, 사실이 아니라는 것을. 죽을 것만 같아요. 못살겠어요.

이렇게 불행하게 살아갈 수는 없어요."

엄마의 답장은 간결했다.

"내 딸 데지레야, 집으로 오너라. 너를 사랑하는 엄마에게 오너라. 아기도 데리고."

편지가 도착하자 데지레는 곧장 남편의 서재로 가서 남편이 앉아 있는 책상 위에 편지를 펼쳐 놓았다. 데지레는 마치 석상 같았다. 그 녀는 말 한마디 없이 하얗게 질린 채 꼼짝도 하지 않고 서 있었다.

아르망은 냉정한 시선으로 편지를 훑어볼 뿐 한마디 말도 없었다.

데지레가 불안하고 괴로운 심정으로 날카롭게 다시 물었다.

"제가 떠날까요, 여보?"

"그래, 떠나."

"제가 떠나길 정말 원하세요?"

"그래, 당신이 떠났으면 좋겠어."

아르망은 전능한 신이 자신에게 잔인하고 부당한 처사를 보였다 고 생각했다. 자신이 지금 이렇게 아내의 영혼에 비수를 꽂는 것은 그런 신에게 앙갚음하는 것일 뿐이었다. 게다가 이제 자신은 더 이 상 데지레를 사랑하지 않았다. 비록 그녀가 몰랐다 하더라도 아르망 자신과 가문에 가한 치욕이 드러난 지금 그녀를 사랑한다는 건 불가 능한 일이었다.

엄청난 충격을 받은 데지레는 망연자실 천천히 문으로 걸어갔다. 그래도 남편이 자신을 불러 주리라는 기대를 품은 채.

"잘 있어요, 아르망." 그녀는 신음처럼 작별 인사를 내뱉었다.

아무런 답이 없었다. 남편의 침묵은 그녀의 운명을 가른 마지막

일격이었다.

데지레는 아기를 찾았다. 잔드린이 아기를 안고 어둑한 복도를 걸어오고 있었다. 데지레는 한 마디 말도 없이 유모에게서 아기를 받아 안고 계단을 내려와 떡갈나무 아래로 사라졌다.

10월 오후였다. 해가 막 지려는 참이었다. 고즈넉한 들판에서는 흑인들이 목화를 따고 있었다.

데지레는 입고 있던 얇은 흰 옷과 슬리퍼만 신은 채 그대로 나갔다. 아무것도 두르지 않은 데지레의 갈색 머리에 비친 햇살이 황금빛으로 반짝였다. 데지레가 향한 곳은 멀리 떨어진 발몽드 농장 쪽으로 나 있는 널찍하게 잘 다져진 길이 아니었다. 그녀는 황량한 들판으로 걸어갔다. 여기저기 그루터기들이 슬리퍼만 신은 그녀의 부드러운 발을 할퀴고 얇은 가운을 갈기갈기 찢어 놓았다.

깊고 질척한 늪지대의 둑을 따라 울창하게 자라는 갈대숲과 버드나무 사이로 데지레는 사라졌다. 그리고 다시는 돌아오지 않았다.

몇 주가 지나 레브리 농장에서는 흥미로운 광경이 펼쳐졌다. 깨끗하게 비질된 마당 한가운데 큰 불이 타오르고, 아르망 오비니는 모든 광경을 다 볼 수 있는 널찍한 복도에 앉아 있었다. 아르망이 대여섯쯤 되는 흑인들에게 그 불을 계속 지피게 했다.

온갖 우아한 장신구가 달린 갈대로 엮은 예쁜 요람이 장작 더미 위에 얹혀 있었다. 이미 많은 값비싼 아기 용품들이 불쏘시개로 쓰인 뒤였다. 비단 가운, 벨벳과 공단 옷, 레이스 달린 수놓은 옷들, 모자, 장갑, 그리고 귀한 꽃바구니까지.

마지막으로 불태워질 것은 작은 편지 꾸러미였다. 두 사람이 결혼하기 전 약혼 시절에 데지레가 아르망에게 보낸 작고 청순한 필체의 편지들. 서랍 뒤쪽에서 꺼낸 마지막 편지 한 장도 그 가운데 있었다. 그것은 데지레가 보낸 편지가 아니었다. 아르망의 어머니가 아버지에게 보낸 옛 편지의 일부였다. 아르망이 그 편지를 읽었다. 그녀는 남편의 축복 같은 사랑에 대해 신에게 감사를 드리고 있었다.

"무엇보다도," 그녀의 편지는 이어졌다. "밤낮으로 저는 신께 감사드리고 있답니다. 사랑하는 우리 아르망이 제 어미가 누구인지 알 수 없도록 우리의 삶을 잘 안배해 주신 것에 대해서 말이지요. 제 어미가 노예라는 낙인이 찍힌 저주받은 종족이라는 사실을 모르게 말입니다."

정숙한 여인

바로다 부인은 남편이 친구인 거버네일에게 농장에 와서 한두 주 보내라고 요청했다는 사실을 알고는 조금 짜증이 났다.

부부는 겨울 동안 분주하게 손님을 치러야 했다. 뉴올리언스에서는 이런저런 사소한 일들 때문에 시간을 많이 허비하기도 했다. 그녀는 이제야 비로소 남편과 온전한 휴식을 보내면서 둘만의 내밀한 시간을 갖기를 기대하고 있던 참이었다. 그런데 거버네일이 한두 주 머물려고 오고 있다는 소식을 남편이 전해 온 것이다.

거버네일에 관한 이야기는 많이 들었지만 한 번도 본 적은 없었다. 남편의 대학 동창이고 기자이긴 하지만 사교계 인사, 혹은 '사교계의 멋쟁이'는 전혀 아니었다. 그녀가 그 사람을 한 번도 만나지 못한 것도 어쩌면 그 때문이었다. 그녀는 자기도 모르게 그 사람의 모습을 마음속에 그려 본 적은 있었다. 호리호리한 큰 키, 냉소적인 태도, 안경을 쓰고 손은 주머니에 쑤셔 넣고 있는 모습이 떠올랐다. 그녀는 그런 그가 마음에 들지 않았다. 하지만 실제 나타난 거버네일은 호리호리하다 할 만했지만 그리 큰 키는 아니었고 지나치게 냉소적이지도 않았다. 안경도 쓰지 않았고 손을 주머니에 쑤셔 넣고 있지도 않았다. 그래서 처음 그의 모습을 보았을 때 부인은 그가 다소 마음에 들었다.

하지만 자신이 왜 그를 좋아하는지 곰곰이 생각해 봐도 스스로 납득할 만한 이유를 찾을 수가 없었다. 남편인 가스통이 그렇게 자주 확실하게 그녀에게 말하던 그의 특성, 예컨대 총명함과 전도유망한 자질을 그에게서 전혀 찾아볼 수 없었다. 오히려 반대로 그가 편안하게 느끼도록 그녀가 열성을 다해 수다스러울 정도로 이야기를 할 때도, 가스통이 솔직하고도 장황하게 호의를 베풀 때에도 그는 말없이 앉아 듣기만 할 뿐이었다. 그녀를 대하는 그의 태도에는 몹시도 까탈스러운 여인들이 요구할 법할 정도의 예의 바른 정중함이 깃들어 있었다. 그렇다고 대놓고 그녀의 동의를 구하거나 찬사를 청하는 것도 아니었다.

일단 농장에서의 생활에 어느 정도 적응이 되자 그는 코린트풍의 커다란 기둥 가운데 하나가 그늘을 드리운 널찍한 현관에 앉아 한가롭게 담배를 피면서 사탕수수 재배에 관해 가스통이 늘어놓는 경험담을 세심하게 귀담아듣는 것을 즐기는 듯 보였다.

"이런 게 바로 사는 거지." 사탕수수 밭을 가로지른 따스하고 향긋한 대기가 공단처럼 부드럽게 애무하듯 스치고 지나갈 때면 그는 깊은 만족감을 드러내며 그렇게 내뱉곤 했다. 큰 개들이 친밀하게 애교를 부리며 다리에 몸을 부비면 즐거워하는 기색이 역력했다. 낡시에는 관심을 보이지 않았고, 가스통이 야외로 콩새 사냥을 가자고 제안해도 전혀 흥미를 보이지 않았다.

거버네일의 알 수 없는 성격 때문에 혼란스럽기도 했지만 바로다 부인은 그를 좋아했다. 그는 정말로 매력적인 데다 남을 불편하게 하지 않는 사람이었다. 그러나 며칠이 지난 뒤에도 처음 만났을 때만큼이나 그를 모르긴 매한가지였다. 부인은 더 이상 당황스러워하지는 않았지만 감정은 조금 상했다. 그런 기분 때문에 대부분 남편과 거버네일 둘만 시간을 보내도록 그녀는 자리를 피해 주었다. 거버네일은 그런 부인의 행동에 별다른 신경을 쓰지 않았다. 그러자 이번에는 그에게 자신과 함께할 것을 강요하면서, 거버네일이 방앗간까지 한가하게 산책할 때도 또 강변을 따라 걸을 때도 부인은 따라나섰다. 부인은 거버네일이 무심결에 스스로를 가두어 놓은 두터운 침묵의 방어막을 어떻게든 뚫고 들어가려고 애를 썼다.

"당신 친구는 언제 떠난대요?" 어느 날 그녀가 남편에게 물었다. "그 사람 때문에 몹시 피곤해요."

"글쎄, 아직 한 주는 더 있어야 할걸. 그런데 이해할 수 없구려, 부인. 그 친구가 당신을 힘들게 하지도 않을 텐데."

"그건 그래요. 차라리 나를 힘들게라도 하면 더 낫겠어요. 다른 사람들처럼 굴기라도 한다면, 그 사람이 좀 더 편안하고 즐겁게 보내도록 이런저런 계획도 세워 볼 수 있을 텐데 말이죠."

가스통은 부인의 예쁜 얼굴을 손으로 감싸고 부드럽게 웃으며 혼란스러워하는 그녀의 눈을 지그시 바라보았다. 두 사람은 바로다 부인의 옷 방에서 허물없이 몸단장을 하고 있었다.

"당신은 정말 놀랍구려, 부인." 가스통이 아내에게 말했다. "어떤 때는 당신의 말과 행동을 도통 짐작할 수가 없을 정도라오." 그는 아내에게 키스를 하고 몸을 돌려 거울 앞에서 넥타이를 매면서 계속 말했다.

"당신은 가엾은 거버네일을 대단히 심각하게 여기고 그에 대해 야단법석을 떨고 있잖소. 그건 그 친구가 원하거나 기대하는 바가 결코 아닐 거요."

"야단법석이라고요!" 그녀가 분통을 터트리며 소리쳤다. "말도 안 돼요! 어떻게 그런 말을 할 수가 있어요? 야단법석이라니! 그 사람이 유식하다고 말했었지요? 기억나요?"

"정말 그렇다오. 저 가엾은 친구가 과로에 녹초가 된 것뿐이오. 여기 와서 좀 쉬라고 제안한 것도 그 때문이었다오."

"아이디어가 풍부한 사람이라고도 말하곤 했지요?" 그녀는 지지 않고 맞받아쳤다. "그래서 적어도 재미있을 거라는 정도는 기대했었지요. 아침에 봄에 입을 가운 수선을 맡기러 시내에 나갈 참이에요. 거버네일 씨가 떠나면 알려 주세요. 옥타비 이모 댁에 가 있을 거예요."

그날 밤 그녀는 밖으로 나와 자갈길 끄트머리에 있는 떡갈나무 아래 벤치에 혼자 앉아 있었다.

마음이 이렇게 혼란스러웠던 적이 없었다. 아무리 생각해 봐도 그저 아침에 얼른 집을 떠나야겠다는 생각만이 또렷했다. 그때 자갈길을 걸어오는 발자국 소리가 들렸다. 어둠 속이라 모습은 보이지 않고 가까이 다가오는 빨간 담뱃불만 보였다. 거버네일이라는 걸 알았다. 남편은 담배를 피우지 않았다. 거버네일이 자기를 알아채지 못하기만을 바랐지만 그가 부인이 입고 있던 하얀 가운을 보았다. 그는 담배를 휙 던지더니 그녀 옆에 앉았다. 자신이 나타난 것을 부인이 싫어할 수도 있다는 의심은 전혀 하지 않는 태도였다.

"남편께서 이걸 부인께 전해 드렸으면 하더군요, 바로다 부인." 그가 얇은 흰 스카프를 건네며 말했다. 그녀가 이따금 머리와 어깨에 두르곤 하던 스카프였다. 부인은 들릴락 말락 고맙다는 인사를 하며 스카프를 건네받아 무릎에 놓았다.

그가 이맘 때 밤공기가 얼마나 해로운지 하나 마나 한 뻔한 이야기를 했다. 그러더니 시선을 멀리 어둠 속으로 향하고는 혼잣말처럼 중얼거렸다.

"남풍 부는 밤. 커다란 밝은 별 한둘 빛나는 밤! 고요히 인사하는 밤……."

그녀는 그가 읊어 대는 밤에 관한 그 시구에 대해 아무런 대답도 하지 않았다. 사실 꼭 그녀에게 한 말도 아니었다.

거버네일은 결코 소심한 사람은 아니었다. 자의식이 가득 찬 사람은 아니었으니 말이다. 그가 말이 없었던 것은 기질 탓이 아니라 분위기 탓이었다. 바로다 부인 옆에서 그의 침묵은 시간 속으로 녹아들었다.

그는 나지막한 음성으로 망설이듯 느릿느릿하면서도 거침없는 친밀한 태도를 보이며 말을 이어갔다. 듣기 싫지 않았다. 자신과 가스통, 둘이 서로에게 대단한 존재였던 옛 대학 시절, 열정적이고도 맹목적인 야심과 거대한 목표를 지니고 있던 시절의 이야기. 그러나 이제 그에게 남은 것은 기껏해야 기존 질서에 대한 철학적 묵인과 인정받고 싶다는 욕망뿐이었다. 바로다 부인과 앉아 있는 이 순간처럼 이따금씩 확연하게 느껴지는 진정한 삶의 향기와 더불어 존재하고 싶은 그런 욕망만이 남아 있을 뿐이었다.

사실 그녀는 그가 무슨 말을 하는지 정확하게 모르고 그저 어렴풋이 짐작만 하고 있었다. 그 순간 그녀를 지배하는 것은 그녀의 육체였다. 그녀는 그가 하는 말을 듣고 있지 않았다. 그저 숨 쉬듯 그의 목소리만 들이마시고 있었다. 어둠 속으로 손을 뻗어 자신의 예민한 손끝으로 그의 얼굴이나 입술을 만져 보고 싶었다. 그에게 바짝 가까이 다가가 그의 볼에 대고 무슨 말이건 속삭이고 싶었다. 정숙한 부인이 아니었다면 그러고도 남았으리라. 하지만 그녀는 그에게 끌리는 충동을 강하게 느끼는 만큼 그로부터 더 멀찍이 떨어져 앉았다. 자리를 떠도 지나치게 무례하다 싶지 않을 때쯤 그녀는 그를 혼자 남겨 두고 자리를 떴다.

그녀가 집에 다다를 즈음 거버네일은 새 담배에 불을 붙이고 밤에 대한 송시를 끝마쳤다.

바로다 부인은 그날 밤 친구이기도 한 남편에게 자신을 덮쳐 왔던 그 어리석은 마음에 대해 털어놓고 싶은 유혹을 느꼈다. 하지만 그녀는 유혹을 잘 이겨 냈다. 그녀는 정숙한 여인이었을 뿐 아니라 아주 분별력 있는 여인이기도 했다. 그녀는 알고 있었다. 살다 보면 홀로 맞서야만 하는 싸움도 있다는 사실을.

아침에 가스통이 잠에서 깼을 때, 아내는 이미 떠나고 없었다. 그녀는 도시로 가는 이른 아침 열차를 타고 떠났다. 그녀는 거버네일이 집을 떠나고 나서야 다시 집에 돌아왔다.

이듬해 여름에 거버네일을 다시 집에 초대하자는 이야기가 오갔다. 가스통이 간절히 원했기 때문이었다. 하지만 아내가 강하게 반대하는 바람에 가스통은 뜻을 이루지 못했다.

그러나 그해가 다 가기 전, 그녀는 자진해서 거버네일을 다시 데려오자고 제안했다. 남편은 아내의 제안에 놀라면서도 한편 몹시 기뻐했다.

"정말 기쁘오, 내 사랑. 당신이 그 친구를 싫어하는 마음을 마침내 떨쳐 버렸다니 기쁘다오. 그렇소. 그 친구는 당신이 싫어해서는 안 되는 친구였다오."

"그래요." 남편의 입술에 오랫동안 부드러운 키스를 한 그녀가 말했다. "그래요. 당신도 아시게 되겠지만, 저는 다 이겨 냈답니다. 이번에는 저도 그분에게 아주 친절하게 대해 드릴 참이에요."

키스

밖은 아직 환했다. 하지만 어둑하고 흐릿한 빛을 내는 벽난로에서 그을음이 피어오르고, 커튼까지 친 방 안은 온통 짙은 어스름이 가득했다.

브랭탕이 음침한 어스름 속에 앉아 있었다. 어둠이 그를 덮쳐 왔지만 신경 쓰지 않았다. 오히려 어둠에 가려 보이지 않는다는 사실에 용기를 얻어 벽난로 옆에 앉은 여인을 원 없이 간절하게 바라볼 수 있었다.

건강하고 매력적인 여성 특유의 깔끔하면서 짙은 피부를 한 그녀는 몹시 아름다웠다. 몸을 웅크린 채 무릎에 앉은 공단같이 부드러운 고양이의 털을 한가롭게 어루만지는 그녀의 모습은 차분하기 이를 데 없었다. 이따금 그녀는 브랭탕이 앉은 어둠 쪽을 찬찬히 바라보았다. 두 사람은 나지막하게 이런저런 사소한 일들에 대해 이야기를 나누고 있지만, 마음속에는 전혀 다른 생각들이 자리 잡고 있었다. 그녀는 브랭탕이 자신을 사랑한다는 사실을 잘 알고 있었다. 브랭탕은 능청스럽게 자신의 감정을 감출 수 없을뿐더러 그럴 마음도 없이 꾸밈없고 솔직하게 자기를 다 드러내 놓는 사람이었다. 지난 2주 동안, 그는 무던히도 꾸준히 그녀와 함께할 기회를 엿보았다. 그녀는 그가 고백하리라 확신을 가지고 기다려 왔고, 기꺼이 받아줄 마음이었다. 브랭탕은 별 볼 일 없는 데다 매력도 없지만 대단한 부자였다. 그녀는 그의 부유함이 선사할 수 있는 환경을 좋아했고 또 원하기도 했다.

지난 다과회와 다음 연회에 대한 두 사람의 이야기가 잠깐 중단되었을 때 문이 열리더니 브랭탕이 아주 잘 아는 청년이 불쑥 들어왔다. 그녀가 고개를 돌렸다. 한두 걸음 만에 그녀 가까이 다가온 청년은 몸을 숙이더니 그녀의 입술에 한참 동안 열정적인 키스를 했다. 예기치 못한 키스였다. 청년은 그녀가 브랭탕과 함께 있다는 것을 보지 못했던 것이다.

브랭탕은 천천히 일어났다. 그녀도 뒤따라 벌떡 일어났다. 방금 들어온 청년은 그들 사이에 장난기와 반항기가 뒤섞인 혼란스런 표정으로 서 있었다.

"제가 너무 오래 있었나 봅니다." 브랭탕이 머뭇거리며 말했다. "그럴 생각은 전혀 없었는데…… 이제 그만 가야겠습니다." 그가 두 손으로 모자를 움켜쥐었다. 그 순간 브랭탕은 그녀가 자신을 향해 손을 뻗고 있다는 사실도 모르는 듯했다. 그녀는 여전히 침착한 태도는 유지했지만 무슨 말을 해야 할지 확신이 서지 않았다.

"맹세코 그 사람이 저기 앉아 있는 걸 몰랐어요, 네티! 정말 바보 같은 짓이었지요. 하지만 이번 한 번은 용서해 주세요. 무례하게 군 건 이번이 처음이잖아요. 대체 왜 그러세요?"

"손 떼요. 저리 가요." 그녀가 매몰차게 대꾸했다. "무슨 생각으로 기척도 없이 문을 열고 들어온 거예요?"

"저야 그저 늘 그랬듯 당신 오빠와 함께 왔지요." 그가 억울하다는 듯 차분하게 대답했다. "샛길로 와서 당신 오빠는 위층으로 올라가고 저는 당신을 보러 이리 왔지요. 이 정도 해명이면 제 실수가 본의는 아니었다는 것을 충분히 이해해 주실 수 있겠지요. 제발 저를 용서한다고 말해 주세요, 나탈리." 그가 부드럽게 애원했다.

"용서해 달라고요! 말도 안 되는 소리 말아요. 저리 비켜요. 내가 당신을 용서할 수 있을지 없을지는 좀 더 두고 봐야겠어요."

연회에 참석한 청년이 보이자 그녀는 우아하면서도 솔직한 태도로 브랭탕에게 그 청년에 대한 이야기를 끌어냈다.

"브랭탕, 잠깐 이야기 좀 할까요?" 매력적이지만 왠지 불안해 보이는 미소를 띠며 그녀가 말했다. 그는 몹시 불행해 보였다. 하지만 그녀가 팔을 잡아끌고 조용한 구석을 찾아가자 우스꽝스러울 정도로 불행하던 그의 표정에 한 줄기 희망의 빛이 비쳤다. 그녀의 말은 매우 솔직해 보였다.

"이런 말씀은 드리지 않는 것이 더 나았겠습니다만, 브랭탕 씨. 지난번 오후의 만남 이후 저는 몹시 불편했답니다. 아니 거의 비참할 정도로 힘들었답니다. 당신이 혹시 오해하고 그대로 믿어 버린 것은 아닐까 생각할 때면……." 그 말을 하는 순간, 악의라고는 없는 그의 동그란 얼굴에 드리웠던 불행의 그림자가 사라지고 희망의 빛이 스쳤다.

"물론, 당신에게는 별일 아니라고 생각합니다만, 제 마음 때문에 꼭 말씀드리고 싶었답니다. 하비 씨는 제 오랜 친구랍니다. 사촌처럼 지낸 오누이 같은 사이랍니다. 그분은 오빠와 둘도 없는 친구라 가끔은 한 가족처럼 군답니다. 아, 물론 묻지도 않았는데 이렇게 말씀드리는 것이 이상하게 들릴 수도 있다는 것도 안답니다. 중요한 것도 아니고요." 그녀의 목소리가 곧 울음이라도 터뜨릴 것처럼 울먹였다.

"하지만, 당신이 저를, 저를 어떻게 생각하실 지가 제게는 사뭇 다른 문제라서요." 그녀의 목소리가 기어들어 갈 듯 불안하게 흔들렸다. 브랭탕의 얼굴에서 이제 불행의 흔적이란 찾아볼 수 없었다.

"그러니까 제 생각이 정말 중요한 것이군요, 나탈리 양? 제가 나탈리 양이라 불러도 되겠지요?" 그들은 양 옆에 크고 우아한 식물들이 늘어선 길고 어둑한 복도 끝을 향해 걸어갔다. 끝에서 발길을 돌려 다시 걸어올 때 브랭탕의 얼굴은 환하게 빛나고 그녀는 득의만만한 표정이었다.

그 청년 하비도 결혼식 하객들 사이에 있었다. 어쩌다 그녀가 혼자 있는 시간을 틈 타 하비가 그녀에게 다가왔다.

"당신 남편이 가서 당신에게 키스하라더군요." 그가 웃으면서 말했다. 순간 그녀의 얼굴과 우아하고 부드러운 목덜미에 홍조가 번졌다.

"이런 때에는 어떤 남자라도 관대하게 행동하는 것이 자연스러운 일 같아요. 그는 당신과 내가 서로 느끼는 호감 어린 친밀감이 두 분의 결혼 때문에 방해받기를 원치 않는다고 말하더군요. 당신이 남편에게 뭐라고 말해 왔는지 모르지만, 어쨌건 당신에게 키스하라면서 보내더군요." 그가 건방진 웃음을 띠며 말했다.

그녀는 자신이 마치 체스 게임을 하는 사람 같았다. 체스 판의 말들을 교묘하게 조종하면서 정해진 수순에 따라 게임이 흘러가는 것을 지켜보는 체스 기사. 그의 두 눈을 올려다보는 그녀의 눈동자에 밝은 미소가 번지며 부드럽게 빛났다. 그녀의 입술은 키스를 원하고 갈망하는 것 같았다.

그가 조용히 말했다.

"하지만 짐작하시겠지만 저는 남편에게 그런 식으로 말하지는 않았지요. 그랬다면 괘씸한 일이었을 것입니다. 하지만 당신께는 말할 수 있어요. 저는 이제 여인들에게 키스하는 것은 그만두었답니다. 위험한 일이거든요."

그래. 그녀에게는 브랭탕과 그의 막대한 재산이 남아 있다. 누구라도 세상 모든 것을 다 가질 수는 없는 법이다. 그녀가 그런 기대를 한다는 것은 다소 이치에 맞지 않는 일이었다.

실크 스타킹

자그마한 체구의 소머스 부인에게 어느 날 생각도 못했던 15달러
가 생겼다. 그녀에게는 몹시 큰 돈이었다. 낡고 오래된 자신의 지갑
이 그 돈으로 가득 채워져 볼록해진 것을 보니 지난 몇 년 동안 경험
해 보지 못했던 뿌듯한 자부심마저 생겼다.

그 돈을 어떻게 쓸 것인가 하는 문제가 내내 그녀의 마음을 사로
잡았다. 그러다 보니 하루 이틀쯤 그녀가 마치 꿈꾸듯 지낸 것도 틀
림없지만 실제로는 이런저런 궁리와 셈을 하는 데 온 정신이 팔려
있었다. 성급하게 행동해서 나중에 후회할 일을 하고 싶지는 않았
다. 뜬눈으로 누워 마음속으로 이런저런 생각들을 곰곰이 되새겨 보
는 고요한 밤이면 그 돈을 어떻게 쓰는 것이 적절하고 합당한 것인
지 명확하게 보이는 것 같았다.

부인의 생각은 이랬다. 제니의 신발 사는 데 1, 2달러 더 보태야겠
다. 그러면 늘 신던 것보다 한참 더 신을 수 있는 신발을 살 수 있을

것이다. 사내아이들과 제니와 맥을 위해 새 셔츠를 만들어 줄 옷감을 몇 야드 더 사야겠다. 그전까지만 해도 낡은 셔츠들을 잘 기워 입힐 작정이었다. 맥은 이미 오래전에 다른 가운을 마련해 주었어야 했는데 그러지 못했다. 사실 그녀는 이미 상점 진열장에서 진짜 싸게 파는 예쁜 문양의 옷감을 본 적이 있었다. 그런 다음에도 각자에게 새 스타킹 두 켤레쯤 사 줄 여유가 있을 것이었다. 그러면 한동안 바느질은 안 해도 될 것이다! 또 사내아이들에게 챙 있는 모자를, 여자아이들에게는 세일러 모자를 사 줘야겠다. 그녀는 난생처음으로 산뜻하고 앙증맞게 변할 아이들 모습을 떠올리며 신이 나 들뜬 마음으로 잠을 이루지 못했다.

이웃들은 가끔 그녀가 소머스 부인이 되리란 생각도 하기 전에 누렸던 '좋았던 날들'에 대해 이야기하곤 했다. 하지만 소머스 부인 자신은 그런 우울한 회상에 빠진 적이 결코 없었다. 그럴 여유가 없었다. 과거에 빠져 지낼 시간이라니! 당장 오늘 필요한 일들에 온 신경을 다 쏟아도 모자랄 판이었다. 앞날에 대한 생각이 이따금 흐릿하고 무시무시한 유령처럼 그녀를 오싹하게 했지만 다행스럽게도 그녀에게는 언제나 오늘뿐이었다.

소머스 부인은 싸게 사는 물건의 가치를 제대로 아는 사람이었다. 그녀는 마음에 드는 물건이 제값보다 싼 가격에 팔리는 걸 보면 그 물건을 손에 넣을 때까지 몇 시간이고 기꺼이 기다리며 참을 수 있었다. 필요하다면 사람들 사이를 팔꿈치로 밀치고 나갈 수도 있었다. 말하자면 그녀는 마음에 드는 물건을 골라 집어 들고 언제가 되었건 자기 차례가 올 때까지 고집스럽고도 확고한 태도로 그 물건을 지키는 것이 몸에 밴 여인이었다.

하지만 그날 그녀는 조금 어지럽고 지쳤다. 얼마 안 되는 점심을 허겁지겁 먹고 왔다 생각했는데 아니다. 아이들 먹이고, 정리하고, 쇼핑 나올 준비하는 사이에 그녀는 사실 점심 먹는 걸 까맣게 잊고 있었다.

그녀는 비교적 한산한 카운터 앞에 놓인 회전의자에 앉아 있었다. 셔츠용 옷감과 무늬가 있는 천 더미를 악착같이 에워싸고 있는 무리들을 헤집고 들어가기 위해 마음을 다잡으며 힘을 끌어모으는 중이었다. 몸에 힘이 다 빠져 축 처진 느낌이 엄습해 와서 손을 계산대 위에 올려놓은 채 멍하게 있었다. 그때 장갑을 끼지 않은 그녀의 손에 무언가 아주 부드럽고 기분 좋은 감촉이 전해져 오는 것을 느꼈다. 고개를 숙여 보니 그녀의 손 아래 한 무더기의 실크 스타킹이 놓여 있었다. 안내 플래카드에는 스타킹 가격이 2달러 50센트에서 1달러 98센트로 할인 중이라고 쓰여 있었다. 카운터 뒤에 서 있던 젊은 아가씨가 한번 구경해 보겠냐고 물었다. 그녀는 마치 다이아몬드 왕관을 써 보라는 청을 받기라도 한 것 같은 미소를 띠면서 여전히 그 부드럽고 빛나는 사치스러운 물건들의 촉감을 느끼고 있었다. 두 손으로 반짝이는 실크 스타킹을 집어 들고 살펴보다가 슬그머니 손가락 사이로 뱀처럼 미끄러져 빠져나가는 실크 스타킹의 부드러운 촉감을 만끽하고 있었다.

그녀의 창백한 뺨에 언뜻 들뜬 홍조가 나타났다. 그녀가 점원 아가씨를 쳐다보며 물었다.

"8인치 반 치수 제품 있나요?"

8인치 반 치수 제품은 얼마든지 있었다. 사실, 다른 어떤 치수보다 더 많았다. 연푸른색, 라벤더색, 온통 검은색 스타킹들이 여기저기 보였고 다양한 모양의 황갈색과 회색 스타킹들도 있었다. 소머스 부인은 검은색 스타킹을 골라 아주 오래 꼼꼼하게 촉감을 살펴보는 척했다. 그러자 점원 아가씨가 촉감이 아주 훌륭하다고 확신시켜 주었다.

"1달러 98센트라." 그녀는 속으로 생각했다. "그래요, 이걸로 하겠어요." 그녀는 점원 아가씨에게 5달러 지폐를 건네주고 잔돈과 물건을 받으려고 기다렸다. 얼마나 자그마한 꾸러미였던지! 스타킹 포장 꾸러미는 그녀의 허름하고 낡은 쇼핑백 깊숙한 곳으로 사라져 버린 것 같았다.

스타킹을 산 뒤 소머스 부인은 할인 판매대 쪽으로 가지 않고 엘리베이터를 타고 숙녀 휴게실이 있는 위층으로 향했다. 그곳 후미진 곳에서 그녀는 면 스타킹을 벗고 조금 전 산 실크 스타킹으로 갈아 신었다. 그녀는 지금 이런 자신에 대하여 대단히 예민하게 굴거나 스스로를 납득시킬 마음도 없었고, 스스로 만족감을 느끼고 있었기 때문에 굳이 자신의 행동을 설명하려고 애쓰지도 않았다. 그녀는 아무 생각도 하지 않았다. 그저 잠시 힘들고 피곤한 일을 잊고 휴식하면서 책임감에서 벗어나도록 자신을 이끄는 무의식적인 충동에 스스로를 맡기려는 듯했다.

살에 닿는 실크 스타킹의 촉감은 얼마나 부드러웠던가! 그녀는 마치 푹신한 의자에 누운 것 같은 안락함을 느끼며 잠시 동안 그 사치를 마음껏 누렸다. 한동안 그렇게 있던 부인은 신발을 다시 신고 면

스타킹을 돌돌 말아 가방에 밀어 넣은 뒤 곧장 신발 매장으로 가서 신발을 신어 볼 요량으로 자리에 앉았다.

그녀는 까다롭고 신중하게 굴었다. 점원은 그녀 마음을 잘 맞춰 주지 못했다. 스타킹에 어울리는 신발을 찾아 주지도 못했다. 그녀는 쉽사리 만족하지 않았다. 스커트를 들고 발을 한쪽 방향으로 돌리고 고개를 틀어 반짝반짝 윤기 나는 뾰족 구두를 내려다보았다. 자신의 발과 발목이 굉장히 예뻐 보였다. 하지만 구두가 예쁜 발에 어울리지 않았다. 그녀는 젊은 점원에게 정말로 맵시 있게 어울리는 멋진 구두를 원한다고 말했다. 자신이 원하는 구두만 구할 수 있다면 가격은 더 비싸도 상관없었다.

소머스 부인이 꼭 맞는 장갑을 껴 본 지도 오래되었다. 드물게 장갑을 살 때면 늘 '할인 판매' 상품을 샀다. 너무 싸구려라 그런 장갑이 손에 꼭 맞으리란 기대는 애초부터 하지도 않았다. 말도 안 되는 터무니없는 생각이었다.

소머스 부인은 지금 장갑 판매대의 쿠션 위에 팔을 올려놓고 있었다. 젊고 상냥한 점원이 우아하면서도 재바른 동작으로 손목이 긴 가죽 장갑을 부인의 손 위로 당겨 끼우고 부드럽게 매만져 깔끔하게 단추를 채웠다. 두 사람은 잠깐 동안 작고 꼭 맞는 장갑을 낀 손을 바라보며 말을 잊은 채 감탄의 눈길을 보냈다. 그러나 계속 거기 그렇게 있을 수는 없었다. 돈 쓸 데가 또 있었다.

상가 거리 조금 더 아래 판매대 유리 진열장에 책과 잡지들이 쌓여 있었다. 소머스 부인은 고가의 잡지 두 권을 샀다. 집안일과는 다른 종류의 일이 그녀에게 익숙한 재미를 주던 옛 시절에 습관처럼 읽곤 하던 잡지였다. 그 잡지를 포장도 하지 않고 들고 다녔다. 교차로에서는 최대한 치마를 들어 올렸다. 스타킹과 부츠, 꼭 맞는 장갑이 그녀의 태도에 기적과도 같은 변화를 주었다. 자신감은 물론 자신도 잘 차려입은 수많은 사람들과 다를 바 없다는 마음을 갖게 해주었다.

그녀는 몹시 시장했다. 다른 때였더라면 뭐라도 먹고 싶다는 충동을 억누르고 집에 가서 차 한 잔에 간단한 요기를 했을 것이다. 그러나 지금은 달랐다. 그런 생각조차 하지 않고 충동에 따랐다.

모퉁이에 그녀가 한 번도 들어가 본 적이 없는 식당이 있었다. 그녀는 이따금 그 식당 밖에서 얼룩 하나 없는 테이블보와 빛나는 크리스털 잔들, 그리고 상류층 손님들에게 시중드는 부드러운 걸음걸이의 웨이터들을 힐끗 보곤 했었다.

그녀가 식당 안으로 들어섰을 때 누구도 그녀를 보고 특별히 놀라지 않았다. 사실 그녀는 사람들이 놀랄까 봐 두렵기도 했었다. 그녀가 작은 테이블에 앉자 친절한 웨이터가 곧 주문을 받으러 왔다. 사치스러울 만큼 엄청나게 과식을 할 생각은 없었다. 그녀는 단지 아주 맛있는 식사를 원했을 뿐이었다. 롱아일랜드 산 블루 포인트* 여섯, 냉이를 곁들인 통통한 갈빗살에 크림 프라페 같은 달콤한 음료에 라인 산 포도주와 마지막으로 블랙커피 한 잔 마시는 정도면 되었다.

음식이 나오기를 기다리는 동안 그녀는 여유롭게 장갑을 옆에 벗

---

* 롱아일랜드에서 나는 소형 굴—옮긴이

어 두고 잡지를 들어 훑어보았다. 뭉툭한 칼등으로 페이지 모서리를 잘라가며. 기분 좋은 일이었다. 테이블보는 창밖에서 보던 것보다 더 깔끔했고 크리스털은 더 빛났다. 그녀처럼 작은 테이블에 앉아 조용히 식사를 하는 신사 숙녀들은 그녀를 신경 쓰지 않았다. 감미롭고 기분 좋은 선율이 들려왔고 부드러운 미풍이 창을 통해 불어왔다. 음식을 한 입 베어 물고 잡지를 조금 읽다가 호박 빛깔의 포도주를 마시며 실크 스타킹 속 발가락을 꼼지락거렸다. 가격은 문제가 아니었다. 돈이 그만큼 들었어도 그녀의 충동에는 변화가 없었다. 그녀는 음식 값을 지불하며 쟁반에 동전을 조금 더 놓아주었다. 그러자 웨이터는 왕실 혈통의 공주를 대하기라도 하는 듯 그녀에게 고개를 조아리며 인사했다.

아직 지갑에 돈이 남아 있었던 까닭에 주간 연극 공연 포스터를 보자 또 다른 유혹에 이끌렸다. 잠시 후 그녀는 극장 안으로 들어갔다. 연극은 이미 시작했기 때문에 극장 안에는 사람들이 빽빽해 보였지만 여기저기 보이는 빈자리들 중 한 곳으로 안내받았다. 요란한 의상을 뽐내고 사탕을 먹으며 시간을 보내기 위해 극장을 찾은 아주 화려하게 차려입은 여인들 사이였다. 물론 오로지 극을 관람하고 배우의 연기를 보기 위해 온 사람들도 많았다. 그러나 소머스 부인처럼 행동하는 이는 아무도 없었다고 하는 것이 적절할 것이다. 그녀는 극장 안을 죽 훑어보았다. 무대와 배우 그리고 관객들 모두의 전체적인 인상을 한눈에 담으면서 그 분위기를 받아들이며 즐겼다. 요란하게 차려입은 옆자리 여인과 함께 우스운 장면에서는 웃었고 슬픈 장면이 나오면 울었다. 극의 장면에 대해 몇 마디 짧은 이야기를 나누기도 했다. 요란하게 차려입은 그 여인은 작고 하늘하늘한 향기가 풍기는 레이스 손수건으로 눈물을 훔치며 훌쩍거리고, 소머스 부인에게 사탕 상자를 건네주기도 했다.

연극이 끝나고 음악도 멈추고 관객들이 삼삼오오 빠져나갔다. 마치 한 편의 꿈이 끝난 것 같았다. 사람들은 온 사방으로 흩어졌고 소머스 부인은 구석으로 가 케이블카를 기다렸다.

맞은편에 앉은 예리한 눈매의 사내가 그녀의 자그맣고 창백한 얼굴을 살펴보는 것 같았다. 사내는 그녀의 얼굴에 어린 감정의 정체가 궁금했다. 하지만 사실 그는 아무것도 읽어 내지 못했다. 혹 그가 마법사였다면 그녀의 소망을 알아차릴 수 있었을까. 자신이 타고 있는 케이블카가 어디에서도 멈추지 않고 그대로 계속 갔으면 하는 위험하면서도 강렬한 그녀의 소망을!

로켓

1

어느 가을 저녁 한 무리의 사람들이 언덕 비탈 모닥불 주변에 모여 있었다. 그들은 남부군 파견 소대의 일원으로 행군 명령을 기다리는 중이었다. 사내들의 회색 군복은 남루한 수준을 넘어 너덜너덜했다. 한 명은 주석 컵에 뭔가를 담아 등걸불 위에 데우고 있었고, 둘은 조금 떨어진 곳에서 큰 대자로 누워 있었다. 네 번째 병사는 편지를 읽으려고 애쓰며 불빛 쪽으로 가까이 당겨 앉았다. 그는 목 주변 옷깃 단추와 플란넬 셔츠의 앞섶까지 풀어헤쳐 놓았다.

"목에 그건 뭐야, 네드?" 어둠 속에 누워 있던 병사가 물었다.

네드, 혹은 에드몽은 자기도 모르게 셔츠의 단추를 여미면서 대답도 없이 그저 계속 편지만 읽고 있었다.

"애인 초상화야?"

"그건 여자 그림이 아니야." 화롯가의 사내가 끼어들었다. 그는 양철 컵에 둥둥 뜬 지저분한 먼지들을 작은 나뭇가지로 휘휘 젓고 있었다. "그건 부적이야. 곤란한 일 겪지 말라고 신부가 준 주문 같은 거지. 가톨릭 신자들이 어떤지는 내가 좀 알지. 그래서 저 프랑스 친구는 전쟁통에도 상처 하나 없이 버티는 거라고. 이봐, 프랑스 친구, 내 말이 맞지?" 에드몽이 편지에서 시선을 떼더니 멍하게 위를 바라보았다.

"뭐라고?" 그가 물었다.

"목에 건 그것, 부적 아니냐고."

"맞아, 닉." 에드몽이 미소를 띤 채 대답했다. "이게 없었으면 내가 지난 일 년 반의 시간을 어떻게 견뎌 냈을까 싶다네."

편지를 읽은 에드몽의 가슴이 미어지면서 고향에 대한 그리움이 밀려왔다. 그는 등을 대고 누워 하늘에서 반짝이는 별들을 바라보았다. 하지만 그의 마음속에 가득한 것은 반짝이는 별들이 아니었다. 클레머티스* 꽃에서 벌들이 윙윙거리던 어느 봄날, 한 소녀가 그녀에게 작별을 고하던 장면이었다. 목에 걸고 있던 로켓**을 풀던 그녀의 모습이 생생하게 떠올랐다. 그녀의 부모님 모습을 그린 세밀화와 함께 결혼 날짜와 이름이 새겨져 있는 옛날식 금 로켓으로 그녀가 이 세상에서 가장 소중하게 생각하는 물건이었다. 소녀가 입고 있던 부드러운 하얀 가운의 주름 감촉과 그의 목을 감싸던 그녀의 고운

---

* 흰색 · 분홍색 · 자주색의 큰 꽃이 피는 덩굴 식물. ─옮긴이
** 사진 등을 넣어 목걸이에 다는 작은 갑. ─옮긴이

팔에서 부드럽게 늘어져 하늘거리던 엔젤 슬리브*가 또렷하게 느껴졌다. 이별의 아픔에 한없이 슬퍼하며 애처롭게 호소하던 그녀의 아름다운 얼굴이 눈앞에 어른거렸다. 그는 몸을 돌려 얼굴을 팔에 묻은 채 꼼짝도 하지 않고 누워 있었다.

정적과 평화의 외투를 걸친 깊은 배반의 밤이 캠프에 내려앉았다. 그 병사는 아름다운 옥타비가 편지를 가져온 꿈을 꾸었다. 그녀에게 앉으라고 내어 줄 의자도 없는 데다 자신의 초라한 옷차림새도 마음이 아프고 당황스러웠다. 함께하자고 청한 식사마저 부실하기 짝이 없어 부끄러웠다.

또 다른 꿈에서는 뱀이 그의 목을 감으려 기어오르다가 그가 움켜쥐려는 순간 손아귀를 빠져나갔다. 바로 그때 그의 꿈이 소란스러워졌다.

"이봐, 프랑스 친구, 얼른 옷 입어!" 닉이 그의 얼굴에 대고 고함을 치고 있었다. 기습적인 쟁탈전이 벌어진 듯했다. 산비탈이 온통 요란스러운 움직임으로 가득했고 소나무 사이에서 섬광이 번뜩였다. 동쪽에서는 새벽이 어둠을 몰아내고 있었지만 저 아래 들판은 여전히 어둑했다.

"이게 다 무슨 소동이람?" 가장 높은 나무에 앉아 있던 커다란 검은 새가 의아해했다. 홀로 살아가는 늙은 현자인 그 새도 소동의 원인을 다 짐작할 만큼 현명하지는 못했다. 그래서 그도 하루 종일 눈만 껌벅껌벅하며 궁금해하고 있었다.

---

* 소맷부리가 넓고 헐렁하며 새의 날개와 같은 느낌의 소매. —옮긴이

요란한 소리가 들판을 지나 언덕을 가로질러 요람에서 잠든 아기들을 깨웠다. 포연이 태양을 향해 휘돌아 솟으며 들판에 그늘을 드리우자 영문을 모르던 새들은 비가 오려나 보다 짐작했다. 하지만 지혜로운 새는 그보다는 나았다.

"꼭 놀이하는 애들 같아. 조금 더 두고 보면 더 많은 걸 알게 되겠지." 그는 생각했다.

밤이 다가오자 소음도 포연도 모두 걷혔다. 늙은 새는 깃털을 가다듬었다. 마침내 그는 이해할 수 있었다! 그는 커다란 검은 날개를 펄럭이며 들판을 선회하다가 쏜살같이 아래로 내려갔다.

한 남자가 조심스럽게 들판을 가로질러 가고 있었다. 그는 사제복을 걸치고 있었다. 들판에 버려진 채 아직 생명의 작은 불꽃이 깜박이는 병사에게 종교적 위안을 베푸는 것이 그가 할 일이었다. 검둥이 하나가 물동이와 와인 병을 들고 그를 뒤따르고 있었다.

부상자는 모두 이송되고 없었다. 하지만 퇴각을 너무 서두르다 보니 죽은 이들은 맹금류들과 선한 사마리아인들의 처분에 맡길 수밖에 없었다.

아직 소년에 불과한 어린 병사 하나가 하늘을 향해 누워 있었다. 풀을 움켜쥔 양손의 손톱 밑에는 살아 보려는 필사적인 안간힘의 흔적을 보여 주듯 흙과 풀 조각들이 박혀 있었다. 총은 사라지고 없었다. 모자는 벗겨지고 얼굴이며 군복은 지저분했다. 그의 목에 금줄에 달린 로켓이 걸려 있었다. 신부는 죽은 병사 위로 몸을 굽혀 병사의 목에서 줄을 벗기고 로켓을 풀어냈다. 전쟁의 공포에 익숙해졌기에 아무리 끔찍한 참상이라도 꿋꿋하게 대면할 수 있었던 신부였지만 어떤 이유에서인지 전쟁이 남겨 놓은 비통한 광경을 바라보는 그의 늙고 침침한 눈에는 언제나 눈물이 고였다.

반 마일 밖에서 삼종기도* 소리가 들려왔다. 신부와 검둥이는 함께 무릎을 꿇고 나지막하게 저녁 축도와 전사자들을 위한 기도를 올렸다.

2

평화롭고 아름다운 봄날이 은총처럼 내려앉았다. 낡고 거칠어 험악한 시골길에 타고 가기에는 불편하기 그지없는 이륜마차가 루이지애나 중부의 좁고 구불구불한 강을 따라 이어진 녹음 무성한 길을 덜거덕거리며 가고 있다. 뚱뚱한 흑인 마부가 끊임없이 재촉했지만 통통한 검은 말들은 규칙적으로 느릿느릿 가고 있었다. 마차 안에는 아름다운 옥타비와 그녀의 오랜 친구이자 이웃인 피예 판사가 앉아 있었다. 아침 산책길에 그녀를 데려가려고 온 것이었다.

옥타비는 극도로 단순하고 수수한 검은 드레스를 입고 있었다. 허리춤에는 가느다란 벨트가 매어져 있었고 양 소매는 꼭 끼는 손목 밴드로 묶여 있었다. 전에 입던 후프 스커트를 벗어버린 그녀에게서 수녀 같은 느낌이 없지 않았다. 드레스 상체의 주름 아래 그 낡은 로켓이 보일 듯 말 듯 자리 잡고 있었다. 그녀는 그 로켓을 결코 드러

---

* 천주교에서 성자의 강생(降生)과 성모 마리아를 공경하는 뜻으로, 날마다 아침·낮·저녁에 종을 세 번 칠 때마다 드리는 기도. —옮긴이

내지 않았다. 그것은 신성한 존재가 되어 그녀에게 다시 돌아왔다. 어떤 존재에게는 중요한 한순간과 영원히 하나로 인식되는 소중한 물건이 되어.

그녀는 그 로켓과 함께 온 편지를 수백 번도 더 읽었다. 그날 아침에도 그 편지를 다시 읽어 보았다. 그녀가 창가에 앉아 무릎에 놓인 그 편지를 어루만지고 있을 때 새들의 지저귐과 온갖 곤충들의 날갯짓 소리와 더불어 봄 향기가 살며시 밀려들었다.

그녀는 너무도 젊고 세상은 너무도 아름다워서 신부가 보낸 그 편지를 읽고 또 읽을 때마다 비현실적인 느낌이 엄습해 왔다. 편지에서 신부는 저물어 가던 그 가을날에 대해 써 놓았다. 서쪽으로 기울어 가던 황금 주홍빛 석양과 죽은 병사들의 얼굴에 그늘을 드리우며 밀려들던 그 어둠. 아, 그 전사자들 가운데 마치 고통 속에 애원하듯 회색 하늘로 얼굴을 향하고 누워 있던 사람이 자신의 연인이었다는 사실을 그녀는 믿을 수 없었다. 복받치는 반항심과 참을 수 없는 분노가 엄습해 왔다. 그 사람이 죽었는데 어찌하여 봄은 꽃들과 매혹적인 향기를 머금은 채 여기 있단 말인가! 그녀는 어찌하여 여기 있는가! 그녀에게 삶이며 생활이 더 무슨 소용이 있단 말인가!

옥타비는 그런 절망적인 순간들을 많이 경험해 왔지만 그럴 때마다 다행스럽게도 마음을 비우고 체념할 수 있는 축복과도 같은 태도가 외투처럼 그녀를 감싸며 보호해 주었다.

"나는 가엾은 타비 이모처럼 슬프지만 조용히 늙어 갈 거야."라고 그녀는 편지를 접어 책상에 넣으며 중얼거렸다. 이미 그녀는 타비에 이모처럼 얌전한 태도를 보이며, 자신도 모르게 타비에 이모를 닮아 미끄러지듯 천천히 걷고 있었다. 젊은 시절의 가슴 쓰린 고통은 홀로 사는 타비에 이모에게 청춘의 환상만 남겨둔 채 현실에서 누릴 수 있는 보상을 앗아가 버렸다.

낡은 이륜마차 안, 세상을 떠난 연인의 아버지 곁에 앉아 있는 옥타비의 가슴에 슬픈 상실감이 다시 찾아왔다. 동시에 그녀의 영혼에 한창인 청춘도 자신의 권리를 주장하느라 소란스러웠다. 찬란한 세상의 환희를 누릴 권리를. 그녀는 몸을 뒤로 젖히며 망사 베일을 좀 더 내려 당겨 얼굴을 가렸다. 타비에 이모의 베일이었다. 길에서 한 줄기 먼지바람이 불어오자 그녀는 자신의 옥양목 페티코트를 잘라 손수 만든 부드럽고 하얀 손수건으로 뺨과 눈을 가볍게 닦아 냈다.

"내 부탁 하나 들어주겠니, 옥타비." 늘 그렇듯 판사가 친절하게 부탁했다. "얼굴을 가린 그 베일 좀 벗어 주렴. 오늘처럼 뭔가 기대되는 아름다운 날에는 어울리지 않는 것 같구나."

그 젊은 아가씨는 오래된 친구이기도 한 그분의 청에 따라 모자에 달린 묵직하고 어두운 천을 깔끔하게 접어 앞자리에 놓았다.

"아! 한결 낫구나. 훨씬 좋아!" 그의 말에서 무한한 안도감이 느껴졌다. "얘야, 다시는 그 베일을 쓰지 말거라." 옥타비는 조금 상처를 받았다. 그 말 속에는 그들 모두가 함께 느껴 왔던 고통의 짐에 더 이상 그녀의 몫을 허락하지 않겠다는 의미가 담긴 것처럼 들렸다. 그녀는 다시 낡은 옥양목 손수건을 꺼내 들었다.

마차는 큰길을 벗어나 오래된 초원인 평원으로 들어섰다. 가시나무 덤불이 여기저기서 눈부신 봄의 광휘를 발하고 있었다. 키 큰 풀들이 먹음직스러운 들판 먼 곳에서는 소 떼가 풀을 뜯고 있었다. 그

초원 끝에는 피예 판사의 저택으로 이어진 길가에 우뚝 자란 라일락 울타리에서 풍기는 진한 라일락 꽃향기가 향긋하고 부드럽게 그들을 감싸며 반갑게 맞이했다.

그들이 집에 가까워졌을 때 노신사는 그녀의 어깨에 팔을 두르더니 그녀의 얼굴을 자신에게 돌리며 이렇게 말했다. "이런 멋진 봄날이면 기적이 일어날 수도 있을 것 같지 않니? 옥타비, 온 세상이 생명으로 약동할 때 천국도 한 번 정도는 측은한 마음에 죽은 이들을 우리들에게 돌려보내 줄 것 같지 않니?" 그는 짐짓 아주 느릿느릿 감동적으로 말했다. 그의 목소리에서는 여느 때와는 다른 떨림이 느껴졌으며 얼굴 표정 하나하나에 흥분된 감정이 보였다. 그를 바라보는 그녀의 시선에 애절한 간청과 더불어 무언가 두려움이 가득하면서도 기쁜 표정 또한 역력했다.

그들은 우뚝 자란 울타리와 활짝 펼쳐진 초원이 양옆에 보이는 길을 가로질러 갔다. 말들의 한가로운 걸음이 조금 빨라졌다. 집으로 이어진 가로수 길에 들어섰을 때 온갖 새들이 나뭇잎 울창한 보금자리에서 아름다운 멜로디를 쏟아 내기 시작했다.

옥타비는 꿈같은 무대 속으로 들어선 것 같았다. 실제 삶보다 더 위험하고 현실 같은 단계로. 처마가 기울어진 오래된 회색 집이 거기 서 있었다. 흐릿한 신록 사이로, 마치 멀고 먼 들판을 가로질러 오듯, 그녀에게 낯익은 얼굴들이 보이고 목소리들이 들려왔다. 그리고, 에드몽이 그녀를 안고 있었다. 죽은 줄 알았던 그녀의 에드몽이, 이렇게 살아 있는 에드몽이! 그녀는 자신의 가슴으로 전해지는 그의 심장 고동을 느낄 수 있었다. 멍한 그녀를 깨우려 애쓰는 격렬하고 황홀한 그의 입맞춤도 함께. 삶의 정령과 만물을 깨우는 봄이 그녀의 영혼에 청춘을 다시 불러오고 그녀에게 기쁨을 허락해 준 것 같았다.

몇 시간이 지나고 난 뒤 옥타비는 자신의 품에서 로켓을 꺼내 들고 두 눈 가득 어찌된 영문인지 궁금하다는 듯 에드몽을 바라보았다.

그가 말했다. "교전이 있기 전날 밤이었어. 황망하게 전투를 하고 그 다음 날 퇴각하느라 전투가 끝날 때까지도 나는 깨닫지 못했어. 당연히 격렬한 전투 과정에서 잃어버린 줄 알았지. 하지만 도난당했던 거야."

"도난당했다니!" 그녀는 전율하며 무언가 탄원하듯 하늘로 얼굴을 향한 채 죽어 있던 병사를 생각했다.

에드몽은 아무 말도 하지 않았다. 그는 자신의 전우를 생각하고 있었다. 어둠 속에 멀찍이 누워, 아무런 말도 하지 않던 그 사내를.

쓸모없는 크리올 사내

1

어느 늦가을 쾌청한 오후, 두 젊은이가 커널 가에 서서 방금 전 클럽 하우스에서 못다 한 이야기를 마무리하고 있었다.

"큰돈이 걸린 거라니까, 오프딘." 둘 중 나이 들어 보이는 축이 말했다. "안 그러면 내가 자네한테 말도 꺼내지 않았지. 글쎄, 사람들 말로는 패칠리가 그 사업으로 벌써 10만 달러나 벌어 들였다지 뭔가."

"그럴 수도 있겠지." 예의상 귀 기울여 듣고는 있었지만 이미 결정은 내린 것 같은 표정을 띤 오프딘이 대답했다. 들고 있던 투박한 지팡이에 몸을 기대며 그가 말을 이었다. "아마 모두 다 사실이겠지, 피치. 하지만 굳이 말하자면 나한테 그 문제는 자네가 생각하는 것보다 훨씬 더 진지한 결정을 요하는 것이라네. 얼마 안 되는 돈이

긴 하지만 2만 5천 달러는 내 전 재산이야. 도박에 쏟아붓기 전에 적어도 두어 달은 껴안고 자고 싶다네."

"그래, 자네가 그 돈을 하딩앤드오프딘사에 쑤셔 넣는다면 결국엔 고작 2.5퍼센트밖에 안 되는 쥐꼬리 같은 수수료 나부랭이나 챙기게 될 거야. 결국 그렇게 될 거라네. 안 그런지 어디 두고 보자고."

"그럴지도 모르지. 하지만 안 그럴 확률이 더 높다네. 그 건은 내가 돌아온 다음에 다시 이야기 하지. 난 아침에 루이지애나 북부로 가야 한다네."

"안 돼! 아니 대체 무슨—"

"회사 일이라네."

"그래, 그럼. 슈레브포트에서 편지하게나. 아니 어디서건 연락하게."

"그리 멀리까지는 안 간다네. 하지만 다시 보기 전까지 내 연락은 기대하지 말게. 그게 언제나 될지는 나도 모르겠네."

그렇게 둘은 악수하고 헤어졌다. 좀 뚱뚱한 편인 피치는 프리타니아행 전차를 탔고 윌리스 오프딘은 지갑을 채우기 위해 은행으로 달려갔다. 클럽에서 벌였던 잭팟과 밥테일 플러시 게임에 운이 영 따르지 않았던 터라 그의 지갑은 홀쭉하게 얇아져 있었다.

청년 오프딘은 불확실한 상황에 맞닥뜨려 가끔 우발적인 실수를 한 적도 있지만 심지가 굳은 친구였다. 스물여섯 나이에 자기 몫의 유산도 있겠다, 이제 그가 원하는 것은 단단한 땅에 기반을 잡고 냉철하고 분명한 사고를 견지하는 것이었다.

어린 시절에는 지적인 방면에서 자신의 삶을 꾸려 가고 싶다는 좀 막연한 생각을 품기도 했다. 그가 원했던 삶이 바로 그런 것이었다. 그는 자신의 능력을 현명하게 활용하고 싶었다. 그것은 당장 눈앞에 결과가 분명하게 드러나는 것 이상의 무언가를 의미했다. 무엇보다 그는 미국의 일반적인 기업가가 번갈아 빠져든다고 할 수 있는 두 소용돌이, 즉 탐욕과 무분별한 쾌락으로부터 거리를 두고 싶었다. 그 소용돌이에 빠지면 그의 영혼마저 피폐해지는 것을 막을 수 없으리란 것을 그는 알고 있었다.

운 좋게 상류 사회에 태어나서 적당한 재산과 왕성한 본능을 지닌 젊은이들이 흔히 경험하는 일들을 오프딘도 무난하게 누려왔다. 대학도 마쳤고, 국내외 여기저기 여행도 다녀보았으며, 사교 모임이나 클럽에도 자주 드나들었고, 삼촌의 중개 회사에서 일도 해보았다. 그러나 숱한 시간을 쏟은 그 모든 일에 별다른 열정을 느끼지 못했다.

그러는 동안에 자신은 훗날 현실적이면서 지적인 어떤 존재로 성장해 갈 준비 단계에 있을 뿐이라는 생각을 했고, 스스로도 그렇게 다짐하길 좋아했다. 하지만 2만 5천 달러의 유산과 더불어 이제 자기 삶의 전환점이라 느낀 순간이, 다시 말해 자기 인생의 진로를 선택해야만 하며, 단호하고 꾸준하게 그 길을 걸어갈 적절한 채비를 해야 할 때가 왔음을 느꼈다.

하딩앤드오프딘사가 '레드 강변의 골칫거리 땅뙈기'라 부르는 곳을 감독할 사람을 구하기로 했을 때, 월리스 오프딘은 그 택지 조사 특별 위원의 자리를 자신에게 맡겨 달라고 청했다.

자신이 태어난 주이긴 하지만 낯설고 후미진 그곳이 어쩌면 조용히 은둔하면서 내면의 소리를 더 잘 들을 수 있는 일종의 밀실 같은 곳이 되어 주지 않을까 하는 희망을 내심 품고서 말이다.

2

하딩앤드오프딘사가 '레드 강변의 땅뙈기'라 불렀던 곳은 내커터 시 사람들에게는 "상티엔네 옛 땅"으로 더 잘 알려져 있었다.

뤼시앵 상티엔과 그의 노예 백 명이 있던 시절에 그곳은 풍요로움이 넘쳐나던 천 에이커나 되는 화려한 농장이었다. 하지만 전쟁은 그 모든 것을 날려 버렸다. 줄 상티엔은 전쟁이 휩쓸고 간 피해를 감당할 수 있는 사람이 아니었다. 그의 세 아들들은 아버지보다 더 무능해서 폐허가 된 농장과 함께 그들에게 떠넘겨진 과중한 부채를 감당할 인물들이 못 되었다. 그러니 뉴올리언스의 채권자였던 하딩앤드오프딘사가 농장을 매입하면서 농장 소유권에 수반되는 책임과 부채로부터 그들을 벗어나게 해 준 것은 결국 모두를 구했다.

장남인 헥터와 막내인 그레고리는 각자 자신의 길을 찾아 떠났다. 플라시드만이 홀로 남아 한때 자신과 조상들의 소유였던 그 땅 위에서 지리멸렬한 기반이나마 유지하려고 애를 썼다. 그 또한 방랑하는 버릇이 있었다. 하지만 마음이 내켜 오후 여정에 나섰다 해도 옛 농장까지도 이르지 못할 정도의 한정된 범위가 고작이었다.

그곳에는 아무렇게나 되는대로 경작되고 있었지만 땅 자체는 아주 비옥해서 눈곱만큼의 틈만 있어도 면화와 옥수수, 그리고 잡초와 '코코아—풀'이 무성하게 자라는 몇 에이커나 되는 개활지가 있었다.

드넓게 펼쳐진 그 개활지의 끝에는 검둥이들의 거처인 낡고 허물어진 통나무집들이 한 줄로 길게 늘어서 있었다. 그 바로 뒤에는 울창한 숲이 무수한 비밀스런 이야기를 간직한 채 마법 같은 소리와 그림자를 품었다가 해가 비칠 때면 기이한 빛을 냈다. 목화솜 공장의 흔적은 거의 남아 있지 않았다. 겨울이면 십여 마리 남짓한 불쌍한 소들이 겨우 들어가 웅크리고 비벼대는 볼품없는 쉼터 정도에 불과했다.

레드강으로부터 한 60미터 떨어진 곳에 주거지가 있었다. 세월의 흔적이 그보다 가슴 아프게 남아 있는 곳은 농장 어디에도 없었다. 이끼 가득한 가파르고 검은 지붕이 여덟 개의 방을 마치 소등기처럼 덮고 있었지만 비라도 내리면 그 방들 가운데 반도 다 못 가려 줄 정도로 허술했다. 차라리 그 주변에 몹시 빽빽하게 밀집해 있는 떡갈나무들이 집의 보호막 역할을 하는 듯했다. 베란다는 길고 널찍해서 눈길을 끌었다. 하지만 벽돌 기둥은 한쪽이 허물어져 내리고 있었고 다른 쪽은 난간이 위태위태했으며, 다른 한쪽마저도 이미 위험한 상태를 넘어섰다는 것이 한눈에 봐도 확연했다. 물론, 상티엔 농장에 도착한 월리스 오프딘이 다음 날 자리 잡은 곳은 그 위험한 쪽 모퉁이가 아니라 비교적 안전한 곳이었다. 거기엔 무성한 잎사귀에 탐스럽고 풍성한 크림색 꽃을 피운 넝쿨장미가 기둥 사이에 쳐 놓은 철사 줄을 따라 억센 포도 넝쿨처럼 자라고 있었다. 감미로운 꽃향기가 가득하고 온몸을 감싸 오는 고요함까지 더해 평온함을 원하는 오프딘에게는 몹시 마음에 드는 곳이었다. 그를 맞아 준 나이 든 관리인 피에르 망통이 부드럽고 율동적이지만 단조로운 톤으로 그에게 말을 하고 있었다. 그의 연설은 장미꽃 사이로 들려오는 벌들의 윙윙대는 소리보다 더 끊임없이 계속됐다. 그의 이야기는 이랬다.

"나였다면 말입죠, 절대로 툴툴대지 않을 겝니다. 굴뚝이 허물어지면 사내 놈 한둘 데리고 말짱하게 손보고 말지요. 그런 일에야 도가 텄으니 말입죠. 울타리도 여기저기 하나씩 그때그때 고쳐 가고 말입죠. 그 망할 놈의 라크로와 토네르 노새만 아니었다면! 그 망할 놈의 노새, 말도 꺼내기 싫군요. 하여튼 나라면 툴툴거리진 않을 겝니다. 외프라지가 그랬습죠. 하딩앤드오프딘 같은 부자가 그런 땅을 그리 내버려두는 건 말도 안 되는 멍청한 짓이라고 말입죠."

"외프라지요?" 오프딘이 조금 놀라 물었다. 처음 듣는 이름이었다.

"외프라지, 제 여식입죠. 잠깐만요." 대답과 동시에 셔츠 차림인 게 기억난 피에르는 근처 말뚝에 걸어 둔 외투를 집으려 몸을 일으켰다. 작지만 떡 벌어진 체구에 온화하고 친절하면서도 건강하게 그을린 거친 갈색 얼굴, 부드러운 챙 모자 아래 길게 늘어진 회색 머리카락. 다시 자리에 앉은 그에게 오프딘이 물었다.

"따님은 어디 있나요? 한 번도 본 적이 없군요." 그는 그녀가 했다는 말을 떠올리며 어린 여자아이가 어찌 그리 현명한 말을 할 수 있을까 내심 놀라고 있었다.

"그 아인 쩌~기 케인 강변 듀플랑 마님네 있지요. 어제부터 목이 빠져라 기다리고 있는 중입죠. 걔하고 플라시드를요." 길게 뻗은 농장 길을 무심하게 내려다보면서 그가 내뱉었다. "근데 듀플랑 마님은 외프라지를 보내길 원치 않습죠. 불쌍한 개 엄마가 죽은 뒤로 그

아일 마님이 건사해 왔거든요, 오프딘 씨. 그분이 그 어린것을 거둬서 키웠답니다. 니네트와 똑같이. 그런데 한 일 년 좀 더 됐을 겝니다. 외프라지가 그러더군입쇼. 내가 아무도 없이 깜둥이하고 단 둘만, 뭐 물론 가끔 플라시드도 함께하긴 하지만, 살게 냅두는 건 말도 안 된다꼬. 그러더니 걔가 이따금 와서 감 놔라 배 놔라 한답니다! 참!" 노인은 만족스럽게 빙긋이 웃으며 말했다. "하딩앤드오프딘에 보낸 편지는 다 걔가 썼답니다, 꼭 내가 쓴 것만치로."

3

플라시드는 외프라지가 농장 상황에 대해 관심을 갖기 시작했을 때부터 뭔가 불길한 예감을 느끼는 것 같았다. 농장이 망하더라도 그녀가 관심 가질 일이 아니라고 했던 말에는 그런 불편한 심기가 어느 정도 실려 있었다. "귀족처럼 농장을 경영하는 것은 조 듀플랑으로 충분하잖아, 외프라지. 농장이 당신을 버려놓았어."

할 마음만 있었다면 플라시드는 혼자서라도 낡은 농장을 더 잘 정비할 수도 있었다. 무슨 일이건 손끝만 까딱하면 그는 최고의 일꾼이었다. 서서 휘파람 한 번 뽑을 동안이면 안장이나 말굴레를 수선할 수 있었다. 마차의 버팀대나 볼트가 필요할 경우 가게로 들어가 최고의 대장장이로 변신하는 것쯤 그에게는 일도 아니었다. 대패와 자, 끌을 들고 작업하는 모습은 누가 보더라도 그야말로 타고난 목수였다. 어디 그뿐인가. 페인트를 섞어 벽면이나 헛간에 깔끔하게 마무리 칠을 하는 데는 근동에서 그를 따라올 사람이 없었다.

그가 이 마지막 재주를 고향 동네에서 선보인 적은 거의 없었다. 칠장이로서의 명성은 그가 대부분의 시간을 보냈던 동네 인근에서만 자자했다. 그는 오르빌 마을에 뼈대만 갖춘 작은 집을 하나 소유하고 있었는데, 시간이 날 때면 그 작은 집을 여기저기 손보며 매일 무언가 예쁘고 편리한 것들을 새롭게 만들어 내는 것을 큰 즐거움으로 삼았다. 그즈음 들어 그 집은 그에게 둘도 없는 소중한 재산이 되었다. 봄이면 외프라지를 아내로 맞아 바로 그곳으로 데려와야 했기 때문이었다.

그보다 아껴 가며 근근이 살아가는 사람들이 그를 '쓸모없는 크리올*'이라 불렀던 것은 아마도 그런 재능을 좋은 데 제대로 쓰지 않고 무심하게 썩혔기 때문이었을 것이다. 그러나 그가 쓸모없는 크리올이건 아니건, 혹은 때때로 건달, 칠장이, 목수, 대장장이 혹은 다른 무엇이건 간에 그에게는 그 지방 최고 가문인 상티엔의 피가 흐르고 있었다. 그래서 늙은 아버지 피에르 망통과 누구보다도 문제 많은 엄마의 딸인 외프라지와 그가 약혼했을 때, 많은 사람들은 신분이 한참 차이 나는 선택을 했다고 생각했다.

플라시드라면 어떤 여자와도 결혼할 수 있었을 것이었다. 여자들이 그와 사랑에 빠지는 일이야말로 세상에서 가장 쉬운 일이었다. 때로는 그를 보고 사랑에 빠지지 않는 것이 세상에서 가장 힘든 일

---

* Créole. 유럽인의 자손으로 식민지 지역에서 태어난 사람. 오늘날에는 보통 유럽계와 현지인의 혼혈을 뜻하지만 이 작품에서는 전자의 의미. —옮긴이.

처럼 보일 정도로 그는 눈부시게 돋보이는 사내였다. 그는 태평스럽고, 유쾌하며, 잘생겼다. 그는 함께 성장한 친구들이 도시로 나가 변호사가 되거나 농장을 경영하고, 셰익스피어 클럽의 회원이 되는 것 따위는 조금도 신경 쓰지 않는 것 같았다. 상티엔의 아들들이 그런 따분한 일들을 하리라고 예상하는 사람은 아무도 없었다. 청소년 시절, 세 형제는 하나같이 동네 선생님의 골칫거리였다. 어떻게든 그들을 붙들어 앉혀 보려고 데려온 가정교사의 계획도 아무 소용이 없었다. 그들의 부친이 한순간 막연한 편견에 마음이 동해 그들을 그랑코토의 대학에 보냈을 때 그곳에서 그들이 불러일으킨 반항과 저항은 아직까지도 내커터시 사람들에게 회자되고 있었다.

플라시드는 이제 외프라지와 결혼할 것이다. 그가 그녀를 사랑하지 않았던 때가 있었는가! 여섯 살 때, 아버지와 함께 일하던 감독관 피에르가 놀고 있던 그를 불러 그녀를 처음 보여 준 바로 그날, 그의 사랑은 시작되었던 것 같았다.

잠시 그녀를 안을 수 있는 허락을 받은 그는 경외감마저 느끼며 말없이 그녀를 안았다. 그는 자신이 기억하는 첫 백인 아기였던 그녀를 소꿉놀이 친구 삼으라고 자기에게 보내 준 생일 선물이라 믿었다. 그가 그녀를 사랑했다 해도 전혀 놀라운 일이 아니었다. 앙증맞고도 대담하게 첫걸음을 내딛던 때부터 누구나 그녀를 사랑했으니 말이다.

그녀는 오랜 역사의 내커터시 교구에서 태어난 아이들 가운데 가장 예쁜 꼬마 숙녀인 데다 더할 수 없이 행복하고 명랑하기까지 했다. 그녀는 다쳤다고 울거나 투덜대지도 않았다. 플라시드는 그러질 못했는데, 그녀는 대체 어떻게 그럴 수 있었을까? 그녀가 우는 모습을 보일 때는 오직 자기가 잘못했을 때, 아니면 플라시드가 잘못했을 때뿐이었다. 그녀는 울면 겁쟁이가 된다고 생각했다. 열 살이 되었을 때 그녀의 엄마가 돌아가시자 그 교구의 돈 많고 자비로운 듀플랑 부인이 자기 소유의 셰니 농장을 지나 피에르 노인의 집까지 말을 몰아와서 모두가 소중히 여기는 어린 외프라지를 데려갔다. 부인 자신이 원하는 대로 키우고 싶은 마음에서였다.

부인은 자신이 자랄 때처럼 그녀를 보살폈다. 외프라지는 얼마 뒤 수녀원에 가서 '성심수녀회'의 수녀들이 가르쳐 줄 수 있는 온갖 품위와 예절, 그리고 언어 예법을 배웠다. 배울 걸 다 배우고 그들을 떠날 때 외프라지는 사랑의 흔적을 남겼다. 그녀는 언제나 그런 소녀였다.

플라시드는 틈날 때마다 계속 그녀를 만났고 언제나 그녀를 사랑했다. 하루는 그녀에게 사랑한다고 말하기도 했다. 그러지 않을 수 없었다. 그녀는 셰니 농장에 있는 커다란 떡갈나무 아래 서 있었다. 한여름이어서 쏟아져 내리는 환한 햇살이 그녀의 몸에 황금빛 번개무늬를 어지럽게 그려놓고 있었다. 그녀에게 내리는 은총처럼 작렬하는 햇살 아래 서 있는 그녀를 보고 그는 전율했다. 생전 처음 그녀를 보는 것 같았다.

그저 멍하니 그녀를 바라보고 있자니 귀와 목까지 흘러내린 그녀의 풍성한 밤색 머리카락이 어찌 그리 반짝이는지 경이로울 뿐이었다. 그전에 수천 번도 더 그녀의 눈동자를 들여다본 적이 있었는데, 나른하면서도 무언가 생각에 잠긴 듯한 그 눈동자에 사랑을 부르는 빛이 어린 것은 그날뿐이었을까? 그전에는 어찌 그걸 몰랐을까? 또렷하게 굴곡진 붉고 아름다운 입술, 크림처럼 뽀얀 살결은 또 왜 몰랐을까? 그녀가 그토록 아름답다는 것을 왜 전에는 몰랐던 것일까?

"외프라지," 그녀의 손을 잡으며 그가 말했다. "외프라지, 사랑해."

그녀는 조금 놀란 듯한 표정으로 그를 바라보며 부드러운 크리올 톤으로 말했다. "알아요, 플라시드."

"아니, 당신은 몰라, 외프라지. 내가 당신을 얼마나 사랑하는지 지금까지 내 자신도 미처 몰랐는걸."

당연히 그는 그녀에게 자신을 사랑하는지 물어보았다. 그는 여전히 그녀의 손을 잡고 있었지만 대답할 준비가 안 된 것처럼 생각에 잠겨 시선을 피했다.

"다른 사람을 더 사랑해?" 질투를 느끼며 그가 물었다. "나만큼 사랑하는 다른 사람이라도 있어?"

"플라시드, 내가 아빠를 더 사랑하고 듀플랑 엄마도 사랑하는 건 알잖아요."

하지만 그가 청혼했을 때 그의 아내가 되어서는 안 되는 이유를 그녀 자신도 알 수 없었다.

이 일이 있기 불과 몇 달 전, 외프라지는 아버지와 함께 살기 위해 돌아왔다. 그러면서 그녀는 열여덟 살 아가씨가 즐거워할 만한 모든 일을 포기했다. 혹시 그녀가 한 번쯤 그 일을 후회했더라도 누구도 짐작조차 할 수 없었을 것이다. 그러나 그녀는 듀플랑네는 종종 찾아갔다. 오프딘이 농장에 도착하던 바로 그날도 플라시드는 세니 농장에 가 있던 그녀를 집으로 데려다 주던 참이었다.

그들은 열차로 내커터시에 도착했다. 피에르의 무개마차가 그들을 기다리고 있었다. 농장에 도착하려면 소나무 숲을 가로질러 5마일은 더 가야 했다. 그들이 목적지에 도착해서 뒤쪽으로 길게 뻗은 몇 마일의 농장 길을 더 올라가자 외프라지가 소리쳤다.

"저 회랑에 누군가 아빠와 같이 있어요, 플라시드!"

"그래, 알아."

"읍내 사람 같아요. 틀림없이 구스 애덤스 씨일 거예요. 그런데 그 사람 말은 안 보여요."

"내가 아는 마을 사람은 아냐. 도회지 사람일걸."

"오, 플라시드, 하딩앤드오프딘사가 이곳을 관리하라고 마침내 누군가를 보냈다 해도 놀랄 일은 아닐 거예요."

그들 사이의 거리는 아주 가까웠기 때문에 낯선 이가 아주 잘생긴 외모의 젊은이라는 것을 알 수 있었다. 뚜렷한 이유도 없이 플라시드는 마음이 싸늘하게 변하며 우울해졌다.

"첨부터 당신이 상관할 일 아니라고 내가 말했지, 외프라지."

4

월리스 오프딘은 외프라지를 단번에 기억해 냈다. 예전에 마르디그라* 축제의 밤에 클럽하우스 발코니 높은 곳까지 올라가도록 자신

---

* '기름진 화요일'. 재의 수요일(Ash Wednesday) 전 화요일이며 사순절 시작 전날.

이 도와주었던 아가씨였다. 참 아름답고 매력적인 아가씨라는 생각에 하루 이틀 정도 그녀가 누군가 궁금했었다. 하지만 자신은 그녀에게 찰나의 인상조차도 심어 주지 못했다는 것을 알기에 피에르가 그들을 소개해 주었을 때 그는 이전의 만남에 대해서는 아무런 말도 꺼내지 않았다.

그가 내주는 의자에 앉으며 그녀는 언제 왔는지, 여행은 즐거웠는지, 내커터시에서 오는 길 상태는 좋았는지 물었다.

"오프딘 씨는 어제사 겨우 왔다, 외프라지." 피에르가 끼어들었다. "저분과 나, 우리 둘은 그 땅에 대해 많은 얘기를 했지. 내가 다 말해 줬어. 아, 잠깐 오프딘 씨가 괜찮다면 내가 가서 플라시드가 마차 매는 걸 도와야 할 것 같심다." 그는 천천히 계단을 걸어 내려와 구부정한 자세로 유유히 헛간 쪽으로 걸어갔다. 플라시드가 외프라지를 내려 주고 말을 몰아 간 곳이었다.

오프딘이 이야기를 시작했다. "부끄럽게도 이 땅 주인들이 그렇게 오랫동안 신경을 쓰지 않았다는 것이 이상하게 여겨지실 테지요. 하지만," 미소를 보이며 그가 덧붙였다. "농장 관리가 중개상의 일상적인 업무는 아니지요. 게다가 이미 그 농장에서 얻을 수 있으리라 기대했던 것보다 더 많은 비용을 지출해야 했고요. 그러니 더 많은 돈을 그곳에 묻어 둘 생각을 하지 않은 건 당연한 일이지요." 이런 이야기를 왜 이 처녀에게 하고 있는지는 자신도 알 수 없었지만, 어쨌건 그는 계속 말을 했다. "충분히 합리적인 가격을 받을 수만 있다면 이 농장을 매각할 권한이 제게 있지요." 그 말을 듣고 외프라지가 웃었다. 그를 좀 불편하게 만드는 웃음이었다. 그래서 그는 당장은 더 이상 말을 하지 말아야겠다고 생각했다, 어쨌건 적어도 그녀를 더 잘 알기 전까지는 말이다.

"글쎄요." 그녀가 아주 단호한 태도로 답했다. "오프딘 씨, 저는 당신이 그 땅을 선물이라고 여기지 못하도록 망쳐 버릴 수 있는 사람 한둘 정도는 읍내에서 쉽게 찾을 수 있을 것 같은데요. 그 사람들은 결국 헐값의 담보비나 받고 그 땅에서 손을 떼는 게 어떻겠냐고 제안할 거예요."

그 말에 둘은 웃었지만 다가오던 플라시드는 얼굴을 찌푸렸다. 하지만 계단에 이르기도 전에 그는 낯선 이에 대한 몸에 밴 예의를 차리며 기분 나쁜 표정을 거두었다. 플라시드와 악수를 나누던 오프딘 자신도 깔끔하게 머리를 깎고 단정한 차림새를 하고 있었지만, 아주 솔직하고 우아한 그의 태도와 짙고 강렬한 피부색, 그리고 고운 선이 돋보이는 너무도 잘생긴 얼굴을 보며 막연한 감탄 이상의 놀라움을 느꼈다.

그는 자신이 돌봐야 할 농장의 전 소유주가 상티엔 가문이라는 사실을 알고 있었다. 자연히 농장의 재건을 위해 노력하는 자신이 플라시드로부터 얼마간 협력은 물론 직접적인 도움을 받을 수 있기를 기대했다. 하지만 플라시드는 그 문제에 관하여 놀라울 정도로 무관심하고 어정쩡한 태도를 취하며 모르쇠 했다.

보다 일상적인 주제가 언급될 때만 조금 덜 과묵한 모습을 보이기도 했지만 오프딘의 농장 일과 관련된 문제에 대해서는 확실히 아무런 할 말이 없었던 플라시드는 저녁을 먹고 난 뒤 곧장 말안장을 얹어 떠났다. 자정쯤이면 달이 뜰 것이고, 길이야 밤에도 낮처럼 훤히

꿰고 있었기에 아침까지 기다리고 싶지 않았다. 그는 바이우를 건너기에 가장 좋은 여울은 어딘지, 언덕을 가로지르는 가장 안전한 길은 어딘지도 알고 있었다. 그는 누구 소유의 농장을 가로질러 가게 될지도 분명하게 알고 있었고, 누구네 울타리를 건드려 떨어뜨릴지도 잘 알았다. 하지만 어떻든 그는 자신이 하고 싶은 대로 울타리를 넘고 농장을 가로지를 것이었다.

외프라지는 말 있는 헛간 쪽으로 같이 걸어가면서 그의 갑작스러운 결정에 놀라 자초지종을 알고 싶어 했다.

"난 저 친구가 마음에 안 들어." 그는 솔직하게 인정했다. "못 참겠어. 저 친구가 떠나면 알려 줘, 외프라지."

그녀는 익숙한 그의 조랑말을 다독이며 갈기를 문질러 주었다. 짙은 어둠 속에 두 사람의 형체만이 흐릿했다.

"당신은 참 바보예요, 플라시드." 그녀가 프랑스어로 말했다. "농장에 남아 저 사람을 돕는 게 더 좋을 텐데요. 당신만큼 농장을 잘 아는 사람도 없잖아요."

"그 농장은 내 게 아니야. 나한텐 아무것도 아니라구." 비통한 심정으로 그가 답했다. 그는 그녀의 양손을 잡고 열정적으로 손에 입맞춤을 했지만, 그녀는 몸을 숙여 그의 이마에 입을 맞추었다.

"오!" 그는 기쁨에 겨워 소리쳤다. "당신 정말 나를 사랑하는 거지, 외프라지?" 두 팔로 그녀를 껴안은 그는 간절히 원한 키스는 하지 못한 채 그녀의 머리와 뺨에 입맞춤을 했다.

"물론 전 당신을 사랑해요, 플라시드. 내년 봄이면 당신과 결혼할 거잖아요? 바보 같은 사람!" 그녀가 몸을 빼며 대답했다.

말에 올라탄 그가 몸을 숙이며 말했다. "이봐, 외프라지, 그 망할…… 양키 놈과 많이 어울리지는 말아."

"하지만, 플라시드, 그는 마, 망…… 양키가 아니에요. 당신 같은 남부 사람이에요. 뉴올리언스 사람이라구요."

"아, 아니야, 그놈은 양키 같아." 말은 그렇게 했지만 플라시드는 웃고 있었다. 외프라지가 입맞춤한 뒤부터는 기분이 들떠 행복했던 그는 조용히 휘파람을 불며 말을 몰아 어둠 속으로 사라졌다.

그녀는 주먹을 꼭 쥔 채 서 있었다. 나지막이 한숨이 나오는 까닭은 뭘까, 스스로도 궁금했다. 분명히 그건 아쉬움의 한숨은 아니었다. 다시 집에 들어온 그녀는 곧장 자기 방으로 갔다. 그녀의 아버지는 고요하고 향긋한 어둠 속에서 오프딘과 이야기를 나누고 있었다.

5

2주가 지났을 때 오프딘은 피에르와 외프라지 두 사람과 지내는 시간이 아주 편안하게 느껴졌다. 오프딘은 자신을 이곳까지 오게 만든 본래의 일에 너무 몰두한 나머지 이곳에 와서 해결하고 싶었던 개인적인 문제들은 까맣게 잊어버리고 말았다.

피에르 노인은 무개 사륜마차에 그를 태우고 다니며 울타리나 헛간이 얼마나 엉망인지 보여 주었다. 그가 보기에도 그 집은 사람이 살기에는 너무 위험해 보였다. 저녁이면 세 사람은 회랑에 나가 앉아 그 땅의 장단점에 대해 이야기를 나누곤 했다. 오프딘은 그 땅이 예전부터 자기 땅이기나 한 것처럼 속속들이 알게 되었다.

매일 외프라지와 둘이 말을 타고 숲으로 가는 길에 지나치다 보니 곧 무너져 내릴 것 같은 오두막집들의 허름한 상태에 대해서도 잘 알게 되었다. 그런 그 둘의 모습을 두고 마침 근처를 어슬렁거리던 검둥이들 사이에 이런저런 입방아가 없을 리가 없었다.

어느 날 틀어 올린 머리 아래로 흰 곱슬머리가 삐져나온 펑퍼짐한 체구의 라 샤트가 허리에 손을 얹고 서서 둘이 사라지는 모습을 지켜보다가 고개를 돌려 오두막집 문간에 앉은 젊은 여인에게 말했다.

"저 젊은이가 내 말을 들으만 외프라지 아씨하고 저리 어울려 다니진 않을 낀데."

문간의 여인은 하얀 이가 다 보일 정도로 고개를 젖히고 웃으면서 목에 걸린 푸른 구슬들을 만지작거렸다. 연애사에 관한 거라면 어떤 꼬투리라도 진심으로 환영한다는 듯한 태도였다.

"저런! 라 샤트, 설마 당신, 젊은 아가씨에게 수작 걸라는 젊은 신사가 내 남자라도 방해할 건 아니겠지요."

"내 말은 말이야," 라 샤트가 느릿느릿 무겁게 문간 계단에 걸터 앉으며 말했다. "나만큼 산천 도련님들을 잘 아는 사람이 없단 거지. 어느 정돈 내가 키웠잖아? 저 플라시드가 아니었으면 누구 때문에 내 머리가 이렇게 새하얗게 셌을 거 같아?"

"아니, 그가 대체 어떠케 했길래 그래요, 라 샤트?"

"말도 못하게 악동이었지, 로즈. 한 날은 걔가 이 오두막으로 불쑥 들어오더라고. 그땐 걔가 면화 자루를 두르고 길을 따라 걷던 헤이즈 감독관보다도 작았던 때였지. 들어와서는 총은 허리춤에 찬 채로 지금 자네가 앉아 있는 문 옆에 있던 나무 스툴에 털썩 앉더니 그러지 뭐야. '라 샤트, 크로키뇰 과자 좀 줘, 얼른.' 그래 내가 말했지.
'비키거라, 애야. 지금 네 엄마 페티코트 다리는 거 안 보여?' 그랬
더니 그 애가 '라 샤트, 다리미 저리 치우고 페티코트도 치워.' 그러
면서 총을 들어 올리더니 내 머리에 들이대는 거야. '저기 저 통, 밀
가루 꺼내고 버터와 달걀도 꺼내. 자, 어서 걸어 할망구야. 하얀 식
탁보에 커피 한 잔과 크로키뇰 과자가 식탁에 준비될 때까지 이 총
은 당신 머리에서 꼼짝도 않을 거야.' 내가 통 쪽으로 가면 그리 겨
누고, 불 쪽으로 가면 또 그쪽으로 겨누고, 밀가루 반죽을 할 때도
총은 나를 겨누고 있었다구. 걔는 한마디도 하지 않고 나는 꼭 끔찍
한 고통을 당하는 노아처럼 사시나무 떨 듯 떨었지."

"세상에나! 만약 플라시드 도련님이 도시서 온 그 젊은 신사 땜에
홱 돌아버리면 어떡할 거 같수?'

"생각하고 말 것도 없어. 그가 어쩔지 내가 아니까. 지 아버지와
똑같이 하겠지."

"그분 아버진 어땠는데요, 라 샤트?'

"자네 일이나 신경 써. 뭘 그리 꼬치꼬치 묻고 그래.' 라 샤트는
천천히 일어나 허물어져 가는 들쭉날쭉한 울타리에 널어놓은 알록
달록한 빨래를 걷으러 갔다.

그러나 오프딘이 외프라지에게 관심을 두고 있다는 흑인들의 생
각은 오해였다. 둘이 함께 숲으로 가는 짧은 나들이는 순전히 일과
관련된 것이었다. 오프딘은 인근 제재소에 베지 않은 나무를 얼마간
넘기는 대신 새 울타리를 만들어 받기로 계약을 했기 때문에 베어
낼 나무들을 결정하고 목수들이 벌채하도록 표시하는 일에 외프라

지의 도움을 받고 있었다.

가끔 그들이 숲으로 들어간 진짜 이유를 잊어버린 경우가 있었다면, 그것은 이야깃거리와 웃을 거리가 너무 많았기 때문이었다. 종종 오프딘이 안장머리에 넣고 다니던 날카로운 손도끼로 나무에 표시를 하고, "아주 훌륭한 목재야"라고 말하며 자기 일을 다 했다는 신호를 하면, 두 사람은 젊은이들의 으레 그러듯 쓰러져 썩어 가는 나무 둥치에 앉아 머리 위로 지저귀는 흉내지빠귀의 노랫소리를 듣거나 서로의 속내를 터놓곤 했다.

외프라지 생각에 오프딘처럼 그렇게 듣기 좋게 말하는 사람은 본 적이 없었다. 그가 하는 한마디 한마디 말에 그토록 깊은 의미가 담긴 것이 그 사람의 태도나 음성 때문인지, 아니면 움푹 들어간 푸른 눈에 담긴 진심 어린 눈빛 때문인지 알 수 없는 노릇이었지만 어쨌건 나중에 보면 자기도 모르는 사이에 그가 했던 모든 말들을 하나하나 되새기고 있는 자신을 발견하게 되었다.

비가 억수같이 쏟아지던 어느 날 오후, 로즈가 오프딘의 방에 빗물이 차지 않도록 물받이 통들을 끌어다 놓아야 했다. 외프라지는 그가 직접 집 상태를 볼 수 있으니 잘 된 일이라고 했다.

직접 방을 확인한 오프딘은 바깥 베란다 한쪽 모퉁이에 있는 외프라지에게 갔다. 그녀는 망토를 두른 채 담벼락에 몸을 바짝 기대고 서 있었다. 그도 벽에 기대어 섰다. 황량하기 짝이 없는 풍경을 바라보며 두 사람은 그렇게 함께 서 있었다.

휘몰아치는 빗줄기 사이로 보이는 세상은 온통 회색이었다. 저 멀리 을씨년스런 오두막들은 거센 빗줄기에 기가 눌려 땅속으로 가라 앉은 것 같았다. 머리 위에서는 떡갈나무 가지들이 구슬프고 단조로운 박자로 검은색 지붕을 내려치고 있었다. 여기저기 커다란 물웅덩이가 생겨난 마당에는 살아 있는 것이라곤 모두 떠나 텅 비어 있었다. 검둥이 아이들은 재빨리 집으로 달려 들어가고, 개들도 개집으로 도망쳐 갔다. 암탉 무리는 옹색한 피난처 같은 부서진 마차 아래서 거북하게 몸을 잔뜩 부풀리고 있었다.

날마다 커널 가를 거닐고 클럽에서 즐거운 오후를 보내는 데 익숙한 젊은이라면 분명 괴로울 만한 따분한 상황이었다. 하지만 오프딘은 기뻤다. 비가 올 때 낡고 오래된 쇠락한 농장이 얼마나 매력적일 수 있는지 자신은 전혀 몰랐고, 아무도 알려 주지도 않았다는 사실이 그저 놀라울 따름이었다. 그러나 그가 아무리 그곳을 좋아한다고 해도 영원히 머물 수는 없었다. 며칠 후 그는 일 때문에 뉴올리언스로 다시 돌아가야만 했다.

하지만 농장을 개선하는 일에 아주 깊은 관심을 가졌던 오프딘은 끊임없이 농장 문제를 생각했다. 목재는 잘 베어졌는지 울타리 작업은 어떻게 되고 있는지 궁금했다. 그런 일들을 알고 싶은 마음을 걷잡을 수 없었던 그는 외프라지와 많은 서신을 주고받으면서 목수나 벽돌공, 널빤지를 운반하는 사람들과 함께 일하며 겪는 수고와 번거로움이 묻어나는 그녀의 편지를 손꼽아 기다렸다. 그러던 어느 날 오프딘은 돌연 농장 일에 흥미를 잃었다. 이상하게도 외프라지에게서 온 한 통의 편지를 받은 순간부터였다. 그 편지에는 그녀가 듀플랑 가족들과 함께 마르디 그라를 보내기 위해 그 도시로 올 것이라는 담담한 추신이 달려 있었다.

6

외프라지가 뉴올리언스를 방문한다는 소식에 오프딘은 그녀의 부친에게서 받았던 환대에 보답할 기회라고 여기며 기뻐했다. 그는 곧 그녀에게 모든 것을 보여 줘야겠다고 결심했다. 낮에 행해질 행진과 밤에 펼쳐질 퍼레이드, 무도회와 타블로*, 오페라와 연극 등. 모든 일정을 자신이 준비하고 싶었던 그는 어떤 일에도 구애받지 않고 온전히 그 일에만 전념할 수 있도록 클럽에서 맡은 일들까지도 사정사정해 내려놓았다.

외프라지가 도착한 다음 날 저녁, 오프딘은 서둘러 애스플라나드가로 그녀를 만나러 갔다. 그녀와 듀플랑 가족은 듀플랑 부인의 어머니인 캐런텔 노부인과 함께 머물고 있었다. 노부인은 수년간 '커널 가를 가로지른' 적이 없을 만큼 보수적이지만 유쾌한 분이었다.

오프딘은 천장이 길고 높다란 응접실에 모인 한 무리의 일행을 발견했다. 젊은이와 노인들이 한데 어울려 프랑스어로 이야기 중이었고, 몇몇은 심하게 귀가 어두운 캐런텔 노부인 때문에 평소보다 목소리를 높이고 있었다.

응접실에 들어섰을 때, 노부인은 그보다 바로 앞서 들어간 누군가를 맞이하고 있었다. 플라시드였다. 노부인은 그를 그레고리라 부르며 레드강의 작황이 어떤지 묻고 있었다. 몇 가지 비슷한 틀에 박힌

---

* tableaux. 살아 있는 사람이 분장하여 정지된 모습으로 명화나 역사적 장면 등을 연출한 볼거리.

질문을 하며 시골에서 온 일행 한 사람 한 사람을 맞이하는 그녀는 기분이 좋고 편안해 보였다. 노부인이 좋아하는 그런 분위기였다.

외프라지가 그렇게 환영받는 모습을 보게 되리라고는 미처 예상하지 못했던 오프딘은 저녁 내내 그녀가 환대받는 자체는 즐거운 일 아니냐고 스스로를 납득시키려 애를 썼다. 하지만 플라시드는 왜 그토록 끈덕지게 그녀 옆에 앉아 있는지, 듀플랑 부인이 피아노 연주를 할 때는 또 왜 그리도 자주 그녀와 춤을 추는지는 도대체 알 수 없었다. 게다가 이 크리올 젊은이들이 도대체 무슨 권리로 프로테우스 무도회는 물론 자신이 그녀를 위해 베풀어 주려고 마음먹었던 모든 오락거리들까지 미리 다 준비했는지도 이해할 수 없었다.

오프딘은 정작 만나러 갔던 외프라지와 단 둘만의 이야기는 한마디도 나누지 못한 채 자리를 떴다. 그날 저녁 그가 계획했던 일은 완전히 수포로 돌아가고 말았다. 그는 여느 때와 달리 클럽에 가지 않고 쓸쓸한 기분이 되어 집으로 갔다. 이따금 그가 흉내 내곤 했던 금욕주의 철학자의 글귀를 읽고 싶었다. 하지만 불편한 마음을 추스르는 데 도움을 주곤 했던 그 지혜의 말들이 오늘 밤엔 아무런 울림도 남기지 않았다. 마음속 깊이 맴도는 그녀의 갈색 눈동자와 그의 영혼에 끊임없이 울리는 그녀의 목소리를 떨쳐 내는 데 그런 글귀들은 아무런 도움이 되지 않았다.

플라시드는 뉴올리언스라는 도시를 잘 몰랐지만 외프라지 곁에 있는 한 그건 아무 상관이 없었다. 도시 변두리에 살고 있는 형 헥터가 기꺼이 더 상세하게 가르쳐 줄 수 있었겠지만, 플라시드는 형이 알려 주겠다는 내용에는 관심이 없었다. 외프라지의 예쁜 얼굴 위로 알맞게 기울인 양산을 들어 주며 함께 산책을 하거나, 저녁에 나란히 극장에 앉아 그녀가 숨김없이 내보이는 기쁨을 나누는 일 말고는 아무것도 바라지 않았다.

마르디 그라 무도회 밤이 되자 플라시드는 그녀와 떨어져 있어야만 하는 몇 시간 동안 마치 길을 잃고 헤매는 영혼이 된 것 같았다. 그는 거리를 가득 메운 군중들 틈에 서서 클럽 회관 발코니를 올려다보았다. 화려하게 차려입은 아가씨들 가운데 외프라지가 앉아 있었다. 그녀를 알아보기가 쉽지 않았지만 그렇게 길 위에 서서 그녀를 찾으려 애쓰는 것보다 즐거운 일은 생각할 수 없었다.

그 즐거운 시간 내내 그녀는 오롯이 자신의 여인처럼 보였다. 그녀가 온전히 자신의 여인이 아닐지도 모른다는 생각을 하면 그의 감정은 격해졌지만 그렇게 생각할 어떤 까닭도 없었다. 외프라지는 최근 들어 플라시드에 대해 그리고 그와의 관계에 대해 점점 깊이 의식하며 생각하게 되었다. 그녀는 여러 번 심사숙고한 끝에 결혼을 약속한 여성이 정혼자를 대하듯 그를 대하려고 노력했다. 하지만 플라시드와 함께 길을 걸으며 행인들의 얼굴을 유심히 살필 때면, 그녀의 갈색 눈에 이따금 누군가를 그리워하는 표정이 어렸다.

오프딘은 매우 신중하게 격식을 차려 그녀에게 짧은 편지를 썼다. 농장 문제를 상의하기 위해 만나자고 청하며, 그녀와 개인적으로 대화할 기회를 갖기 어려웠기에 이렇게 편지를 쓸 수밖에 없었으니 불쾌하게 생각하지는 않으리라 믿는다고 덧붙였다.

외프라지에게 그 편지는 더할 나위 없이 타당해 보였다. 그녀는 마을을 떠나기 전날 어느 오후에 길고 웅장한 응접실에서 단둘이 만나는 데 동의했다.

계절에 비해 너무도 따뜻하고 나른한 날이었다. 습한 바람이 긴 복도를 천천히 휩쓸고 지나 반쯤 닫힌 초록색 덧문들을 달그락달그락 흔들어 대고, 체리엇 노인이 활짝 뻗은 종려나무와 잘 정리된 화단에 물을 주고 있는 안뜰에서는 기분 좋은 향기가 풍겨 왔다. 한 무리의 어린아이들이 창문 아래 서서 잠깐 소란스레 다투다 길 아래로 옮겨가자 정적만이 가득했다.

오래 기다리지 않아 외프라지가 나타났다. 그녀에게서 처음 그를 만났을 때 보였던 편안함이 조금은 사라지고 없었다. 그 앞에 마주 앉은 그녀는 곧장 그의 방문 이유이기도 한 농장 일에 집중하려는 듯 보였다. 오프딘도 일을 핑계로 온 것이었기에 기꺼이 그럴 마음이었지만 이내 그 마음을 접었다. 지금껏 그를 지탱하고 있던 자제심도 버렸다. 그는 그녀의 눈을 가만히 바라보았다. 그 시선에 그녀의 몸이 가볍게 떨렸다. 그는 다음 날이면 떠나야 하는 그녀를 그동안 통 볼 수 없었던 섭섭한 마음을 토로하기 시작했다. 그녀가 와 있는 동안 많은 것들을 같이 하고 싶었는데 왜 자신에게 그런 기회를 허락하지 않았는지 따지듯 물었다.

"제가 이곳에 처음 온 게 아니라는 걸 잊으신 모양이네요." 그녀가 대답했다. "아는 분들이 많아요. 듀플랑 마님과 함께 자주 온답니다. 저도 당신을 더 자주 만나고 싶었답니다, 오프딘 씨─"

"그럼 그렇게 했어야지요. 그렇게 할 수 있었잖소. 정말 화가 납니다." 오프딘의 말투는 말하는 내용에 비해 지나치게 신랄했다. "남자가 무엇인가를 그렇게나 열망할 때는 말입니다."

"하지만 그게 그리 중요한 건 아니었잖아요." 그녀가 그의 말을 가로막았다. 두 사람은 함께 웃었다. 심각한 상황은 아니더라도 어색해질 수 있었던 순간이 순조롭게 넘어갔다.

사랑하는 남자 곁에 앉아 있는 나른한 오후 내내 행복한 기운이 그녀의 몸과 마음을 휘감았다. 무슨 이야기를 했건, 혹은 이야기를 하건 말건 그건 전혀 중요하지 않았다. 두 사람 모두 뜨거운 감정에 싸여 불꽃처럼 반짝였다. 서로의 마음이 요동치던 그 순간 오프딘이 외프라지의 손을 잡고 몸을 숙여 그녀의 입술에 키스하는 것이야말로 너무도 당연한 일이었을 것이다. 하지만 그는 키스하지 않았다. 그는 너무도 강렬한 열정이 자신을 사로잡고 있다는 사실을 깨달았다. 이미 타오르는 불 위에 석탄을 더 얹을 필요는 없었다. 오히려 자제해야 할 순간이었고, 그는 필요하다면 그렇게 행동할 수 있는 젊은 신사였다.

하지만 작별 인사를 하는 동안 그는 그녀의 손을 필요 이상으로 오래 잡고 있었다. 자신이 농장으로 다시 돌아가 그곳 상황을 살펴야만 하는 이유를 횡설수설 설명하느라 장황한 얘기가 끝나고 나서야 그녀의 손을 놓았다.

오프딘은 창가에 있는 커다란 안락의자에 그녀를 남겨 두고 떠났다. 그녀는 레이스 커튼을 한쪽으로 걷어 올리고 길을 건너는 그의 모습을 바라보았다. 그가 그녀를 향해 모자를 들어 올리며 미소를 지었다. 그녀가 아는 다른 어떤 남자라도 똑같이 행동했을 터였지만, 그 단순한 행동에 그녀의 두 볼이 온통 발갛게 물들었다. 그녀는 커튼을 내리고 마치 꿈꾸는 사람처럼 앉아 있었다. 묘한 빛을 발하며 강렬하게 타오르는 눈은 한없이 허공을 응시하고 있었고, 아련한 미소가 떠나지 않는 입술은 다물 줄을 몰랐다.

한참 후에 이곳에서 머무는 마지막 밤을 위해 마련한 연극 티켓을 주머니에 넣고 부산스럽게 들어온 플라시드가 본 그녀는 바로 그런 모습이었다. 그녀가 벌떡 일어나 열정적으로 그를 맞이하러 나갔다.

"어디 갔었어요, 플라시드?" 그녀가 떨리는 목소리로 물으며 스스럼없는 태도로 그의 어깨에 두 손을 얹었다. 그로서는 낯선 모습이었다.

그녀는 문득 플라시드가 그녀 자신도 알 수 없는 그 무엇으로부터 자신을 보호해 줄 은신처라는 생각이 들었다. 그녀는 자신의 뜨겁게 화끈거리는 볼을 그의 가슴에 기댔다. 그 행동이 그를 격정 속으로 몰아갔다. 플라시드는 그녀의 입술에 열정적인 입맞춤을 했다.

잠시 후 그의 품에서 빠져나온 외프라지는 자기 방으로 들어가 문을 닫아걸었다. 미숙하고 가련한 그녀의 여린 마음이 찢어지는 듯 아팠다. 그녀는 침대 가에 무릎을 꿇고 잠시 흐느끼며 기도했다. 죄를 지었다는 기분이 들었지만 정확히 무슨 죄인지는 알 수 없었다. 하지만 그녀의 섬세한 본성이 경고해 주었다. 그 죄는 다름아닌 플라시드와의 입맞춤이었다고.

7

오르빌의 봄은 일찌감치 너무나 미묘하게 시작되어 정확히 언제 봄이 시작됐는지 아무도 장담할 수 없었다. 햇살 가득한 화단에 장미꽃이 너무도 감미로운 향을 내뿜고, 잘 가꾼 채소밭에는 완두콩과 제비콩 덩굴, 딸기가 무성하게 자란 어느 날 아침, 플라시드는 회색 조랑말을 타고 느릿느릿 지나가던 고지식한 블롱트 판사에게 활기차게 말을 건넸다. "겨울도 이젠 끝이죠, 판사님!"

"그걸 모르는 사람들도 많다네, 상티엔." 판사는 아직 땅을 개간하지 않은 늪지 변두리의 빗쟁이들에게나 해당될 수 있는 알쏭달쏭한 말을 했다. 10여 분 후 판사는 우체국 문이 열리기를 기다리던 사람들을 향해 난데없이 훈계조로 말문을 열었다.

"상티엔이 울타리에 칠을 해 아주 새 것을 만들었더군요. 꽤 멋진 작품입니다." 그는 생각에 잠긴 듯한 말투로 덧붙였다.

"플라시드가 울타리만 칠할 거 같진 않더만요." 확실한 직업이 없이 떠돌아다니는 말라깽이 작은 에두아르가 킬킬대며 잽싸게 끼어들었다. "어제 보니 플라시드가 온갖 종류의 페인트로 널빤지를 괴롭히더만요."

"맞아요. 울타리만 칠하진 않을 겁니다." 엉클 애브너가 확신에 찬 어조로 말했다.

"집도 칠할걸요. 암요, 그렇고말고요. 루크 윌리엄스 나리가 페인트를 주문했고, 내가 직접 페인트를 가져다 줬거든요."

사람들이 확신에 찬 이 소식을 경탄하며 받아들이는 모습을 본 판사는 냉정하게 화제를 바꿔 그 전날 밤 루크 윌리엄스의 더럼종 황소가 루크의 새 목초지 수로에서 다리가 부러졌다는 이야기를 꺼냈다. 그 새로운 소식은 전염병처럼 금세 사람들 사이로 스며들었다.

대부분의 사람들이 플라시드가 하고 있는 그 놀라운 일들을 직접 확인하고 싶어 했다. 동네 젊은 아가씨들은 매일 오후 짝을 지어 팔짱을 낀 채 천천히 그의 집 주변을 어슬렁거렸다. 어쩌다 그 아가씨들과 눈이라도 마주치면 플라시드는 일손을 멈추고 눈부시게 하얀 울타리 너머로 예쁜 장미꽃 한 송이나 제라늄 꽃다발을 건네곤 했다. 하지만 작은 에두아르나 루크 윌리엄스, 혹은 오르빌의 다른 젊은 사내일 때면, 그는 아예 못 본 체하거나 어슬렁대는 발소리와 함께 관심을 끌기 위해 짐짓 쿨럭거리는 그들의 헛기침 소리도 못 들은 척했다.

외프라지가 올 것을 대비해 집을 쾌적하고 멋지게 꾸며 두려는 열의로 가득했던 플라시드는 그 어느 때보다도 내커터시로 가는 일을 자제했다. 휘파람을 불고 노래하며 집을 단장하는 일에 몰두하다 보니 그녀가 옆에 있었으면 하는 바람은 어느새 강렬한 욕망이 되었다. 그러면 그는 저녁 어스름이 내려앉을 때쯤 연장을 치우고 말에 올라, 멀리 바이우와 언덕과 들판을 지나 다시 그녀 곁으로 가곤 했다. 그때만큼 그녀가 사랑스러웠던 적은 없었다. 그녀는 더욱 여성스럽고 사려 깊은 존재가 되어 있었다. 볼은 원래의 빛이 많이 사라졌고, 반짝이던 눈빛도 이전 같지 않았지만 더 애틋하고 다정한 연인 같은 태도로 맞이해 주는 그녀를 보며 플라시드는 넋을 잃을 정도의 행복한 기분을 갖게 되었다. 플라시드는 평생의 소망이 이루어지게 될 4월 초순의 그 날까지 도저히 참고 기다릴 수 없었다.

외프라지가 뉴올리언스를 떠난 후, 오프딘은 자신이 그녀를 사랑하고 있다는 것을 절실히 깨달았다. 하지만 아직 기반도 닦지 못한 채 섣불리 결혼을 생각할 때는 아니라는 생각을 한 그는 세상 물정에 밝은 젊은 신사답게 사랑스러운 내커터시 소녀를 잊기로 마음먹었다. 그녀를 잊는다는 것이 다소 힘들긴 하겠으나 아주 불가능한 건 아님을 알았기에 그는 그녀를 잊으려고 노력했다.

그는 눈에 띄게 성마른 사람으로 변해 갔다. 사무실에서는 입을 닫고 침울했으며 클럽에서는 난폭했다. 그의 방문을 받은 몇몇 숙녀들은 너무도 갑작스럽게 변해버린 그의 냉소적인 태도에 놀라며 당혹감을 감추지 못했다.

다른 사람들까지 불편하게 만들며 그런 기분으로 버틴 지 일주일 남짓 되었을 때 그는 돌연 태도를 바꾸었다. 그는 외프라지에 대한 자신의 사랑을 굳이 억누르지 않기로 결심했다. 그녀와 결혼은 하지 않을 것이다. 분명히 결혼은 하지 않을 것이다. 하지만 마음속 이 격렬한 사랑이 언젠가 자연스럽게 잦아들어 사라질 때까지 마음이 가는 대로 그녀를 사랑할 것이다. 그는 외프라지를 향한 열정에 온통 사로잡혀 낮에는 몽롱한 상태로 그녀의 꿈을 꾸고, 밤에는 내내 잠 못 이루며 그녀를 그리워했다. 비 오던 날 베란다에 둘이 바짝 붙어 서 있었을 때 그녀의 머릿결에서 풍기던 향긋한 내음과 따사로운 숨결! 바짝 다가선 그녀의 체취는 또 얼마나 달콤했던가! 그려 보는 것만으로도 가슴을 격렬하게 고동치게 하는 그녀의 정직하고 아름다운 눈동자, 이야기를 담뿍 머금은 그 눈동자! 그리고 잊을 수 없는 그녀의 목소리! 그 감미로움을 무엇에 비할 수 있을까! 아! 그녀만큼 매력적인 여인이 이 세상에 또 있을까!

그런 달콤한 생각들과 함께 뜨거운 피가 용솟음쳤다. 그는 이제 더 이상 난폭하지 않았다. 깊은 한숨과 함께 아무것도 할 수 없는 무기력한 사랑앓이에 빠져들었다.

그러던 어느 날 방에 앉아 한숨과 뒤섞인 무거운 담배 연기를 내뿜고 있던 그에게 퍼뜩 어떤 생각이 떠올랐다. 그토록 환희에 찬 탄성을 지른 것을 보면 하늘의 계시와 같은 영감인 모양이었다. 그는 담배를 창문 너머 석판 도로로 휙 집어 던지고는 테이블 위에 놓인 두 팔에 고개를 떨구었다.

많은 사람들이 그렇듯 혼란스러운 문제에 대한 희망이 거의 사라질 즈음에서야 그에게도 번개처럼 해결 방법이 떠올랐던 것이다. 그는 다소 흥분에 들떠 큰 소리로 웃음을 터뜨렸다. 친절한 운명의 여신이 그를 위해 안배해 둔 달콤한 미래가 그의 눈앞에 펼쳐졌다. 상속받은 재산으로 사들여 멋지게 단장한 레드 강변의 비옥한 땅과 사랑하는 외프라지, 그토록 간절하게 갈망해 왔던 대로 그의 아내이자 평생의 동반자인 외프라지와 함께 하는 삶, 육체적 활동을 필요로 하면서 사고를 펼칠 수 있는 지적인 휴식까지도 허락해 주는 그런 삶이 있는 미래가!

월리스 오프딘은 마치 신성한 존재로부터 삶의 소명을 부여받은 사람 같았다. 신성 못지않은 사랑이라는 소명을. 외프라지가 거절하지나 않을까 하는 미심쩍은 마음이 엄습해 오기도 했지만 이내 사그라들었다. 함께 숲속 나무 아래를 거닐 때, 고요한 밤 농장에 별빛이 쏟아져 내릴 때 서로의 사랑을 전하는 신비한 침묵의 언어들을 수없이 나누지 않았던가? 애스플라나드 거리의 웅장하고 오래된 응접실에서는 또 얼마나 서로에게 솔직했던가! 그때는 두 사람의 눈동자에 담겨 오가는 말 말고 어떤 것도 필요하지 않았었다. 아, 그는 그녀가 자신을 사랑한다는 것을 알았다. 확신했다! 그 사실을 깨닫자 그녀에게 서둘러 달려가 자신의 여자가 되어 달라고 청하고 싶은 마음이 더욱 간절해졌다.

8

만약 오프딘이 농장으로 가는 길에 내커터시에 들렀더라면 깜짝 놀랄 만한 이야기를 들었을 것이라고 해도 전혀 과장이 아니다. 온 동네가 며칠 뒤에 열리게 될 외프라지의 결혼식 소식으로 떠들썩했기 때문이었다. 하지만 그는 머뭇거리지 않았다. 마구간에서 말 한 필을 끌어낸 그는 마음속에 오직 간절한 열망만을 품은 채 전속력으로 말을 몰아 갔다.

농장은 몹시 고요했다. 지저귀는 새 한 마리조차 보이지 않는 광활한 땅에는 정적만이 가득했다. 괭이와 쟁기를 든 흑인들이 햇볕 아래 들판 여기저기 흩어져 일하고 있었고, 그들 한 가운데 말을 타고 앉은 늙은 피에르가 멀리 보였다.

밤새 말을 달려 아침에 도착한 플라시드도 한두 시간 휴식을 취하기 위해 자기 방으로 들어가 닫힌 덧문을 통해 들어오는 공기라도 쐬려는지 긴 의자를 창문 가까이 끌어다 놓고 있었다. 깜빡 선잠에 빠져들 때쯤 외프라지가 가벼운 걸음으로 다가오는 소리가 들렸다. 걸음을 멈춘 그녀가 손만 뻗으면 닿을 수도 있을 만큼 가까운 곳에 앉았다. 그녀가 가까이 있는 것만으로도 잠은 저만큼 달아나버렸다. 그는 가만히 누워 편안하게 그녀 생각에 빠져들었다.

외프라지가 앉은 회랑 쪽은 강을 마주 보고 있는 곳으로 오프딘이 집에 도착했을 때 거쳐 왔던 길에서는 멀찍이 떨어져 있었다. 오프딘은 말을 묶어 둔 후, 계단을 올라 집의 입구에서 끝까지 이어진 널찍한 홀을 가로질러 갔다. 외프라지가 거기서 바느질을 하고 있었다. 옆에 가서 앉을 때까지 그녀는 그가 온 것도 알아채지 못했다.

그녀는 아무 말도 할 수 없었다. 그저 귀신이라도 나타난 것처럼 놀란 눈으로 그를 바라볼 뿐이었다.

"제가 온 게 반갑지 않으신가요?" 그가 물었다. "제가 여길 온 게 잘못한 건가요?" 그는 그녀의 두 눈에 어리는 생경하고도 낯선 표정의 의미가 뭘까 궁금했다.

"반갑냐구요?" 그녀는 머뭇거리며 말했다. "잘 모르겠어요. 그게 무슨 상관이죠? 당신이야 당연히 일 보러 오셨을 테죠. 일은…… 이제 반 정도 마쳤어요, 오프딘 씨. 사람들은 저나 아버지 말은 귀담아 들으려고도 않는데, 당신은 신경도 안 쓰는 것 같네요."

"일 때문에 온 게 아닙니다." 그는 사랑과 확신이 가득한 미소를 머금고 대답했다. "저는 오로지 당신을 만나기 위해 왔어요. 제가 당신을 얼마나 원하는지, 얼마나 필요로 하는지, 제가 당신을 얼마나 사랑하고 있는지 말하려고요."

그녀는 말문이 막혀 한마디도 하지 못하고 일어섰다. 그러나 그가 그녀의 두 손을 잡아끌어 앉혔다.

"농장은 제 소유예요, 외프라지. 아니 당신이 제 아내가 되겠다고 말해 준다면 그렇게 될 거예요." 그는 흥분해서 말을 이었다. "당신이 저를 사랑한다는 것을 압니다—"

"그렇지 않아요!" 그녀는 사납게 소리쳤다. "대체 무슨 말이에요? 어떻게 제가……!" 그녀는 가쁜 숨을 몰아쉬며 말을 이었다. "이틀 후면 제가 플라시드와 결혼해야만 한다는 것을 알면서도 어떻게 그런 말을 하실 수가 있어요?" 마지막 말은 속삭이듯 터져 나와 거의 흐느낌에 가까웠다.

"플라시드와 결혼을!" 그는 엄청나게 어리석고 무지한 자신의 잘못을 깨우치려 애쓰기라도 하듯 그 말을 따라 외쳤다. "저는 전혀 몰랐습니다." 그의 목소리가 거칠게 갈라졌다. "플라시드와 결혼을! 그 사실을 알았더라면 당신한테 그 말을 하지는 않았을 겁니다. 믿어 주시겠지요? 제발 저를 용서한다고 말해 주세요."

그는 아주 띄엄띄엄 말을 이었다.

"아니에요, 용서하고 말고 할 게 없지요. 그저 실수하신 것뿐이니까요. 이제 그만 가 주세요, 오프딘 씨. 혹시 아버지와 나누실 말씀이 있다면 들에 나가 보세요. 플라시드도 거기 어디 있을 거예요."

"저는 농장 일이나 확인하러 가 보겠습니다." 오프딘이 자리에서 일어나며 말했다. 그의 얼굴은 이상하리만치 창백했고 입은 고통을 억누르느라 일그러졌다. "헛걸음 안 되게 하려면 뭐라도 쓸 만한 일을 해야겠지요." 그는 짐짓 명랑한 어조로 서글프게 덧붙이고는 더 이상 아무 말 없이 서둘러 떠났다.

그가 떠나자 비수 같은 고통과 함께 지난 몇 달간의 모든 괴로움이 흐느낌이 되어 터져 나왔다. "오 하느님, 오 하느님, 저를 도와주소서!" 그러나 숨김없이 드러난 자신의 슬픔을 우연히 지나던 누군가 보게 될 수도 있는데 벌건 대낮에 그곳에 계속 머무를 수는 없었다.

플라시드는 그녀가 방으로 가 자물쇠로 문을 잠그는 소리까지 확인한 다음 조심스럽게 일어나 나갈 준비를 했다. 부츠를 신고 코트를 걸친 다음 얼마 전 책상에 넣어 두었던 권총을 꺼내어 조심스럽게 약실을 살펴본 후 주머니에 찔러 넣었다. 밤이 되기 전에 그 총으로 해야 할 일이 있었다. 외프라지만 없었다면 바로 조금 전에, 그 개 같은 자식—그는 오프딘을 그렇게 불렀다—이 창밖에 서 있을 때 해치웠을 것이다. 그는 외프라지에게 자신의 행동에 대해 알릴 마음이 전혀 없었기 때문에, 오프딘이 그랬던 것처럼 가능한 한 조용히 방을 빠져나와 말에 올랐다.

"라 샤트." 플라시드가 마당에서 빨래하고 있는 노부인을 불렀다. "그놈이 어느 길로 갔지?"

"그놈이라니요? 남자라고는 코빼기도 못 봤구만요. 이놈의 빨래하느라 딴 데는 신경도 못 썼죠. 대체 뭔 남자를 말하는 건지 도통 모르겠네요."

"라 샤트, 그놈이 어떤 길로 갔냐고! 빨리 말해, 어서!" 그의 신중한 말투와 시선은 언제나 그녀의 항복을 받아냈다. 라 샤트가 입을 열었다.

"혹시 누올리언즈에서 온 그 사내 말씀이라면, 쩌~기 코코아 밭 쪽으로 간 것 같기두 하네요." 대답과 함께 그녀는 까만 두 팔을 필요 이상으로 힘차게 흔들어대며 빨래통에 텀벙 집어넣었다.

"그래, 그 정도면 됐어. 그래, 놈이 숲으로 갔다는 거군. 당신은 맨날 거짓말만 하지, 라 샤트."

"거야 지가 알아서 할 일이지, 입 건 악당 같으니." 그녀는 잠시 후 혼자 중얼거렸다. "내가 뭐랬어, 그러길래 여기 와서 외프라지 아씨 주변을 얼쩡거리믄 안 된다 그랬지."

플라시드는 오로지 한 가지 목표, 즉 자기와 자기 연인 사이에 끼어든 그놈을 끝장내 버리겠다는 생각에 사로잡혀 있었다. 그것은 자신이 원하는 것을 빼앗으려는 적에게 달려들어 처치하려는 동물적 본능과 같은 것이었다.

그는 외프라지가 그놈에게 사랑하지 않는다고 말하는 것을 들었다. 그렇다면 그건 대체 어찌된 일인가? 그녀가 흐느끼는 소리를 듣지 않았던가? 그녀가 그토록 비통해하는 까닭은 대체 무엇 때문이란 말인가? 그 이유를 짐작하느라 마음 쓸 겨를도 없이 이전에 무심하게 넘겼던 수많은 단서들이 떠올랐다. 질투심이 불처럼 타올랐다, 분노와 절망도 함께.

잔뜩 의기소침하고 냉담한 마음으로 숲길을 달리던 오프딘은 누군가 말을 타고 다가오는 소리를 듣고 좁은 오솔길 한쪽으로 비켜섰다.

거추장스러운 양심의 가책을 따질 순간이 아니었다. 플라시드가 라이벌의 등에 총을 쏘지 않은 것은 그 때문이 아니었다. 그가 망설였던 이유는 단 하나, 오프딘이 죽어야만 하는 이유를 그에게 알려주어야 했기 때문이었다.

"미스터 오프딘." 플라시드는 한 손으로 고삐를 잡고 다른 한 손으로는 다 보이도록 총을 꺼내 들고 말을 꺼냈다. "조금 전 내 방에 있다가 네 녀석이 외프라지에게 하는 얘길 들었다. 외프라지만 아니었다면 그때 네 녀석을 없애버렸을 텐데. 방금 전 네놈 뒤를 따라잡

앉을 때 끝내버렸을 수도 있었고."

"그런데, 어째서 안 그랬소?" 오프딘은 이 정신 나간 녀석을 어떻게 다뤄야 할 것인지 온 신경을 곤두세우며 물었다.

"누가 뭣 때문에 그러는지는 네놈이 알아야 하니까."

"미스터 상티엔, 당신 상태를 보니 내가 무장을 하지 않은 걸 알아도 상관이 없겠군. 하지만 당신이 내 목숨을 노리려 한다면 나로서도 최선을 다해 맞서지 않을 수가 없소."

"그럼 어디 막아 보시지."

"당신 미쳤군." 오프딘은 플라시드의 두 눈을 똑바로 쳐다보며 곧바로 대답했다. "살인 행위로 자신의 행복을 망치려 하다니 말이오. 크리올 사내라면 여인을 사랑하는 법을 그보다는 잘 알 거라 생각했소만."

"뭐야―! 지금 나한테 여자를 사랑하는 법을 가르치겠다는 거야?"

"그게 아니오, 플라시드." 천천히 말을 몰아 가면서 오프딘은 열심히 말을 이었다. "그거야 당신 자신이 잘 알 거요. 여인을 사랑한다는 것은 그녀의 행복을 가장 먼저 생각해 주는 것이지. 당신이 외프라지를 진정 사랑한다면, 흠 하나 없는 깨끗한 상태로 그녀에게 가야 하오. 당신이 그러길 바랄 정도로 나는 그녀를 사랑하오. 나는 내일이면 이곳을 떠날 거라오. 그럴 수만 있다면 다시는 당신 눈에 띄지도 않을 것이오. 그것으로 충분하지 않소? 나는 이제 그만 돌아서서 떠날 거요. 원한다면 등 뒤에서 나를 쏘시오. 하지만 당신이 그러지 않으리라는 건 내가 아오." 그러면서 오프딘은 손을 내밀었다.

"난 네놈과 악수할 생각 없어." 플라시드는 성난 빛이 역력했다.

"당장 내 눈 앞에서 꺼져."

그는 꼼짝도 하지 않고 서서 오프딘이 떠나는 모습을 지켜보았다. 그는 손에 들린 권총을 잠시 쳐다보더니 천천히 다시 주머니에 집어 넣고는 챙 넓은 펠트 모자를 벗고 이마에 맺힌 땀을 닦아 냈다.

오프딘이 했던 말들이 그의 가슴속에서 미묘한 파장을 일으키며 메아리치고 있었다. 하지만 그 말들은 오프딘에게 그만큼 더 증오심을 키우기도 했다.

"여인을 사랑한다는 건 먼저 그녀의 행복을 생각해주는 거라고?" 그가 그 말을 떠올리며 중얼거렸다. "뭐 건방지게 크리올 사내는 여인을 사랑하는 법을 안다고 생각했다고? 제깟 놈이 크리올 사내에게 여인을 사랑하는 법을 가르쳐 주겠다고 생각이라도 한 모양이지?"

9

오프딘은 도시로 가는 아침 기차를 탈 생각에 일찍 일어났다. 하지만 외프라지는 더 일찍 일어나 커다란 홀에서 아침상을 차리고 있었다. 피에르는 뒷짐을 진 채 고개를 숙이고 느릿느릿 걸음을 옮기고 있었다. 그들 사이에는 감정을 자제하고 있는 듯한 긴장감이 흘렀다. 외프라지는 아버지에게 플라시드가 일어났는지 물었다. 무언가 할 말이 있는 모양이었다. 노인은 의자에 털썩 주저앉더니 비통한 얼굴로 딸을 바라보았다.

"아, 불쌍한 내 딸 외프라지! 가여운 것! 오프딘 씨, 당신도 이젠 남도 아니지요."

"하느님 맙소사! 아버지!" 그녀는 뭔가 끔찍한 일을 떠올리며 날카롭게 외쳤다. 식탁을 박차고 몸을 일으키더니 그 다음 무슨 말이 나올지 초조해하며 서 있었다.

"사람들이 플라시드더러 쓸모없는 크리올이라고 떠드는 건 들었지만 그 말을 하나도 믿지 않았지. 헌데 이제 보니 그게 사실이라니. 오프딘 씨, 당신도 이젠 남이 아니니."

오프딘은 크게 놀라며 노인을 쳐다보았다.

"밤중에," 피에르가 말을 이었다. "창가에서 먼 소리가 나더구나. 그래 내 창문을 열어 봤지. 그랬더니 거기 부츠를 신은 플라시드가 서 있지 뭐냐. 그가 채찍으로 창문을 두들겼던 게야. 말엔 안장까지 다 얹어 놓고. 아이구, 불쌍한 내 딸! 그가 말하기를, '피에르, 루크 윌리엄스 씨가 오르빌 집에 페인트 칠을 했으면 하더군요. 다른 놈이 그 일거릴 채가기 전에 내가 가서 맡아야겠어요.' 그래서 내가 '금방 올 건가, 플라시드?' 그랬더니 '아니, 기다리지 말아요' 그러지 뭐냐. 그래 내 딸아이한텐 뭐라 할까 물었더니, 글쎄 '플라시드는 세상 그 누구보다도 그녀의 행복을 원한다고 전해 줘요.' 하고 가더니, 다시 돌아와 한마디 더 하기를, '그놈에게 전해 줘요,' —난 그놈이 누굴 말하는 건지 모르겠지만— '그놈이 크리올한테 가르쳐 줄 건 없을 것이다' 라고. 이런 세상에, 이게 당췌 무슨 말인지 알 수가 있어야지 원."

그는 거의 기절하기 직전인 외프라지를 두 팔로 붙잡고 그녀의 머리를 쓰다듬었다.

"사람들이 그더러 '쓸모없는 크리올'이라 하는 소리를 노상 들어왔다만 난 그 말을 하나도 믿지 않았다."

"제발, 제발 그 말은 더 이상 하지 마세요, 아버지." 그녀는 프랑스어로 속삭이듯 애원했다.

"플라시드가 저를 구해 준 거예요!"

"널 대체 어디서 구해 줬다는 말이냐, 외프라지?" 어안이 벙벙해진 아버지가 물었다.

"죄로부터요." 그녀는 숨죽인 목소리로 대답했다.

"먼 소린지 당췌 모르겠구나." 노인은 일어서서 회랑으로 걸어 나가며 어리둥절한 표정으로 중얼거렸다.

오프딘은 방에서 커피를 마셨고, 아침 먹을 생각은 접었다. 그가 외프라지에게 작별 인사를 하러 갔을 때, 그녀는 팔에 얼굴을 파묻은 채 식탁 옆에 앉아 있었다. 그가 손을 잡고 작별 인사를 했지만 그녀는 쳐다보지 않았다.

"외프라지," 그가 간절하게 말했다. "제가 다시 와도 되겠죠? 조금만 있다가 다시 와도 된다고 말해 줘요."

그녀는 아무런 대답도 하지 않았다. 그가 몸을 숙여 달래고 애원하듯 그녀의 부드럽고 풍성한 머리에 자신의 뺨을 지그시 댔다.

"그래도 되겠죠, 외프라지?" 그가 간절하게 청했다. "당신이 거절하지만 않는다면, 다시 오겠습니다, 내 사랑."

그녀는 여전히 아무런 답이 없었다. 그러나 거절하지도 않았다. 엎드린 그녀의 손과 뺨에 키스를 하고 그는 떠나갔다.

한 시간 후, 오프딘이 내커터시를 거의 지나갈 때쯤, 그 오래된 마을은 이미 놀라운 뉴스로 들끓고 있었다. 플라시드가 약혼녀에게 파혼당하고 결혼식은 취소되었다는 소식이었다. 그 크리올 젊은이는 지나가는 곳마다 동네방네 아낌없이 그 소식을 퍼트리고 있었다.

알시비아드의 귀향

프레드 바트너는 마차 바퀴 하나가 떨어져 나갈 기미가 보이자 몹시 당혹스럽고 짜증이 났다.

마차를 모는 흑인이 말했다. "원하신다면 저기 장 바 어르신 댁에 들러서 고칠 수 있심다. 마차 고치는 솜씨론 이 지역 최고의 대장장이죠."

"도대체 장 바 노인장이 누군데 그래?" 젊은이가 물었다.

"어떻게 나리는 장 바티스트 플로셀 어르신을 모르실 수가 있죠? 많이 늙으시긴 했습죠. 아들인 알시비아드가 전쟁에 나가 죽은 후론 머리가 이상해졌고요. 저기 체로키 울타리에 반쯤 가려진 도로 보이시죠? 저쪽에 살고 계십니다요".

불과 12년 전, 'T&P' 철도 회사가 뉴올리언스와 슈레브포트를 연결하기 전까지만 해도 루이지애나 중부의 넓은 지역은 마차를 타고 이동하는 것이 보통이었다. 일 때문에 길을 나선 뉴올리언스의 젊은 중개상인 프레드 바트너도 집에서 출발해 케인강의 한 곳까지 쉬엄 쉬엄 가는 이 길을 택했다. 내커터시에서 반나절이면 되는 여정이었다. 케인강 어귀에서부터는 크고 작은 농장들을 잇달아 지나왔지만 어디에도 마을다운 마을은 보이지 않았다. 어스름한 새벽녘에는 클라우티어빌이라는 아주 작은 마을을 지나왔다.

"저 마을은 엄청 오래됐습죠. 백 년은 되었을 거라고 하던뎁쇼. 뭐, 저 보기엔 그보다 더 된 것 같지만요." 마을을 지나오며 흑인이 제 생각이라고 툭 던졌다. 이제 그들은 장 바 씨 소유의 우뚝 솟은 체로키 울타리가 보이는 지점까지 이르렀다.

크리스마스 아침이었지만 햇살은 따사롭고 공기도 포근하고 온화한 날이어서 가볍고 얇은 코트는 벗어 무릎에 걸쳐 놓는 것이 한결 편했다. 그는 농장 입구에서 내렸고 흑인은 들판 끝에 있는 대장간으로 마차를 몰고 갔다.

목련 나무가 길게 늘어선 농장으로 이어진 길 끝에서 바트너와 마주 보고 선 저택은 높이에 비해 기이할 정도로 옆으로 길게 늘어서 있었다. 옅은 노란색 회벽 단층 건물에 녹색의 육중한 목재 덧문들은 빛이 바랬다. 지붕이 길게 이어져 덮은 널찍한 회랑이 집을 빙 둘러싸고 있었다.

층계 맨 위쪽에 대단히 연로한 노인이 서 있었다. 왜소한 체구는 쪼그라들었고 긴 머리는 눈처럼 하얬다. 챙이 넓은 부드러운 중절모를 쓰고 구부정한 어깨에는 갈색 격자 무늬가 수놓인 숄을 두르고 있었다. 그 곁에 키가 크고 단아한 아가씨가 온화한 색감의 파란 드레스를 입고 서 있었다. 그녀는 노인을 말리는 듯했고 노인은 다가

오는 방문객을 맞이하겠다고 기어이 계단을 내려가겠노라 고집을
피우는 것 같았다.

바트너가 모자를 들어 인사를 채 하기도 전에 장 바 노인은 부들
부들 떨리는 팔로 젊은이를 덥석 안고 노쇠한 목소리를 바르르 떨며
외쳤다.

"오, 마침내! 내 아들이 돌아왔구나! 마침내!"

그 모습을 본 아가씨가 몹시도 당황한 듯 얼굴까지 붉히며 눈물을
흘리기 시작했다.

"아, 용서해 주세요. 부디 용서해 주세요."

그녀는 속삭이듯 애원하며 영문도 모른 채 놀라 서 있는 바트너를
붙들고 있던 노인의 팔을 부드럽게 떼어 내려 애썼다. 그러나 다행
스럽게도 장 바 노인에게 무언가 새로운 생각이 떠오른 듯 노인은
그 자리를 벗어나 아기처럼 통통거리며 회랑 아래로 급하게 내려갔
다. 모퉁이를 돌아갈 때 양털 같은 그의 흰머리가 부드러운 바람에
나부끼고 갈색 숄이 펄럭였다.

아가씨와 단 둘이 남게 된 바트너는 자신을 소개하고 그곳에 온
이유를 설명했다.

"아! 뉴올리언스에서 오신 프레드 바트너 씨군요, 중개상이신!"
그녀는 큰 소리로 아는 체를 하며 다정하게 손을 내밀었다.

"이곳 중개상은 아니시지만 내커티시에선 꽤 유명하시지요, 바트
너 씨." 그녀는 천진난만하게 덧붙였다.

"어쨌든 잘 오셨어요. 저희 할아버지 댁에 오시는 건 언제든 환영
해요."

바트너는 손에 입을 맞추고 싶었으나 그저 고개 숙여 인사만 하고 그녀가 건네준 커다란 의자에 앉았다. 그는 마차 바퀴를 고친다는 구실로 얼마나 오랫동안 머물 수 있을까 궁금해졌다.

그녀는 두 손을 무릎에 지그시 얹고 바트너 앞에 앉아 할아버지가 특이한 행동을 하시게 된 까닭을 들려주었다. 열정적인 태도로 속내를 다 털어놓는 그녀의 아름다운 자태가 대단히 매혹적이었다.

그녀의 말에 따르면, 몇 년 전 패기 넘치는 젊은 혈기의 알시비아드 삼촌은 전쟁터로 떠나면서 할아버지께 크리스마스 만찬은 돌아와 함께하겠노라고 약속했다. 하지만 그는 영영 돌아오지 않았다. 그렇게 시간이 지나고 최근 몇 년 사이, 장 바 노인은 심신이 쇠약해지면서 한동안 입에 담지 못하고 묻어 두었던 소망을 다시 떠올리기 시작했다. 노인은 매년 크리스마스 날이면 알시비아드가 오기를 기다렸다.

"아, 할아버지가 그 생각을 못 하시도록 제가 얼마나 노력했는지 모르실 거예요. 몇 주 전에 모든 검둥이들에게 누구라도 할아버지 듣는 데서 크리스마스 선물 어쩌고 하면 가만두지 않겠다고 엄포까지 놓았지요."

바트너는 언제부터인지 모르게 그녀 얘기에 푹 빠져 있었다.

"어젯밤에는요, 바트너 씨, 제가 할아버지께 말씀드렸지요. '할아버지, 내일은 성삼위일체 대축일이에요. 아침에 다 같이 연도하고 묵주 기도를 드릴 거예요.' 할아버지는 한마디도 안 하셨죠. 그런데 놀랍게도 오늘 새벽 동틀 무렵 할아버지가 회랑을 지팡이로 툭툭 두드리며 검둥이들을 불러 모으셨죠. 그러시더니 오늘이 성탄절인 것을 모르냐며 당신이 그렇게 고대하고 있는 아들, 알시비아드를 위해 성찬을 준비하라고 하셨어요."

"그러니까 어르신은 저를 아들이라고 착각하고 계신 거로군요. 그것 참 안된 일입니다." 바트너가 동정 어린 눈길을 던지며 말했다. 그는 정직해 보이는 잘생긴 젊은이였다. 순간 그녀는 번뜩 묘안이 떠올라 전율하듯 몸을 일으켰다. 바트너에게 다가간 그녀는 간절한 마음으로 그의 팔을 잡으며 말했다.

"바트너 씨, 제 부탁 하나 들어주세요! 제 평생 가장 중요한 부탁이에요."

그는 물론 흔쾌히 들어줄 용의가 있다고 했다.

"이번 성탄절 하루만이라도 할아버지가 당신이 아들이라고 믿게 해 주세요. 그렇게 오랜 세월 애타게 바라 왔던 대로 그분이 아들과 크리스마스 만찬을 즐길 수 있게 해 주세요."

바트너는 청교도와 같은 고지식하고 엄격한 사고방식을 가진 것은 아니었지만 그에게 정직은 원칙이자 천성이기도 했던 터라 순간 멈칫했다.

"어르신을 속이는 것은 가혹한 것 같군요. 그러는 건……."

그는 '옳지 않다'는 말을 끝까지 다 하고 싶지는 않았다. 하지만 그녀는 그의 마음을 짐작했다.

"아, 그것 때문이라면," 그녀가 웃으며 말했다. "바트너 씨, 당신은 새하얀 눈처럼 결백할 거예요. 모든 죄는 다 제 마음에 안고 모든 책임도 제가 다 짊어질 테니까요."

그때 노인이 종종걸음으로 돌아오며 에스미를 불렀다.

"에스미, 아가야." 프랑스어로 말하는 노인의 목소리가 떨렸다. "만찬을 준비하라고 했는데 가서 식탁은 잘 차리고 있는지, 모두 차질은 없는지 좀 보거라."

식당은 집 맨 끝에 있었는데 회랑의 옆과 뒤쪽을 향해 난 창문들은 활짝 열려 있었다. 나무를 깎아 만든 수수하고 높다란 벽난로 선반 위에는 예스러운 널찍한 거울이 비스듬히 놓여 식탁에서 식사하는 사람들 모두를 비추고 있었다. 식탁에는 음식이 넘쳐났다. 장 바어른과 에스미가 식탁의 양쪽 끝에 앉았고 바트너가 옆쪽으로 자리를 잡았다.

'혼혈' 소년 둘과 몸집이 큰 흑인 여자 하나, 그리고 자그만 체구의 물라토* 여자아이 하나가 시중을 들었다. 부르면 곧바로 달려올 수 있도록 밖에 대기하는 사람들도 있어서 자그마한 검은 얼굴과 노란 얼굴들이 창턱 위로 쉴 새 없이 불쑥불쑥 나타났다. 창문이란 창문, 문이란 문은 죄다 열려 있었고 벽난로에서는 히코리 나뭇가지가 활활 타고 있었다.

장 바 씨는 음식을 거의 먹지 않았다. 그나마도 천천히 먹는 둥 마는 둥 하고는 넋 나간 듯 멍하니 손님을 바라보고 있었다.

"알시비아드, 제대로 된 칠면조 맛이 날 게다." 노인이 말했다. "피칸**으로 맛을 냈지. 저 늪지대 아래 나무에서 딴 굵은 피칸들로

---

* 중남 아메리카에 사는 백인과 흑인의 혼혈 인종. -옮긴이
** 북아메리카 산 호두나무의 일종으로 그 열매는 식용으로 사용된다. -옮긴이

말이다. 내가 하인들에게 특별히 시켰다."

그의 말처럼 피칸 열매의 은은하면서도 풍부한 맛이 진하게 느껴졌다.

바트너는 무대 위에서 연기를 한다는 말도 안 되는 생각이 들었다. 아마추어 배우의 뻣뻣한 티를 떨쳐 버리려 이따금 정신을 가다듬어야만 했다. 하지만 할아버지만큼이나 진지하게 그 상황을 받아들이는 에스미를 보자 그는 마음의 부담을 넘어 온몸이 거의 마비될 지경에 이르렀다.

"어머나! 알시비아드 삼촌, 통 못 드시네요! 입맛이 어디로 달아났어요? 코르보, 작은 주인님의 잔을 채워 드려. 도랄리제, 알시비아드 주인님 모시는 데 소홀하구나. 빵이 없잖아."

장 바 노인의 흐릿한 정신이 더욱 가물가물해져 그의 의식 속에서 현실은 마치 기묘하고 부자연스럽게 치장된 꿈처럼 느껴졌다. 에스미가 너무도 천연덕스럽게 술술 쏟아 놓는 '알시비아드 삼촌'이라는 말에 노인은 몹시 기뻐하며 흡족한 듯 고개를 연신 끄덕였다. 그녀가 후식으로 준비한 브륄로―한 스푼 정도의 브랜디에 불을 붙인 후 각설탕 한 개를 넣어 작은 블랙커피 한 잔에 섞어 내는 커피―를 보고 장 바 노인이 말했다.

"네 삼촌 알시비아드는 각설탕을 두 개 넣는단다, 에스미. 저 녀석! 단 것을 좋아해. 각설탕을 두세 개 정도는 넣어야 돼, 에스미."

그렇게 설탕을 더 넣지만 않았더라면 바트너는 에스미가 우아하면서도 능숙한 솜씨로 타 낸 브륄로를 아주 맛있게 음미하며 즐길 수 있었을 것이다.

식사가 끝나자 에스미는 할아버지를 회랑에 놓인 커다란 안락의자에 편안하게 모셨다. 날씨가 좋을 때면 노인이 즐겨 앉아 있던 곳이었다. 숄을 단단히 둘러 여미고 주고 무릎 위에도 하나 덮어 드렸다. 머리에 잘 맞도록 베개를 받쳐 주고 움푹 꺼진 뺨을 어루만지면서 부드러운 챙 모자 아래 이마에 키스를 했다. 늙고 쭈그러든 노인의 무릎과 발에 따뜻한 햇살이 비쳤다.

에스미와 바트너는 목련꽃 길을 나란히 걸었다. 제비꽃들이 무성하게 자라 뒤덮인 꽃길 둘레를 걸어갈 때면 발아래 꽃들에서 피어난 향기가 대기 속으로 은은하게 퍼졌다. 두 사람은 몸을 굽혀 양손 가득 제비꽃을 땄다. 집의 남쪽 끄트머리께 따뜻한 곳에 피어 있는 장미꽃도 따 모으면서 두 사람은 아이처럼 웃고 재잘거렸다. 꺾은 꽃들을 다듬으려고 햇살이 비치는 계단 아래쪽에 나란히 앉았을 때 다시 스멀스멀 솟아난 죄책감이 바트너를 괴롭혔다.

"그런데 말이지요." 그가 말을 꺼냈다. "제가 이곳에 머물고 싶기는 하지만 언제까지고 여기 있을 수는 없어요. 곧 떠나야만 할 겁니다. 그러면 할아버지께서도 우리가 그분을 속여 왔다는 걸 아시게 될 거예요. 그게 얼마나 잔인한 일일지는 당신도 아실 거고요."

"바트너 씨." 에스미가 장미꽃 봉오리를 들어 조심스럽게 그녀의 예쁜 코에 갖다 대며 말했다.

"오늘 아침 잠에서 깬 저는 자비로운 하나님께 기도를 드렸어요. 부디 할아버지에게 행복한 크리스마스가 되도록 해달라고요. 하나님께서 이렇게 제 기도를 들어주셨어요. 하나님께서는 불완전한 선물은 주시지 않는답니다. 그러니 하나님께서 다 알아서 해 주실 거예요. 바트너 씨, 오늘 아침에 모든 책임은 제가 짊어지겠다고 약속 드렸던 것 기억하시죠? 저는 이제 그 모든 것을 축복받은 성모 마리아께 믿고 맡길 거예요."

바트너는 그런 그녀를 보며 감탄했지만 속마음은 복잡했다. 그토록 큰 위안을 주는 훌륭한 신앙에 대한 감탄인지 아니면 그 신앙을 진심으로 믿고 따르는 매력적인 여인에 대한 감탄인지 분명하지 않았다.

장 바 어르신이 가끔 "알시비아드, 내 아들아!" 하고 부르면 바트너는 얼른 노인 곁으로 달려갔다. 그래 놓고 노인은 하고 싶은 말이 뭔지 까맣게 잊고 있었다. 어느 때는 샐러드는 입에 맞았는지, 아니 혹시 송로버섯을 곁들인 칠면조를 더 좋아하지는 않았는지 물으려 했던 것 같다.

"내 아들, 알시비아드!"

노인의 부름에 바트너는 다시 다정하게 달려갔다. 장 바 씨는 애정을 담뿍 담아 젊은이의 손을 부여잡았지만 그 손은 어린아이 손처럼 힘없이 흐느적댔다. 바트너가 노인의 손을 꼭 쥐었다.

"알시비아드, 이제 낮잠을 좀 자야겠어. 내가 잠든 사이 로버트 맥팔레인이 와서 검둥이 노예 세브린을 사겠다고 하면 분명히 말해 둬. 내 노예는 절대 안 판다고. 어린 노예는 말할 것도 없고. 총을 쏴서라도 이 땅에서 그놈을 쫓아내. 아들아, 총 쓰는 걸 겁내지 마라. 내가 잠든 사이 그놈이 오면 말이다."

에스미와 바트너는 시간이라는 게 있기나 한지, 그 시간이 어떻게 흘러가는지 까맣게 잊고 한참을 보냈다. 더 이상 "알시비아드, 내

아들아!"라고 부르는 소리는 들리지 않았다. 해가 서쪽으로 점점 더 낮게 기울고 비스듬한 황혼의 햇살은 꼼짝하지 않는 장 바 노인의 몸을 서서히 타고 오르며 환하게 비췄다. 황혼의 빛은 가지런히 무릎 위에 포갠 노인의 창백한 두 손을 어루만지더니 볼품없이 쪼그라든 가슴을 보듬어 주었다. 이윽고 빛이 노인의 얼굴에 이르렀을 때 노인의 얼굴에는 또 다른 환한 빛이 먼저 와 내려앉아 있었다. 고요하고 평화로운 죽음을 전하는 환한 빛이었다.

바트너는 당연히 밤새 그 집에 남아 친절한 이웃들이 나서서 행하는 일들을 최선을 다해 도왔다.

이른 아침, 그곳을 떠나기 전에야 그는 에스미를 만날 수 있었다. 그녀는 여전히 깊은 슬픔에 빠져 있었다. 바트너는 마음속으로 그 슬픔에 절절하고 애틋하게 공감하고 있었지만 달래 줄 엄두가 나지 않았다.

"저, 지금 이런 질문을 드려도 될지 모르겠지만, 아가씨, 앞으로 어떻게 하실 생각인지요?"

"아," 그녀는 한숨을 쉬더니 말을 이었다. "전 이 오래된 농장에 더 이상 머물 수가 없어요. 할아버지가 안 계신 곳은 집 같지 않을 것 같아요. 뉴올리언스에 있는 클레멘타인 고모한테 가서 살아야 할 것 같아요." 그녀의 마지막 말은 입을 가린 손수건에 묻혔다.

그녀의 말에 바트너는 가슴이 두근거렸다. 이런 상황에서 가슴이 두근거리다니! 스스로가 생각해도 어울리지 않는 경박한 태도였다. 바트너는 그녀의 손을 따스하게 꼭 잡아 주었다. 그리고 그는 떠나갔다.

태양은 다시 밝게 빛나고 있었지만 아침 공기는 차갑고 서늘했다. 어제까지만 해도 웅덩이였거나 물이 비치던 길에 살얼음이 끼었다. 바트너는 코트의 단추를 단단히 채웠다. 여기저기서 증기 조면기의 김 뿜는 소리가 쌕쌕 들려왔다. 밭에서는 한두 명의 흑인이 추위에 몸을 떨며 바짝 마른 데다 잎도 다 떨어진 목화 줄기에 남은 목화 부스러기를 모으고 있었다. 충분히 쉰 말들의 기분 좋은 콧바람 소리와 힘찬 말발굽 소리가 단단하게 굳은 땅을 박차며 울려 퍼졌다.

"서둘러 몰게나." 바트너가 말했다. "말들도 실컷 쉬었으니 내커 터시까지 서둘러 가야지."

"맞습니다요, 나리. 귀중한 시간을 낭비했습니다요. 꼬박 하루를 말입죠."

"그러게 말이다. 우리가 그랬지. 여태 그걸 까맣게 잊고 있었구나." 바트너가 대답했다.

셀레스틴 부인의 이혼

셀레스틴 부인은 매일 아침 회랑을 쓸러 나올 때 항상 몸에 꼭 맞는 말쑥한 캘리코* 드레스를 입었다. 법조인 팩스턴 씨는 등 쪽에 우아한 와토 주름**이 진 회색 옷을 입은 그녀가 참 아름답다고 생각했다. 그녀의 목에는 언제나 분홍 리본이 매여 있었다. 팩스턴 씨가 세인트데니스 가에 있는 그의 사무실로 출근하며 지나가는 아침마다 부인은 회랑을 쓸고 있었다.

간혹 그는 가던 길을 멈추고 울타리 너머로 몸을 기울여 편하게 아침 인사를 했다. 부인이 가꾸는 장미 덩굴에 대해 품평을 하거나 찬사를 보내기도 했고, 여유가 충분할 때는 부인이 꼭 하고 싶어 하는 말을 들어주기도 했다. 셀레스틴 부인은 언제나 할 이야기가 많

* 날염을 한 거친 면직물. —옮긴이
** 목둘레선에서 밑단까지 넓게 퍼지는 커다란 옷주름. —옮긴이

았다. 부인은 한 손으론 옥양목 가운의 옷자락을 모아 잡고, 다른 손으로는 비가 한쪽으로 쏠리지 않도록 우아하게 균형을 유지한 채 팩스턴 씨가 편하게 몸을 기울이고 있는 울타리를 향해 경쾌한 걸음으로 내려오곤 했다. 물론 부인은 그에게 이미 자신이 처한 어려움에 대해 말한 적이 있었다. 마을 사람들도 모두 부인의 고민을 알고 있었다.

언젠가 그는 신중하고도 용의주도한 법률가다운 어조로 다음과 같이 말한 적이 있다.

"정말로 말입니다, 부인, 그건 인간 본성, 아니 여성의 본성이 견뎌 낼 수 없을 정도로 힘든 요구입니다. 지금 부인은 손이 다 닳도록 일하고 계세요." 그녀는 헐렁한 가죽 장갑에 난 구멍 사이로 빼꼼히 삐져나온 장밋빛 두 손가락 끝을 내려다보고 있었다. "부인 자신과 두 어린아이들을 건사하기 위해 바느질에 음악 교습은 물론 남들이 모르는 다른 일들까지 하고 계시겠지요." 팩스턴 씨가 이렇게 자신의 힘든 일을 하나하나 짚어가며 이야기해 주자 셀레스틴 부인의 아름다운 얼굴이 만족한 표정으로 환하게 빛났다.

"맞아요, 판사님. 지난 넉 달 동안 한 푼도, 단 한 푼도, 단 한 푼도 남편이 저한테 주거나 보냈다고 말씀드릴 수 있는 돈이 없답니다."

"불한당 같으니!" 팩스턴이 들리지 않을 정도로 중얼거렸다.

부인이 계속 말을 했다. "더 중요한 것은, 사람들이 그러는데 그이가 일하려고 마음만 먹으면 알렉산드리아 근처에서 돈을 벌 수도 있다더군요."

"벌써 몇 달째 남편을 못 보셨지요?" 그가 물었다.

"그이 얼굴 본 게 족히 여섯 달은 되었답니다." 부인이 대답했다.

"바로 그겁니다. 제 말이 바로 그 말입니다. 남편 되는 분은 사실상 부인을 아주 버린 거지요. 부양도 하지 않고 말입니다. 그 사람이 부인을 학대했다는 사실을 알게 된다고 해도 조금도 놀랄 일이 아닐 것 같군요."

"저, 판사님도 아시다시피." 말을 회피하는 듯 부인이 기침을 하며 계속 말했다. "술이나 퍼마시는 그런 남자에게 뭘 바라겠어요? 그 사람이 제게 해 온 약속을 판사님이 아신다면! 아, 남편이 제게 약속했었던 만큼만이라도 돈을 받을 수 있었다면, 그랬다면 제가 일을 할 필요도 없었을 겁니다. 판사님 말씀이 옳아요."

"제 생각에는요, 부인, 더 이상 참고 견디는 것은 어리석은 일 같군요. 이혼 법정에 가시면 부인이 구원받을 수 있는 방법을 제시해 줄 텐데 말입니다."

"전에도 그 말씀을 하신 적이 있으시죠. 이제 부터라도 이혼에 대해 생각해 봐야겠어요. 판사님 말씀이 옳다고 믿어요."

셀레스틴 부인은 이혼에 대해 생각도 하고 그와 의논도 했다. 팩스틴 판사도 점점 더 그 문제에 대해 깊은 관심을 갖게 되었다.

"판사님, 이혼 말인데요." 그날 아침에도 그를 기다리고 있던 셀레스틴 부인이 말을 걸었다. "가족들과 친구들에게 이야기해 봤어요. 그런데 제가 말씀드렸지요? 모두가 이혼은 완강하게 반대해요."

"틀림없이 그렇겠지요. 이곳 크리올 사회에서 충분히 예상할 수 있는 일입니다. 그래서 제가 전에 말씀드렸잖아요. 반대에 부딪힐 수도 있을 테니 부인께서 용감하게 맞서야 한다고 말입니다."

"아, 걱정하지 마세요. 전 맞설 겁니다! 엄마는 우리 가문에서 이혼은 결코 없었던 수치스러운 일이라고 말씀하세요. 엄마가 그렇게 말하는 거야 뭐 어떡하겠어요? 하지만 엄마가 힘든 건 아니잖아요? 엄마는 제가 꼭 듀케론 신부님과 상담을 해야 한다고 하세요. 그분은 제 고해성사를 들어주시는 신부님이시죠, 아시죠? 뭐, 제가 가기는 갈 거예요, 판사님. 엄마 맘은 편하게 해드리고 싶으니까요. 하지만 이 세상 어떤 신부님도 제 남편의 그런 행동을 더 이상 참고 견디라고 절 설득할 수는 없을 거예요."

하루 이틀쯤 뒤, 부인은 다시 그를 기다리고 있었다.

"판사님, 이혼 말인데요."

"아, 예, 그래 어찌 되었나요?"

법률가는 부인의 갈색 눈과 선이 고운 예쁜 입에서 뭔가 새로운 결심의 흔적을 보고는 기쁜 마음으로 대답했다.

"부인께서 듀케론 신부님을 만나셨군요. 그래서 틀림없이 그분을 용감하게 밀어붙이셨던 게로군요."

"아, 네, 그 문제에 대해서 그분의 설교는 확실히 완벽했어요. 평판을 망치는 일이며 악행들에 대해 끝없이 말씀하셨지요. 그러더니 그러시더군요. 당신은 이제 제 문제에서 손 떼시겠다고. 이제 전 주교님을 뵈러 가야 해요."

"주교님께서 설득한다고 부인이 마음을 바꾸지는 않을 것이라 믿습니다." 그는 자신도 모르게 더 불안해져서 말까지 더듬었다.

"아직 저를 잘 모르시는군요, 판사님." 셀레스틴 부인이 웃으며 고개를 돌려 그들의 이야기는 끝났다는 듯이 비를 한 번 휙 쓸었다.

"저, 셀레스틴 부인! 주교님은 만났나요?" 다른 날, 법률가 팩스턴 씨가 흔들거리는 울타리 말뚝 두 개를 붙들고 서 있다 밖으로 나오는 부인을 보고 물었다. 그때까지 부인은 그를 보지 못했다.

"어머, 판사님이시군요?" 부인은 교태를 부리는 것으로 오해할 수도 있을 반가운 표정을 보이며 팩스턴 씨를 향해 서둘러 다가왔다.

"네, 뵈었답니다." 부인이 이야기를 시작했다. 그는 부인의 마음이 담긴 듯한 표정에서 이미 그녀의 결심이 흔들리지 않았음을 짐작했다.

"주교님은 정말 말씀을 잘 하시는 분이세요. 내커터시 군에서 그분보다 더 말을 잘 하는 사람은 없을걸요. 그분이 제 고민거리에 대해 말씀하실 때 울지 않을 수가 없었다니까요. 얼마나 잘 이해해 주시고 제 마음을 알아 주셨는지요. 제가 마음먹고 있던 이혼에 대해, 이혼의 위험과 유혹에 대해 그분이 어떻게 말씀하시는지 들으시면 아마 판사님도 감동하실걸요. 마지막 순간까지 모든 것을 참고 견뎌야 하는 가톨릭 신자의 의무, 제가 마땅히 바라야 할, 조용히 물러나 극기하며 사는 삶. 그분은 그런 것들에 대해 말씀하셨지요."

"그렇지만 그런 주교님도 부인의 결심은 꺾지는 못하셨군요." 법률가는 만족스러운 듯 웃으며 말했다.

"그야 물론 그렇지요." 부인이 단호한 어조로 대답했다.

"주교님은 몰라요. 셀레스틴 같은 남자와 결혼해서 살면서 제가 어쩔 도리 없이 견뎌 내야만 하는 일들이 어떤 것인지 말이에요. 셀레스틴을 떼낼 수 있는 법적 권리가 제게 있다고 판사님이 말씀만

해 주신다면 교황님이라고 해도 더 이상 제가 참고 살도록 설득하지는 못할 거예요.”

그 뒤 법률가 팩스턴 씨에게 눈에 띄는 변화가 찾아왔다. 사무실에 출근하면서도 일할 때 입는 평상복 대신 주일에나 입을 법한 나들이 정장을 입었다. 구두의 광택이며 옷깃, 그리고 넥타이의 어울림까지 점점 더 세심하고 꼼꼼하게 신경을 썼다. 수염을 정성 들여 매만지고 다듬었는데 이 또한 전에는 볼 수 없던 일이었다.

오래된 마을 길을 걸을 때면 자신에게 아내가 생기면 참 좋을 것 같다는 어리석은 몽상에 빠지곤 했다. 그의 마음은 온통 셀레스틴 부인 생각으로 가득 차 있어서, 오직 아름다운 셀레스틴 부인만이 그 달콤하고도 성스러운 예식을 완성시켜 줄 수 있을 것 같았다. 이 낡은 구닥다리 내커터시는 어쩌면 그들 둘을 편안하게 받아 주지는 않겠지만 세상은 넓다. 둘이 함께라면 내커터시 밖 어디선들 못 살겠는가. 그의 몽상은 끝이 없었다.

어느 날 아침, 여느 때처럼 장미 넝쿨 뒤에서 비질을 하고 있는 부인을 본 그의 가슴은 이상하리만치 제멋대로 쿵쾅거리기 시작했다. 부인은 회랑과 계단을 다 쓸고 제비꽃 화단 모서리를 따라 난 작은 벽돌 길을 쓸고 있었다.

“안녕하세요, 셀레스틴 부인.”

“어머, 판사님? 안녕하세요.”

그는 부인이 말을 더 이어가기를 기다렸다. 부인은 여전해 보였다. 다소 망설이던 부인이 과감하게 말을 꺼냈다.

“저, 그런데, 판사님, 이혼 말이에요. 계속 생각해 봤어요……. 제 생각엔 판사님께서 제 이혼에 대해 더 이상 마음 쓰지 않으셔도 좋을 것 같아요."

부인은 시선을 떨군 채 장갑 낀 손바닥에 빗자루 손잡이 끝으로 빙글빙글 깊고 옴폭한 동그라미를 그리고 있었다. 부인의 얼굴에 장밋빛 홍조가 어려 있었다. 평소에는 못 보던 모습이었다. 그는 부인의 목에 맨 분홍색 리본의 빛이 비춰 보이는 것인가 생각했다.

"그래요, 제 생각엔 이제 판사님께서 제 걱정은 하지 않으셔도 될 거 같아요. 저, 판사님, 지난밤에 제 남편 셀레스틴이 돌아왔답니다. 자신의 말과 명예를 걸고 제게 약속했어요. 마음을 바꿔 새 사람이 되겠다고 말예요."

봉듀의 사랑

앙투안 신부가 거처하는 성당 사제관의 쾌적한 베란다에 한 젊은 아가씨가 신부가 돌아오길 기다리며 한참을 앉아 있었다. 부활주일 전날이라 신부는 이른 오후부터 고해성사를 하려는 신자들의 고백을 들어 주느라 분주했다. 신부가 늦도록 오지 않는데도 그녀는 초조하지 않은 듯 커다란 의자에 편안하게 등을 기대고 앉아 무성한 덩굴 사이로 이따금씩 거리를 지나가는 사람들을 내다보았다.

그녀는 잘 먹지 못한 듯 허약하고 가냘파 보였다. 회색 눈에 어려 있는 애처롭고 불안한 기미가 곱고 여린 이목구비에도 희미하게 묻어났다. 모자 대신 얇은 천으로 풍성한 담갈색 머리를 감싸고 올이 성근 하얀 웃옷에 다 해진 신발을 반쯤 가린 푸른색 치마를 입은 그녀는 무릎 위에 붉은색 손수건으로 단단히 묶은 달걀 꾸러미를 조심스레 받치고 앉아 있었다.

건장하고 잘생긴 청년이 신부를 찾아 이미 두 번이나 뜰을 가로질러 그녀가 앉아 있는 곳으로 왔었다. 처음에 두 사람은 "안녕하세요"라며 낯선 이들처럼 가벼운 인사만 건넸을 뿐 아무런 대화도 나누지 않았다. 청년이 두 번째 왔을 때도 신부는 아직 돌아오지 않았다. 청년은 곧장 되돌아갈까 망설이다가 계단에 멈춰 선 채 갈색 눈을 가늘게 떠 강 너머 서쪽을 바라보았다. 한 줄기 짙은 안개가 해를 가리며 번져 가고 있었다.

"비가 더 올 것 같아요." 그가 무심한 듯 슬며시 말을 꺼냈다.

"올 만큼 왔으니 그만 왔으면 좋겠어요." 거의 같은 어조로 그녀가 대답했다.

"목화를 솎아 낼 짬도 없겠어요."

"봉듀는 오늘 아니면 걸어서는 못 건널 거예요."

"아, 저 너머 봉듀에 사시는군요, 그렇죠?" 대화를 시작한 후 처음으로 그가 여자를 쳐다보았다.

"네, '부엉이둥지' 부근이요."

'부엉이둥지'라는 대답에 그는 본능적으로 더는 묻지 않고 입을 다물었다. 더 캐물어 그녀를 무안하게 하고 싶지 않았다. 대신 그는 신부를 기다리기로 작정한 듯 말없이 앉아 계단과 현관 그리고 옆에 있는 기둥을 꼼꼼히 훑어보며 썩기 시작한 기둥 밑동에서 박리된 작은 나무 조각들을 이따금씩 떼어 냈다.

교회 마당으로 통하는 쪽문이 딸깍 소리를 내며 앙투안 신부가 돌아왔음을 알려 주었다. 신부는 장미 덤불이 흐드러지게 피어 양쪽으로 높다랗게 늘어선 향기로운 정원의 오솔길을 서둘러 걸어왔다. 머리에 잘 눌러쓴 베레모와 펄럭이는 긴 사제복이 왜소한 중년의 신부를 다소 커 보이게 해 주었다. 신부가 청년을 봤다. 신부가 다가오자 청년이 일어섰다.

"아, 아즈너." 신부가 손을 내밀며 프랑스어로 반갑게 말을 건넸다. "어찌 된 건가? 일주일 내내 자넬 기다렸다네."

"예, 신부님. 뭘 해야 할지 잘 알고 있었지만, 그로스-레옹 씨의 새 집에 들어갈 문을 마무리하느라고요." 그 말과 동시에 그는 뒤로 물러서며 몸짓과 표정으로 앙투안 신부가 먼저 만나야 할 사람이 있다는 것을 알려 주었다.

"아, 랄리!" 현관을 올라온 신부는 덩굴 뒤에 있는 아가씨를 보고 큰 소리로 이름을 불렀다.

"고해성사 후에 여기서 계속 기다린 게니? 분명히 한 시간 전이었는데!"

"예, 신부님."

"차라리 마을에서 가서 누구라도 만나지 그랬어, 애야."

"마을에 아는 사람이 아무도 없는걸요." 그녀가 대답했다.

신부는 이야기를 하면서 의자를 끌어당겨 그녀 옆에 앉아 자신의 무릎에 두 손을 편안하게 올려놓았다. 그는 늪지마을 상황이 어떤지 알고 싶었다.

"할머니는 좀 어떠셔?" 그가 물었다. "여전히 성급하고 괴팍하시지?" 그리고는 반사적으로 덧붙였다. "아직 십 년은 충분히 그러시고도 남을 게야! 바로 어제 베르트랑하고도 이야기했단다. 너도 베르트랑 알지. 르블로의 봉듀에서 일하는 그 베르트랑 말이다. '그래 지도르 부인은 어떠신가, 베르트랑? 그분이 이 세상에 살아 있다는 걸 하느님이 잊으신 모양일세' 했더니, 베르트랑이, '그게 아니라요, 신부님. 천국의 하느님도 지옥의 악마도 그분을 원치 않아서 그런 거지요!' 하더구나." 그러면서 앙투안 신부는 자신의 말에 담긴 신랄함을 무마하려는 듯 유쾌하고 솔직한 웃음을 터뜨렸다.

신부가 할머니에 대한 이야기를 하는 동안 랄리는 아무 말 없이 입을 굳게 다문 채 붉은색 손수건만 초조하게 만지작거렸다.

"부탁드릴 게 있어서 왔어요, 앙투안 신부님." 아즈너가 베란다의 반대쪽 끝으로 옮겨 간 것을 본 랄리가 들릴락말락 나지막한 소리로 말을 꺼냈다. "쪽지 하나 써 주실 수 있는지 부탁드리려고요. 저 건너편 상점의 샤르트랑 씨 앞으로 간단한 글 하나 써 주세요. 부활절에 신을 새 신발과 양말이 필요해서 맞바꿀 달걀을 좀 가져왔거든요. 샤르트랑 씨가 흔쾌히 교환해 주시겠대요, 신발값을 다 치를 때까지 제가 매주 달걀을 가져다 드릴 것이라는 믿음만 있다면요."

앙투안 신부는 별일 아니라는 듯 너그러운 태도로 랄리가 원하는 쪽지를 써 주었다. 신부는 궁핍한 삶을 워낙 많이 봐 왔던 터라 달걀로라도 값을 치르고 부활절 신발을 살 수 있는 아가씨에게 남다른 동정심은 갖지 않았다.

랄리는 신부와 악수를 하면서 애처로운 눈빛으로 언뜻 아즈너를 바라보았다. 그녀가 일어나는 소리에 마침 그쪽을 바라보고 있던 아즈너와 그녀의 눈이 마주쳤다. 아즈너가 고개를 끄덕이며 눈인사를 했다. 랄리는 곧 자리를 떴다. 아즈너는 마을 길을 가로질러 가는 랄리의 모습을 포도 넝쿨 사이로 지켜보았다.

"어떻게 랄리를 모르지, 아즈너? 분명히 저 아이가 자네 집을 지나가는 걸 자주 봤을 텐데 말이야. 자네 집은 봉듀로 가는 길에 있지 않나."

"아니오, 신부님, 전 저 아가씨를 몰라요. 한 번도 본 적이 없어요." 아즈너가 대답했다. 그는 신부를 뒤따라 앉아 랄리가 들어간 길 건너 상점을 멍하니 바라보았다.

"저 아이는 지도르 부인의 손녀라네."

"지난겨울에 사람들이 섬으로 쫓아냈던 그 지도르 부인이요?"

"음, 그렇다네. 사람들 말로는 그 노인네가 땔감과 물건들을 훔쳤다고 하던데. 난 모르겠네. 그게 어디까지 사실인지. 게다가 다른 사람들 걸 죄다 망가뜨렸다더군. 그것도 그저 순전히 못된 마음으로 말이네."

"그럼 지도르 부인은 지금 봉듀에 살고 있나요?"

"그렇다네. 르블롯에 있는 다 쓰러져 가는 오두막에서 산다네. 부인은 그 집을 거저 얻었지. 흑인들조차 거기 사는 걸 원치 않으니 말이야."

"설마, 그럴 리가요. 오래전에 미숑이 살았던 바이우 부근에 있는 그 버려진 오두막 말인가요?"

"그래, 바로 그 집이네."

"저 아가씨가 거기서 성질 고약한 노인네와 같이 산다고요?" 아즈너가 놀라며 물었다.

"그렇다네, 아즈너. 괴팍한 노인네지. 성당 문턱도 한 번 안 넘는 건 말할 것도 없고 심지어 저 아이가 다니겠다는 것까지도 방해하는 여자라네. 그런 여자한테 뭘 바랄 수 있겠나? 하지만 내가 그 부인에게 가서 말은 했지. 자네도 알겠지만, 내가 그런 사람들을 가차 없이 다루는 편이지. '지도르 부인, 자, 내 말 좀 들어 봐요. 부인 영혼을 망치는 거야 부인의 자유예요. 그거야 뭐 누구도 뭐랄 수 없는 부인의 권리겠지요. 하지만, 부인, 우리 중 어떤 사람도 다른 사람이 구원받는 걸 막을 권리는 없어요. 전 앞으로 랄리를 매주 일요일 미사에서 꼭 보고 싶어요. 안 그러면 부인은 계속 저한테 싫은 소리를 듣게 될 겁니다.' 그러고는 부인의 면전에서 지팡이를 휘둘러 줬지. 그 이후로 랄리는 일요일 미사에 한 번도 빠진 적이 없다네.

하지만 자네도 봤다시피 저 아인 노상 굶는다네. 행색 초라한 것 봤지? 구두는 또 얼마나 엉망이고! 지금쯤 샤르트랑 씨 가게에서 달걀과 새 신발을 맞바꾸고 있겠지. 불쌍한 것! 저 애는 학대받는 게 틀림없어. 사실인지는 모르겠지만, 베르트랑 씨는 지도르 부인이 심지어 저 아이를 때리는 것 같다고까지 말하더군. 그러나 도통 사정을 알 수가 있어야지. 아무리 다그쳐도 자기 할머니에 대한 안 좋은 이야기는 도대체 한마디도 하지 않으니 원."

앙투안 신부의 말을 듣고 있던 아즈너의 이해심 가득한 착한 얼굴이 괴로움으로 창백하게 변해 가더니 마지막 말을 듣고는 마치 자신이 직접 한 대 맞기라도 한 것처럼 고통스러운 표정으로 몸을 떨었다.

그러나 신부는 더 이상 랄리 이야기는 하지 않았다. 아즈너가 맡아 해야 할 목공 일에 관심을 더 쏟기를 원했기 때문이었다. 두 사람은 목공 일의 세세한 사항까지 상의하며 오랜 시간 이야기를 나눴고 이야기가 끝나자 아즈너는 말을 타고 떠났다.

아즈너는 전속력으로 말을 몰아 금방 동네 외곽에 다다랐다. 그곳에는 강을 따라 좁은 길이 약 8백 미터 정도 뻗어 있고, 그 길을 벗어나 샛길에 들어서면 중간쯤 야트막하고 쾌적한 둔덕 위에 그의 집이 있었다.

아즈너가 그 길에 들어섰을 때 저 멀리 앞서 가는 랄리의 모습이 보였다. 왜 그런지 모르겠지만 그는 랄리를 이곳에서 찾을 수 있었으면 하고 내심 기대를 했었다. 그는 아까 앙투안 신부 사제관의 포도 덩굴 사이로 봤던 것처럼 그녀를 지켜보았다. 그는 랄리가 자신의 집을 지나갈 때 뒤돌아볼지 어떨지 궁금했다. 하지만 랄리는 그러지 않았다. 그 집이 아즈너의 집이란 걸 알 도리가 없었으리라. 집에 다다른 아즈너는 마당으로 들어가지 않은 채 그 자리에 꼼짝 않고 서 있었다. 그러는 내내 아즈너는 한결같이 랄리의 모습을 응시하고 있었다.

제법 거리가 있어서 랄리가 입은 옷이 얼마나 거친지는 알 수 없었다. 하지만 멀찍이 떨어져 가고 있는 랄리는 꽃대처럼 가늘고 연약해 보였다. 아즈너는 랄리가 길을 돌아 숲속으로 사라질 때까지 줄곧 그곳에 서 있었다.

부활절 주일 아침, 미사가 시작되기도 전에 아즈너는 까치걸음으로 성당 안으로 들어섰다. 그는 다른 신자들 옆에 자리를 잡고 앉지 않고 성수대 가까이에 서서 들어오는 사람들을 지켜보았다.

그를 지나쳐 가는 아가씨들 모두가 하늘하늘한 드레스나 물방울무늬의 스위스 천 아니면 적어도 갓 풀 먹인 모슬린 천으로 된 옷을 입었다. 그들은 몸에 치장한 리본과 모자에 장식한 꽃으로 인해 눈부시게 빛났다. 어떤 아가씨는 부채와 아주 얇은 흰색 손수건을 가져오기도 했다. 대부분은 장갑을 꼈고, 분가루 향이나 연한 향수 냄새를 풍기기도 했지만, 한 사람도 빠짐없이 부활절 달걀로 가득 찬 작지만 화려한 바구니는 모두 들고 있었다.

그러나 오로지 낡은 기도서 하나만 들고 성당에 들어서는 아가씨가 있었다. 랄리였다. 머리에 베일은 쓰고 있었지만 푸른색 치마와 면 블라우스 옷차림은 전날 입었던 그대로였다.

랄리가 들어오자 아즈너는 자신의 손을 성수에 살짝 담갔다가 그녀에게 내밀었다. 다른 사람들에게는 해 줄 생각조차 해 본 적 없는 일이었다. 랄리는 자신의 손가락 끝으로 아즈너의 손가락을 살짝 스치며 고개를 조금 숙여 답했다. 성찬식에 앞서 무릎을 꿇고 진심 어린 기도를 한 그녀가 옆으로 지나갔다. 아즈너는 랄리가 자신을 알고 있었는지 확신이 서지 않았다. 하지만 그녀가 자신의 눈을 바라보지 않았다는 것은 알았다. 그랬더라면 아즈너가 그녀의 눈길을 느끼지 못했을 리 없었다.

아즈너는 꽃이나 리본으로 장식한 채 자기 앞을 지나가는 다른 여인들에게 조금 화가 났다. 랄리에게는 꽃도 리본도 없었기 때문이었다. 막상 그 자신은 별로 신경 쓰지 않았지만 혹시라도 랄리가 그것 때문에 마음 상할까 봐 걱정스러웠던 아즈너는 주의 깊게 그녀를 바라보았다. 그러나 랄리도 신경 쓰지 않는 게 분명했다. 앙투안 신부 사제관의 커다란 의자에 앉아 있었던 어제와 똑같은 여유로움이 그녀의 얼굴에 어려 있었다. 랄리는 편안해 보였다.

이따금 랄리는 부활절의 햇살이 흘러 들어오는 작은 색유리와 별처럼 빛나는 양초, 교회 중앙에 모셔진 부활 예수 상, 그 주위의 요셉과 마리아 성상들을 번갈아 올려다보았다. 그녀는 또 봄의 신선함을 머금은 젊은 아가씨들을 바라보거나 성당 안을 가득 채운 꽃과 향들이 어우러진 향기를 온몸으로 들이마셨다.

랄리는 맨 마지막으로 성당을 나서는 사람들 속에 섞여 있었다. 성당에서 도로로 이어지는 텅 빈 길을 걸어 내려가던 랄리는 멀구슬나무 아래서 부활절 달걀을 견주며 즐거워하는 청년들과 아가씨들을 호기심 가득한 시선으로 웃으며 바라보았다.

그 젊은이들 무리에 함께 있던 아즈너가 혼자 걸어 내려오고 있는 랄리를 보고는 미소를 띠며 다가가 예쁘게 색칠한 달걀들이 소복하게 채워진 모자를 그녀 앞에 쑥 내밀었다.

"달걀 가져오는 걸 깜박한 모양이군요. 내 것 몇 개 가져요."

"아니에요, 고마워요." 그녀는 얼굴이 빨개진 채 뒤로 물러서며 사양했다.

그래도 그는 채근하듯 다시 권했다. 그제야 그녀는 몹시 기뻐하며 달걀이 담긴 모자 위로 고운 얼굴을 숙였는데, 예쁜 달걀들이 하도 많아 어떤 걸 골라야 할지 망설이는 기색이 역력했다.

아즈너가 흰 클로버 잎 모양이 점점이 찍힌 분홍색 달걀 하나를 그녀 대신 골라 들었다.

"자," 그가 달걀을 건네 주며 말했다, "제 생각에 이게 제일 예쁘군요. 가장 단단해 보이기도 하고요. 틀림없이 다른 달걀들을 모두 깨 버릴 수 있을 거예요."

그러면서 얼마나 단단한지 시험해 보라며 손 안에 반쯤 가려진 다른 달걀을 장난스럽게 내밀었다. 하지만 그녀는 거절했다. 잘못하면 예쁜 달걀이 깨질 수도 있는 일이었다. 아즈너와 함께 있던 아가씨들이 랄리를 호기심 어린 눈으로 힐끔거렸지만 그녀는 그들한테 눈길 한 번 주지 않고 그 자리를 떠났다.

아즈너가 일행에게로 다시 돌아왔을 때 사람들이 그를 맞이하며 던진 말에 그는 소스라치게 놀라 말문이 막혔다.

"어떻게 저런 여자하고 얘길 해요? 저 여잔 진짜 하층민이라고요." 그들 중 한 명이 그에게 한 말이었다.

"누가 그래? 누가 저 아가씨더러 하층민이래? 남자가 그랬다면 내가 그놈의 머리통을 부숴 버리겠어!" 그는 서슬이 퍼래져서 소리쳤다. 그 말에 모두가 깔깔거리며 웃어 댔다. "그런데 말이야 아즈너, 그렇게 말한 게 숙녀분이라면 어쩔 건가?" 누군가 조롱하듯 물었다.

"숙녀일 리가 없지. 어떤 숙녀가 잘 알지도 못하는 가여운 아가씨한테 그런 말을 하겠나?"

그는 홱 돌아서더니 곁에 서 있던 사내아이의 모자 안에 자신의 달걀을 다 쏟아 넣고는 누구와도 말 한마디 섞지 않고 떠나 버렸다. 정장을 갖춰 입고 상점 앞에 서 있는 남자들이나 말이나 마차를 타고, 혹은 삼삼오오 걸어서 집으로 돌아가는 여인네들 그 누구와도.

그는 시내 뒤쪽으로 펼쳐진 목화밭을 가로지르는 지름길을 택해 서둘러 집에 도착했다. 방은 몇 안 되지만 창이 많고 사방에서 신선한 바람이 불어오는 쾌적한 집이었다. 그의 작업장은 집 옆에 있었다. 여기저기 나무들이 서 있는 좁고 길쭉한 잔디밭이 아래쪽 길을 향해 비스듬히 이어져 있었다.

아즈너는 부엌으로 들어갔다. 부엌에서는 싹싹한 나이 든 흑인 여자가 식탁에서 양파와 샐비어 잎을 썰고 있었다. 그가 불쑥 말을 꺼냈다.

"트랭퀼린, 좀 있다가 젊은 아가씨 하나가 여길 지나갈 거야. 파란 치마에 하얀 상의를 걸치고 머리에는 베일을 썼지. 그 아가씨 보거든 얼른 나가 여기 벤치에서 좀 쉬게 하고 커피 한잔 마시지 않겠냐고 청해 줘. 성찬식에 가는 걸 봤는데 아마 아침도 못 먹었을 거야. 성찬식에 참석한 읍내 밖 사람들 가운데 그 아가씨만 다른 곳에 초대를 못 받았지. 사람들이 그렇게 인색하게 구는 걸 보면 화가 나."

"그러니까 나더러 저 길 쪽으로 가서 다짜고짜 커피 한잔 하겠냐고 물어보라고요?" 트랭퀼린이 당황스럽다는 듯 되물었다.

"뭐 다짜고짜건 아니건 그건 상관없는데, 어쨌든 내가 하라는 대로 말만 해 줘."

랄리가 올 때 트랭퀼린은 길 쪽으로 몸을 숙이고 있었다.

"안……," 트랭퀼린이 말을 걸자,

"안녕하세요." 젊은 아가씨가 대답했다.

"혹시 길에 돌아다니는 누런 점박이 송아지 봤나, 아가씨?"

"아뇨, 누렁이든 점박이 누렁이든 못 봤어요. 하지만 저기 길이 굽어지는 곳에 줄로 묶어 둔 하얀 송아지는 봤어요."

"그건 아니고. 이 집 소는 누렁인데. 그 망할 놈의 소, 강둑에 처박혀서 모가지나 부러져 버리면 좋겠구만. 그래도 싸지! 그나저나 어디서 오는 길이오, 처자는? 맥이 다 빠진 것 같구만. 저 벤치에 좀 앉아 있구려. 내가 커피 한잔 가져다 줄 테니."

아즈너는 간절한 마음으로 김이 모락모락 나는 카페오레 한 잔을 쟁반에 담아 일찌감치 준비해 놓았다. 넉넉한 양의 식빵에 버터와 젤리도 발라 놓은 뒤였지만 트랭퀼린이 돌아왔을 때 그는 또 뭔가를 허둥지둥 찾고 있었다.

"어제 여기 찬장에 있던 치킨 파이 반쪽 어떻게 했지, 트랭퀼린?"

"무슨 치킨 파이요? 찬장은 또 뭔 찬장?" 그녀가 발끈하며 되받아쳤다.

"뭐 우리 집에 찬장이 몇 개라도 되는 모양이네, 트랭퀼린!"

"나리는 예전 아즈너 마님하고 똑같아요, 참! 아니, 뭐 치킨 파이가 천년만년 간데요? 뭐라도 상하면 그 즉시 버리는 게 상책이라구요. 그게 나지, 바로 나 트랭퀼린!"

그러니 아즈너가 포기할 수밖에 달리 무슨 도리가 있었을까. 마음에 차지는 않았지만 그는 트랭퀼린에게 쟁반을 들려 랄리에게 보냈다.

평상시에는 강철같이 튼튼한 배짱을 가진 그였지만 지금 자신이 한 일을 생각하니 가슴이 떨려 왔다. 그녀가 이 사실을 눈치채면 화를 낼까? 아니면 좋아할까? 랄리가 트랭퀼린에게 이런저런 얘기를 털어놓을까? 그러면 트랭퀼링은 또 그녀가 무슨 말을 했는지 그녀 모습은 어땠는지 사실대로 얘기해 줄까?

그날은 마침 일요일이라 아즈너는 오후에 일을 하지 않았다. 대신, 그는 종종 그랬듯이 책을 한 권 꺼내 들고 나가 나무 아래 앉아 읽었다. 첫 번째 저녁기도 종소리가 들판 너머 은은히 울려 퍼질 때부터 삼종기도 종소리가 울릴 때까지 내내 꼬박! 그는 무수히 많은 책장을 넘겼지만 결국 뭘 읽었는지도 몰랐다. 책의 여백이란 여백에는 모두 연필로 '랄리'라고 빼곡히 써 내려가며 혼자 가만히 그 이름을 불러 보았다⋯⋯.

그리고 다시 어느 일요일 아즈너는 미사에 참석한 랄리를 만났다. 이번에는 집으로 돌아가는 길을 그녀와 함께 걸어가게 되었다. 아즈너는 목화밭을 가로지르는 지름길을 그녀에게 알려 주었다. 그녀는 무척 즐거워하면서 자신이 일을 할 것이라고, 할머니가 해도 좋다고 허락했다고 말했다. 르블롯 씨네 일꾼들과 함께 들판 위쪽 밭을 맬 것이라고. 아즈너는 그녀에게 그 일을 하지 말라고 간청했다. 그러나 그녀가 왜 그런 말을 하냐고 되묻자 대답은 못하고 그저 뒤돌아서서 멋쩍은 듯 울타리를 따라 핀 딱총나무 꽃들만 마구 잡아 뜯었다.

이윽고 울타리를 가로질러 들판에서 길로 접어들어야 하는 곳에 이르자 둘은 걸음을 멈췄다. 그는 그리 멀지 않은 곳에 보이는 저 집이 자기 집이라고 알려 주고 싶었다. 하지만 그녀가 허기져 있던 그날 아침에 그곳에서 먹을 걸 주었던 터라 그 말을 꺼낼 수가 없었다.

"그러니까 할머니가 당신이 일하도록 허락할 거라는 건가요? 그럼 이제까지 할머니는 당신이 일을 못 하게 했군요, 그렇지요?" 그는 그녀의 할머니에 대해 그녀에게 물어보고 싶은 게 있었다. 게다가 그것 말고는 달리 그녀에게 말을 걸 방법이 딱히 생각나지 않기도 했다.

"불쌍한 할머니!" 그녀가 말을 받았다. "할머니는 자신이 뭘 하는 줄도 잘 모르는 것 같아요. 이따금은 제가 검둥이만도 못하다고 하면서 일을 시켜요. 그러다가 내가 엄마처럼 비렁뱅이가 될 거라며 옴짝달싹도 못 하게 해요. 꼼짝이라도 하면 가만 안 둘 것처럼 말이에요. 정작 할머니는 하루 온종일 숲에만 나가 있으려고 해요. 밤이고 낮이고 시도 때도 없이 말이에요. 제정신이 아니에요. 불쌍한 할머니. 할머니 정신이 온전하지 않다는 걸 전 알아요."

랄리는 몸을 떨며 나지막하게 말했다. 한마디 한마디 내뱉을 때마다 고통스러운 것 같았다. 아즈너는 그녀의 고통을 너무도 생생하게 느낄 수 있었다. 뭐라도 그녀에게 위로가 될 말을 하고 싶었다. 하지만 그녀 앞에 있다는 사실만으로도 그는 온몸이 얼어붙은 것처럼 그저 가슴만 쿵쾅쿵쾅 뛰었다. 그녀 곁에만 있으면 언제나 그의 가슴은 둥둥 울려 대는 북소리를 냈다. 그토록 가엾고 초라한 자그마한 존재에 불과한 그녀 곁에 서면 말이다!

울타리를 사이에 두고 마주 섰을 때 그가 말했다. "다음 일요일에 여기서 당신을 기다릴 거예요, 랄리." 그는 무언가 대단히 용기 있는 말을 했다는 생각이 들었다.

하지만 그 다음 일요일에 그녀는 오지 않았다. 그 길의 약속 장소에도 미사에도 그녀는 나타나지 않았다. 그녀가 오지 않으리라고는 꿈에도 생각하지 못했던 아즈너에게는 청천벽력 같은 일이었다. 늦은 오후가 되자 도저히 참을 수 없을 정도로 혼란스럽고 당황스러워진 아즈너는 앙투안 신부의 사제관 울타리 너머를 기웃거렸다. 앙투안 신부는 맞은편에서 장미꽃에 앉은 민달팽이를 잡고 있었다.

아즈너가 운을 뗐다. "봉듀에서 온 그 아가씨가 오늘 미사에 안 왔던데요. 아가씨 할머니가 신부님 말씀을 잊은 것 같아요."

"아니라네. 그 아이가 아프다고 들었네. 들일을 너무 무리하게 해서 벌써 며칠째 앓고 있다고 베르트랑이 말해 주더군. 나는 내일쯤 어딘가 들러 보려 하네. 형편만 되면 오늘이라도 가 볼 참이고." 신부가 대답했다.

신부의 말 가운데 아즈너의 귀에 제대로 들린 것은 '그 아이가 아프다네'라는 말뿐이었다. 그는 잠깐 아무 의미도 없이 망설이는 듯하더니 돌연 단단히 결심을 굳힌 사람처럼 사제관을 빠져나왔다. 자기 집 쪽으로 걸어가는가 싶더니 자기 집은 안중에도 없다는 듯 지나쳤다. 좁은 길을 따라 아래쪽으로 곧장 걸어 내려간 그는 그날 랄리가 사라지는 걸 봤던 바로 그 숲으로 들어갔다.

숲속은 온통 어둑하게 그늘이 져 있었다. 해는 서쪽으로 이미 많이 저물어 빽빽한 나뭇잎들 사이로 한 줄기 빛도 제대로 비추지 못했다.

랄리의 집으로 가고 있다는 사실을 깨달은 아즈너는 왜 전에는 그곳엘 가본 적이 없는지 곰곰이 생각했다. 마을이나 이웃의 다른 아가씨들은 종종 찾아다니기도 했으면서 왜 그녀에게는 한 번도 가 보지 않았던 것일까? 그 질문에 대한 답은 아즈너의 가슴속 깊은 곳에 자리 잡고 있어서 아즈너 자신도 그저 어렴풋하게 짐작할 수밖에 없었다. 그것은 두려움 때문이었다. 그녀의 비참한 삶을 보고야 말 것 같은 두려움! 아즈너는 그 고통을 견딜 자신이 없었던 것이었다.

하지만 그는 마침내 그녀에게 가고 있었다. 그녀가 아픈 지금! 그는 곧 기억 속에만 남아 있는 그 허물어진 현관 앞에 서게 될 것이다. 틀림없이 지도르 부인은 그에게 무슨 까닭으로 왔는지 물을 것이고, 그는 앙투안 신부님이 랄리 아가씨가 어떤지 알아보라 보냈다고 대답할 것이다. 안 돼! 앙투안 신부는 왜 끌어들여! 그저 담담하게 서서 당당하게 말할 것이다. "지도르 부인, 랄리가 아프다는 말을 들었어요. 정말인지 알고 싶어서 왔어요. 괜찮으시다면 그녀를 만나 보기도 하고요."

랄리가 사는 오두막에 이르렀을 때 낮의 흔적들은 모두 사라진 뒤였다. 해 진 뒤 어스름이 빠르게 내려앉았다. 커다란 떡갈나무 가지에 축축 늘어진 이끼가 크고 둥근 달이 환한 빛을 밝히기 시작하는 동녘 하늘을 배경으로 묘한 실루엣을 그려 내고 있었다. 바이우 저 너머 먼 늪지대에서 수많은 알 수 없는 소리들이 울적한 자장가처럼 웅웅거렸다. 가축우리 같은 랄리의 집 위에는 죽음의 적막이 서려 있었다.

아즈너가 몇 번이나 문을 노크했지만 굳게 닫힌 문 안에서는 아무런 대답도 없었다. 결국 아즈너는 유리 대신 성긴 방충망이 쳐진 작은 창문 쪽으로 다가가 방 안을 들여다봤다.

비껴든 달빛이 침대에 누워 있는 랄리를 비춰 주고 있었다. 하지만 지도르 부인의 흔적은 어디에도 보이지 않았다. 그가 다정한 목소리로 랄리를 불렀다.

"랄리! 랄리!"

그녀가 베개 위 머리를 조금 움직였다. 그러자 아즈너는 용기를 내어 대담하게 문을 열고 방 안으로 들어갔다.

군데군데 기운 자국이 있는 캘리코 천이 깔린 볼품없이 초라한 침대 위에 랄리가 누워 있었다. 한 겹의 홑이불만이 그녀의 연약한 몸을 반쯤 가려 주고 있었다. 그녀의 한 손은 베개 아래 깔려 있어서 움직일 수 있는 다른 한 손을 그가 살며시 어루만졌다. 불같이 뜨거웠다. 머리도 펄펄 끓기는 마찬가지였다. 아즈너는 그녀 곁의 바닥에 무릎을 꿇고 흐느끼며 그녀를 자신의 사랑, 자신의 영혼이라 부르며, 한마디라도 해 달라고, 자기를 봐 달라고 애원했다. 하지만 그녀는 그저 들판의 목화가 모두 재가 되고 있다, 옥수수 잎들이 불탄다는 둥 띄엄띄엄 헛소리 같은 말만 중얼거릴 뿐이었다.

그런 그녀를 보고 있자니 아즈너는 한편으로는 애끓는 사랑과 슬픔으로 숨이 막힐 것 같으면서도 다른 한편으로는 분노를 억누를 길이 없었다. 그 분노는 자기 자신과 앙투안 신부는 물론 농장과 마을의 모든 사람들을 향한 분노였다. 그들 모두가 이 불행한 여인이 이토록 비참한 상태가 될 때까지, 어쩌면 죽을 수도 있는 상태가 되도록 내팽개쳐 둔 것이었다. 그녀가 말하지 않았다는 이유로, 큰 소리로 불평하지 않았다는 이유로 그들은 그녀가 그저 견딜 수 있는 정도의 고통을 겪고 있겠거니 믿고 있었던 것이었다.

하지만 사람들에게 자비심이라는 것이 전혀 없을 수는 없는 법이다. 예수님의 영혼이 보여 주셨던 사랑의 마음을 지닌 사람이 어딘가는 분명히 있을 것이다. 앙투안 신부님도 그렇게 말씀하시곤 하셨다. 그는 얼른 이 죽음의 공간을 벗어나 그분께 랄리를 데려가는 게 좋겠다고 생각했다. 그는 랄리를 데리고 그 집을 벗어나려고 서둘렀다. 한순간이라도 더 머뭇거릴수록 그녀를 더 위태롭게 할 뿐이라는 생각이 들었다.

아즈너는 맨살이 드러난 랄리의 팔과 다리를 거친 침대보로 감싼 뒤 그녀를 안아 올렸다. 그녀는 아무런 저항도 하지 않았다. 다만 베개 아래 손은 빼기 싫어하는 것 같았다. 마침내 그녀가 손을 빼냈을 때 아즈너는 동그랗게 오므린 손가락들 사이로 그녀가 힘없이 그러나 꼭 움켜쥐고 있는 것을 보았다. 그것은 다름 아닌 자신이 그녀에게 줬던 부활절 달걀이었다! 그것이 무엇을 의미하는지 어떻게 모를 수 있겠는가! 아즈너는 기쁨 가득한 탄성을 나지막하게 터뜨렸다. 그녀가 그의 목을 끌어안고 몇 시간 동안이고 사랑한다고 속삭인들 이보다 더 확실하게 그녀의 마음을 보여 줄 수 있었겠는가! 아즈너는 무언가 신비한 결속이 두 사람의 마음을 서로에게 곧장 끌어당겨 마침내 하나가 되게 해 준 것처럼 느꼈다.

이제 이 집 저 집 다니며 그녀를 받아 달라고 애원할 필요가 없었다. 그녀는 아즈너, 자신이 돌보아야 할 그의 사람이었다. 아즈너는 이제 그녀가 있을 곳이 어딘지, 그녀가 어느 집 지붕 아래서 쉬고, 누구의 팔이 그녀를 보호해 주어야 할 것인지를 알았다.

아즈너는 사랑하는 여인을 팔에 안고 확신에 찬 걸음으로 표범처럼 숲을 가로질러 걸어갔다. 멀리서 지도르 부인이 땔감을 모으며 아마도 달을 향해 흥얼거리고 있을 묘한 찬가가 들려왔다.

바위 틈 사이로 물이 시원하게 흘러내리는 곳에서 걸음을 멈추고 랄리의 불덩이 같은 뺨과 손, 이마를 씻겼다. 그는 이제까지 단 한 번도 그녀의 입술에 입맞춤한 적이 없었다. 하지만 그녀가 자신을 알아보지 못한다는 갑작스럽고도 엄청난 두려움이 엄습해 온 지금 그는 불같이 열이 올라 바짝 마른 그녀의 입술에 본능적으로 자신의 입술을 지그시 대어 입맞춤을 했다. 메마른 그녀의 입술이 아즈너 자신의 생명력 넘치는 입술에서 전해진 숨결과 수분으로 촉촉하고 부드러워질 때까지 그는 입맞춤을 멈추지 않았다.

이윽고 그녀가 그를 알아보았다. 그렇다고 말을 한 것은 아니었다. 부활절 달걀을 꼭 쥔 채 굳어 있던 손가락의 긴장이 풀리면서 두 팔로 그의 목을 꼭 껴안았다. 달걀이 땅으로 떨어졌다. 그때 그는 확실하게 깨달았다.

"그녀 곁에 꼭 붙어 있어, 트랭퀼린." 집에 돌아와 자신의 침상에 랄리를 눕힌 아즈너는 신신당부를 했다. "난 의사 선생님과 앙투안 신부님을 모시러 갈 거야." 신부님까지 모시러 간다는 말을 들은 트랭퀼린의 얼굴에 겁먹은 표정이 어른거리는 것을 보고 그가 얼른 덧붙였다. "그녀가 위독해서가 아니야. 랄리는 끄떡없이 살아갈 거야! 내가 내 아내 될 사람을 죽게 놔둘 것 같아, 트랭퀼린?"

로카

　입성이 초라할 대로 초라한 인디언 혼혈 소녀는 부녀회 연합 부인
들이 이름을 묻자 로카라고 대답했다. 어디서 왔냐는 질문에는 바이
우 촉토 말고는 아는 데가 없다고 했다. 그 아이는 어느 날 내커터시
에 있는 프로비상의 '굴 식당' 곁문에 나타나 먹을 것을 구걸했다.
아주 현실적이면서 박애주의자의 면모도 있는 프로비상은 그녀를
고용해 설거지하는 일을 맡겼다.

　아이는 그 일을 잘 해내지 못했다. 잔을 깨는 게 부지기수였다. 프
로비상은 깨진 잔 값을 그녀의 품삯에서 제했기 때문에 신경 쓰지
않았다. 하지만 그녀가 손님들 머리 위로 잔을 내던져 깨기 시작하
면서 이야기가 달라졌다.

　그런 일이 벌어지자 프로비상은 아이의 손목을 움켜쥐고 마침 모
퉁이에서 회합을 갖던 부녀회원들에게 끌고 갔다. 프로비상의 입장
에서 보자면 나름대로 배려한 것이었다. 곧장 경찰서로 갈 수도 있

을 터였으니 말이다.

다 해져 누더기 같은 붉은 캘리코 천을 걸친 그녀를 회원들이 꼼꼼히 살펴보았다. 로카는 예쁜 아이는 아니었다. 올이 굵고 검은 데다 빗질도 하지 않은 헝클어진 머리카락이 넓적한 얼굴을 감싸고 있었고, 그럭저럭 괜찮은 눈을 빼고 나면 얼굴에는 봐줄 만한 구석이라곤 없었다. 천천히 이리저리 살피는 두 눈은 거짓말은 하지 않을 것 같은 눈이긴 했다. 골격은 크고 서툰 동작은 어딘지 모르게 어설펐다.

그녀는 제 나이조차 몰랐다. 목사 부인은 열여섯쯤 되겠다고 했다. 판사 부인은 나이야 뭔 상관이냐고 했다. 의사 부인은 이 아이를 어찌할지 의논하는 것은 나중 문제고 우선 목욕을 시키고 옷부터 갈아입히자고 했다. 하지만 그 주장은 허사가 되었다. 로카를 어떻게 할지가 시급하고도 곤란한 문제였다. 어떤 사람은 교화원에 보내는 것이 어떻겠냐고 제안했지만 그건 모두가 반대했다.

농장주의 아내인 라발리에르 부인이 몇 마일 떨어진 곳에 사는 점잖은 아카디안* 가족을 알고 있었다. 부인 생각에 아이를 그 집에 보내면 아이에게는 가족이 생기는 데다 어린아이들이 수두룩한 대가족의 집안일을 도맡아 꾸려 가야 하는 그 집 부인에게도 도움이 될 터이니 관련된 모든 이들에게 안성맞춤 득이 되는 일이었다. 게다가 그녀의 남편은 견실한 농부였다. 로카는 파두네에서 일하는 법은 물

* 옛 프랑스 식민지였던 캐나다 남동부 지역을 가리키는 아카디아 출신의 사람들. ―옮긴이

론 세상 살아가는 도리도 제대로 배울 수 있을 것이었다. 모두가 라 발리에르 부인의 의견에 동의하여 그렇게 정해졌다. 회원들이 그 다 음 일을 논의하는 동안 로카는 바깥 계단에 앉아 있었다.

처음 파두네에 왔을 때 로카는 집에 아기들이 너무 많아 혹시라도 아기들을 밟지나 않을까 겁이 날 정도였다. 게다가 부인들이 마련해 준 튼튼하고 투박한 단화는 납덩이처럼 무거웠다.

자그만 체구에 검은 눈을 한 성질 고약한 파두 부인이 다짜고짜 로카에게 윽박지르듯 물었다. "어떻게 프랑스어도 못해?"

로카는 어깨를 움츠리며, "대신 영어는 누구 못지않게 할 수 있어 요. 촉토어도 쯤 하고요."라고 변명하듯 말했다.

"세상에, 촉토어는 잊도록 해. 빨리 잊을수록 좋아. 말 안 해도 네 가 잘 알아서 하고 게으름 피우거나 건방지게 구는 일만 없으면 여 기서 나하고 그럭저럭 잘 지낼 수 있을 거야." 이렇게 말하며 로카 가 새로 해야 할 일을 시작하도록 돌려 세우고 난 파두 부인은 프랑 스어로 나지막하게 들으라는 듯 중얼거렸다.

"순 야만인 같으니."

파두 부인 자신도 집에서는 일꾼이었다. 게다가 그녀는 성격 느긋 한 남편과 아이들이 보기에 필요 이상으로, 또 받아들이기 힘들 정 도로 신경질적인 면도 있는 여인이었다. 그러니 로카의 느릿느릿하 고 답답한 동작을 보고 그녀가 화를 내는 것은 어쩌면 당연했다.

로카를 나무라는 부인에게, "저 애는 아직 어린애잖소. 그걸 좀 생 각해 줘야지, 여보."라고 파두 씨가 타일러도 소용이 없었다.

"쟤는 진짜 야만인이라구요. 그러니 어떻게든 가르치는 수밖에 없어요." 통틴은 그저 이렇게 대꾸만 할 뿐 남편의 충고를 듣지 않았다.

로카가 일을 너무 느긋하게 해서 통틴이 시킨 일을 끝마치게 하려면 계속 재촉하지 않으면 안 되는 것도 사실이었다. 게다가 통틴의 입장에서 보면 일하는 것도 부아가 치밀 정도로 둔하고 무신경했다. 빨래를 하거나 바닥을 닦거나 잡초를 뽑을 때나 혹은 일요일에 아이들과 함께 공부를 하고 교리 문답을 배울 때도 마찬가지였다.

그런 로카가 무심한 태도를 버리고 영 딴 사람처럼 변할 때가 있었다. 아기 비빈을 돌보는 일이 맡겨졌을 때였다. 로카는 비빈을 몹시 좋아하게 되었다. 당연한 일이기도 했다. 비빈같이 귀여운 아기도 없었다. 그렇게 통통하니 착하고 순한 아기라니! 로카의 넙적한 얼굴을 움켜쥐는 아기의 통통한 손과 그녀의 턱을 마구 물어 대는, 이도 나지 않은 단단하면서도 부드러운 잇몸! 마치 용수철이라도 달린 듯 로카의 품 안에서 폴짝거리는 비빈! 이런 비빈의 귀여운 짓 하나하나에 로카는 듣기에도 기분 좋은 명랑한 웃음을 환하게 터뜨리곤 했다.

어느 날 로카 혼자 남아 그 아기를 돌보게 되는 일이 생겼다. 점심 식사를 막 끝냈을 때 멋진 사륜마차를 새로 장만한 이웃 사람이 와서 온 식구들을 태우고 시내 구경을 시켜 주겠다고 제안했다. 한 동안 장보는 일을 미뤄 왔던 터라 통틴 부인은 그 제안에 귀가 솔깃해졌다. 게다가 아이들에게 신발이며 여름 모자를 마련해 줄 좋은 기회이기도 해서 그냥 지나칠 수 없었다. 그래서 모두 함께 길을 나서고 집에는 로카 혼자 남아 비빈에게 아기 그네를 태워 주게 되었다.

아기 그네는 둥글고 질긴 무명 천을 크고 튼튼한 후프에 느슨하지만 단단하게 매어 놓은 것인데, 후프는 회랑의 서까래에 걸린 갈고리 모양의 걸개에 세 가닥의 가벼운 줄을 이용해 매달아 놓았다. 아기 그네를 타 보지 못한 아기는 아기들이 누릴 진짜 호사를 맛보지 못한 것이라 할 수 있다. 이 집에 있는 네 개의 방 모두에 그네를 걸 수 있도록 고리가 달려 있었다.

가끔씩 아기 그네는 나무 아래 걸리기도 했다. 하지만 오늘은 탁 트인 회랑의 그늘에 걸려 있었다. 로카는 그 옆에 앉아 아기가 편안히 잠들 수 있게 천천히 그러나 이따금씩 가볍게 힘을 주어 그네를 밀고 있었다.

비빈은 제 딴에는 힘껏 발을 버둥거리며 옹알거렸다. 하지만 로카가 같은 자장가를 계속 흥얼거리며 불러 주고, 그네가 앞뒤로 움직이며 훈훈한 바람이 살랑살랑 기분 좋게 어루만져 주자 이내 잠이 들었다.

비빈이 잠든 것을 본 로카는 여름 날벌레들이 비빈의 잠을 깨우지 못하도록 모기장을 쳐 주었다. 여느 때와 아주 다르게 오늘은 로카가 할 일이 전혀 없었다. 통틴이 서둘러 집을 나서느라 로카에게 따로 할 일을 더 시키지 못했던 것이었다. 빨래와 다림질도 끝났고, 바닥 청소도 마쳤다. 방 정리도 끝냈고, 뜰도 다 쓸어 두었고, 닭 모이도 주었고, 나물이며 야채도 다 뜯어 씻어 놓았다. 더는 할 일이 없어진 로카는 나른한 공상에 폭 빠져 있었다.

로카는 널찍한 안락의자에 편안하게 앉아 여유롭게 마을 건너편을 둘러보았다. 오른쪽 멀리 울창한 나무들 사이로 뾰족한 지붕들과 라발리에르네 증기 조면기의 긴 파이프가 보였다. 강 건너 멀리 나지막하고 평평한, 거의 잘 보이지도 않는 집 몇 채 말고 다른 집들은 아예 보이지도 않았다.

눈에 들어오는 들판을 전부 드넓은 농장이 차지하고 있었다. 바티스테 파두가 경작하는 얼마 되지 않는 농장은 그의 소유였다. 원래는 라발리에르의 것이었는데 호의를 베풀어 그가 파두에게 판 그 농장에서 막 '솎는 작업을 끝낸' 바티스테네 목화와 옥수수가 비를 기다리고 있었다. 바티스테는 가족들을 데리고 시내로 나가고 없었다. 강 건너 들판과 주변은 온통 빽빽한 숲이었다.

지평선 가장자리를 따라 천천히 옮겨 가던 로카의 시선이 이윽고 그 숲에 멈추더니 꼼짝도 하지 않았다. 그녀의 시선에는 현재에 대한 생각은 하나도 없이 미래나 과거를 꿈꾸는 듯한 사람의 멍한 표정이 어려 있었다. 로카는 환상을 보고 있었던 것이다, 저 건너편 숲으로부터 불어온 한 줄기 세찬 남풍과 함께 그녀에게 날아온 환상을.

로카가 떠올린 환상은 마로 노파였다. 독한 술을 마시고 바구니를 짜며 로카를 때리기도 했던 그 인디언 노파. 어쨌거나 로카가 맞는 데 이유가 없지는 않았다. 하지만 그 이유라는 게 따지고 보면 억울하기도 했다. 내커터시에서 로카의 머리를 잡아당기며 '얼토당토않은 욕설'을 퍼붓고 비웃기까지 하던 어떤 사내의 머리 위로 유리잔을 던져 깨뜨리면서 로카가 그랬던 것처럼 그럴 만한 까닭이 있어서 소리 지르고 대들어도 그걸 구실로 마로 노파는 로카를 때렸다.

그들이 함께 바구니를 팔러 나갈 때면 마로 노파는 로카에게 물건을 훔치고 사람들을 속이는 것은 물론 구걸에 거짓말까지 하도록 시켰다. 로카는 노파가 시키는 대로 하고 싶지 않았다. 그러기 싫었다. 게다가 매질까지 당하던 터였다. 그래서 로카는 그곳을 도망쳐 나왔던 것이다. 그러나, 아! 그늘에서 말라 가던 사사프라스 나뭇잎 향기! 톡 쏘는 카모마일 풀 향기! 미끈한 통나무 위로 방울이 구르듯 흘러가는 물소리! 몇 시간이고 그곳에 누워 윤기 나는 도마뱀들이 미끄러지듯 부드럽게 오가는 모습을 보는 것만으로도 매질을 참고 견딜 만한 가치가 충분했다.

로카는 알고 있었다. 회색 이끼가 빽빽하게 끼어 있고, 나무들을 감고 올라가 아래로 휘휘 늘어진 능소화 꽃송이들이 반짝이는 숲속에서 새들이 한 목소리로 지저귄다는 것을. 그녀의 마음속에 그 숲속 새들의 노랫소리가 들려왔다.

그녀는 촉토 조와 샘바이트가 언제나처럼 밤이면 모닥불 가에서 주사위 놀이를 하는지, 술에 취하면 여전히 서로 치고받고 싸우는지도 궁금했다. 나무 아래 푹신한 잔디밭 위로 모카신을 신고 걸을 때의 그 느낌은 또 얼마나 좋았던가! 다람쥐를 잡고, 수달의 가죽을 벗기고, 촉토 조가 텍사스인들에게서 훔쳐 온 조랑말을 타고 쏜살같이 내달리던 일까지! 아, 그 모든 일이 얼마나 즐겁고 재미났던가!

로카는 꼼짝도 하지 않고 앉아 있었다. 오직 그녀의 가슴만이 격렬하게 고동쳤다. 걷잡을 수 없이 밀려드는 향수로 가슴이 아려왔다. 그때만 해도 로카는 그런 생활에 동반되던 죄와 고통은 자유로운 삶에 비하면 아무것도 아니라는 사실을 깨닫지 못했다.

로카는 그 숲이 몹시 그리웠다. 다시 숲으로 돌아갈 수 없다면, 마음대로 자유롭게 떠돌아다니던 삶으로 다시 돌아갈 수 없다면 숨조차 쉴 수 없을 것만 같았다. 그런 그녀를 막을 것이 뭐가 있겠는가? 그녀는 발을 쓸어 따끔거리게 하는 투박한 단화의 끈을 풀어 헤친 뒤 양말과 함께 벗어 멀리 던져 버렸다. 부들부들 떨며 몸을 일으킨 로카는 가쁜 숨을 몰아쉬면서 금방이라도 달아날 기세였다.

그때 그녀를 막아 세우는 소리가 들렸다. 비빈이었다. 그 조그만 녀석이 머리 위의 모기장을 붙잡고 팔다리를 버둥대면서 색색거리며 옹알이를 했다. 이미 너무도 사랑스러운 존재가 되어 버린 아기를 품에 끌어안으며 로카는 울음을 터뜨렸다. 그녀는 비빈을 두고 떠날 수가 없었다.

로카가 돌아오는 가족들을 곧장 마중 나오지 않자 통틴은 바로 투덜거리며 불만 가득한 소리를 질러 댔다.

"이런! 그 잘난 로카는 어딨는 게야? 그 계집애 때문에 짜증 나 죽겠어! 그 따위로 굴면 당장이라도 저를 데려왔던 그 부녀횐가 뭔가 하는 데로 돌려보낼 수도 있다는 걸 알 텐데 말이야."

"로카!" 온 집을 다 훑고 방마다 둘러보던 통틴이 짤막하고 날카로운 고함을 질러 로카를 찾았다. "로―카!" 집 뒤쪽 회랑에 다다른 그녀가 로카를 찾으며 불러 대는 소리는 반 마일 밖에서도 족히 들릴 정도였다. 통틴은 로카를 부르고 또 불렀다.

불편한 일요일 정장을 익숙하고 편안한 셔츠로 갈아입던 바티스테가 한마디 했다.

"너무 그렇게 흥분하지 말아요, 여보." 그가 차분하게 아내를 달래며 말했다. "틀림없이 저기 헛간 근처 어디쯤에서 옥수수 껍질을

까고 있거나 그럴 거요."

"프랑수아, 얼른 저 헛간으로 뛰어가 확인해 봐." 통틴이 프랑수아를 시켰다. "비빈은 틀림없이 쫄쫄 굶었겠네! 줄리에타, 넌 닭장에 가서 찾아보고. 또 어디 모퉁이에 처박혀 잠이나 퍼 자고 있을 거야. 우리 아기를 그런 막돼먹은 계집애한테 맡긴 내가 미쳤지! 아이구 이런!"

로카가 근처 어디에서도 보이지 않자 통틴은 불같이 화를 내며 소리쳤다.

"설마 비빈을 데리고 라발리에르 농장까지 간 건 아니겠지!"

"여보, 내가 말 타고 얼른 가서 알아보고 오겠소." 이제 아내의 걱정에 공감하기 시작한 바티스테가 통틴의 말을 자르며 끼어들었다.

"그래요. 어서, 어서 가 봐요." 통틴은 그렇게 남편을 재촉하면서 다시 아이들을 다그쳤다.

"너희 사내 놈들은 저 길 아래 주디 아줌마 오두막에 가서 알아보고."

그러나 라발리에르 농장에도 주디 아줌마 오두막에도 로카는 보이지 않았다. 그렇다고 로카가 배를 타고 간 것도 아니었다. 배는 강둑 아래 계류지에 아직 얌전히 묶여 있었다. 흥분했던 통틴의 마음도 조금 누그러졌다. 그녀는 창백한 얼굴로 자기 방에 조용히 앉아 있었다. 이상하리만치 냉정하고 침착한 그녀의 모습에 아이들은 모두 겁에 질려 어쩔 줄 몰라 했다. 아이들 중 몇이 울음을 터트렸다.

한편, 바티스테는 걱정스러운 표정으로 온 마을 구석구석을 살피며 로카를 찾아 초조하게 돌아다녔다. 끔찍한 시간이 느릿느릿 흘러

갔다. 잔광도 거의 남기지 않은 채 해는 이미 떨어졌다. 이제 잠시 후면 순식간에 땅거미가 내려앉을 것이었다.

바티스테는 이미 둘러봤던 곳을 다시 한 번 확인해 보려고 말에 오를 준비를 하고 있었다. 통틴은 여전히 뭔가에 온통 정신을 빼앗긴 채 멍하게 앉아 있었다. 그때 높다란 멀구슬나무 가지 위에 앉아 있던 프랑수아가 소리쳤다. "방금 쩌~기 숲에서 나온 게 로카 아녀? 멜론 밭 옆 울타리를 넘고 있는데?"

점점 짙어지는 어스름 속에서 그게 사람인지 짐승인지 분간하는 것도 쉽지 않았다. 하지만 바티스테 가족들의 궁금함은 오래가지 않았다. 프랑수아가 가리키는 방향으로 서둘러 말을 몰아간 바티스테가 조금 뒤에 비빈을 안고 전속력으로 되돌아 달려왔다. 아기들이 으레 그렇듯 비빈은 졸리고 배고픈지 칭얼대고 있었다.

로카는 바티스테 뒤에서 터벅터벅 걸어왔다. 바티스테는 로카의 변명을 들으려 기다리지도 않았다. 그의 마음에는 얼른 아기를 엄마 품에 안겨 주어야 한다는 생각뿐이었다. 긴장이 풀어진 통틴이 울음을 터뜨렸다. 너무나 자연스러운 일이기도 했다. 통틴은 눈물을 줄줄 흘리며 다 해진 옷에 머리는 헝클어진 채 문간에 서 있는 로카에게 가까스로 말을 건넸다. "대체 어디 갔었어? 말해 봐."

로카가 느릿느릿 엉거주춤 대답을 했다. "비빈하고 저는요, 아무도 없고 허전하기도 해서 저기 숲에 갔다 왔어요."

"너 그거 비빈을 유괴하는 거나 마찬가진 거 몰랐어? 대체 무슨 생각으로 라발리에르 부인은 너 같은 애를 보낸 건지 도통 모르겠다."

"저를 쫓아내실 건가요?" 로카는 절망적인 태도로 너저분한 머리 위로 손을 넘기며 물었다.

"이런! 당장 널 보냈던 그 여편네들한테 돌아가! 날 이렇게 놀라게 하고도 뭐라고!"

"진정해요. 여보, 진정해." 바티스테가 끼어들었다.

"비빈에게서 절 떼놓지 말아 주세요." 로카가 슬픔 가득한 목소리로 애원했다. 그러더니 머뭇거리며 계속 말을 이어갔다.

"오늘 저는 여길 도망쳐 숲으로 달아나고 싶은 마음이 굴뚝같았어요. 저 바이우 촉토로 다시 돌아가 도둑질하고 거짓말하며 살고 싶었어요. 그런 저를 붙잡은 건 오직 비빈뿐이에요. 저 아기를 두고 떠날 수가 없었어요. 그럴 수 없었어요. 그냥 비빈이랑 숲으로 조금 더 들어갔던 것뿐이에요. 그게 다예요. 그러니 절 보내지 말아 주세요."

바티스테가 친절하게 로카를 데리고 회랑 끝으로 가 달래듯 말했다. 착하고 씩씩한 모습을 보이라고, 그러면 자기가 그녀를 위해 애써 보겠다고. 그리고는 로카를 거기 세워 두고 부인에게 다시 갔다.

"여보." 그가 평소와는 달리 힘 있는 목소리로 부인을 설득하기 시작했다. "이번만은 당신도 진실에 귀를 기울여야 하오." 그는 부인이 눈물을 흘리며 기가 꺾인 틈을 타 가장으로서 자신의 권위를 세우리라 작정한 듯 보였다.

"이 집 가장이 누구요? 바로 나요!" 그의 말에 통틴은 토를 달지 않았다. 그저 비빈을 좀 더 꼭 끌어안을 뿐이었다. 바티스테는 좀 더 용기를 냈다.

"당신이 저 애를 너무 심하게 몰아세웠소. 로카는 나쁜 애가 아니오. 아이들을 맡겨 놓은 터라 나도 좀 더 유심히 저 애를 봐 왔다오. 저 아이가 원하는 건 그저 고삐를 약간 늦추고 자유를 조금 달라는 것뿐이라오. 당나귀를 몰듯이 황소를 몰아댈 수는 없는 법 아니겠소. 당신도 그쯤은 알잖소."

그는 아내가 앉은 의자 곁으로 다가가 그녀 옆에 서서 말했다.

"오늘 저 아이가 거칠 것 없이 떠돌던 예전 그 생활로 돌아가고 싶은 유혹을 얼마나 심하게 느꼈는지 아까 제 입으로 말하는 걸 들었잖소. 사실 우리도 그런 마음이 들 때가 가끔 있잖소. 그런 저 아이를 지켜 준 게 누구요? 지금 당신이 안고 있는 그 아기잖소. 그런데 지금 당신은 저 아이의 수호천사 같은 아기를 떼어 놓으려는 거요? 안 돼요. 그건 안 돼, 여보!" 아내의 머리 위에 다정하게 손을 얹으며 그가 말했다. "저 애가 우리와는 다르다는 걸 잊으면 안 돼요. 가엾은 것. 저 아인 인디언이잖소."

아보옐 방문

아보옐에서 온 사람들은 모두 멘틴에 대해 똑같은 이야기를 했다. '친애하는 주인아씨!' 그녀가 변했다고. 아기가 벌써 넷이나 되어 그녀 혼자 제대로 돌보기도 힘든데, 남편 줄은 제 몸 챙기기도 바쁘다고. 두 사람은 교회에도 거의 나가지 않고 다른 집을 방문하는 일도 없이 그렇게 소나무 숲 사람들 못지않게 가난하게 살고 있다고. 두두스는 자주 그 이야기를 들었다. 그날 아침에도 들었던 참이었다.

"이랴!" 그가 목화밭 이랑 한가운데 있는 노새를 향해 소리쳤다. 이른 아침부터 비틀비틀 쟁기질을 했는데 갑자기 이제 할 만큼 했다는 생각이 들었다. 붉은 케인강의 퇴적토 밭 깊숙이 반짝반짝 윤기 나는 쟁기 날을 꽂아 두고 노새에 올라 마구간으로 향했다. 멘틴에 대한 마지막 이야기를 들은 이후 머릿속이 온통 지난날의 추억과 갑자기 떠오른 계획, 그리고 케인강의 경작지 생각으로 가득해 풍차처럼 어지러웠다.

7년 전 아보엘에서 온 줄 트로돈이 매혹적인 눈과 유창한 말솜씨로 멘틴의 마음을 사로잡지만 않았더라면 그녀는 자신과 결혼했을 것이다. 당시 그는 순순히 그 사실을 받아들이고 물러났다. 자신보다 멘틴의 행복이 우선이었으니까. 하지만 지금 그녀는 절망적이고 조악한 환경에서 사소한 삶의 편의를 위해서조차 분통 터지도록 힘겨운 고통을 겪고 있었다. 사람들 말이 그랬다. 여하튼, 오늘 아침 두두스는 더 이상 그런 그녀의 상황을 가만히 두고 보고만 있을 수가 없었다. 그는 사람들이 말하는 것을 자기 눈으로 직접 확인해야겠다고 생각했다. 가능하다면 그녀와 아이들을 위해 뭔가 하지 않으면 안 되겠다는 생각과 함께.

　지난밤, 두두스는 도저히 잠을 이룰 수 없었다. 뜬눈으로 밤을 꼬박 새우며 달빛이 방바닥을 서서히 미끄러지듯 가로지르는 것을 지켜보면서 바이우를 따라 늘어선 골풀 사이로 들려오는 소리를 들었다. 그 낯설고 섬뜩한 소리들. 동틀 무렵 웨딩드레스를 입고 베일을 쓴 멘틴의 모습이 떠올랐다. 그가 마지막으로 본 멘틴의 모습이었다. 그녀는 애원하는 듯한 눈길로 그를 바라보면서 마치 지켜 달라는 듯 팔을 뻗었다. 구원을 원하는 모습이었다. 그 꿈이 그의 결심을 굳혔다. 바로 다음 날 아침 그는 아보엘을 향해 길을 떠났다.

　줄 트로돈의 집은 막스빌에서 1, 2마일 떨어진 곳에 있었다. 나란히 이어 붙은 세 개의 방과 지붕도 없는 좁은 회랑이 전부였다. 두두스가 찾아갔던 그 여름날, 정오가 가까워질 무렵 그 집은 가난에 찌든 황폐한 모습 그대로였다. 그가 문 앞에 다다르자 당장 물어뜯기라도 할 것처럼 계단을 달려 내려온 개들이 사납게 짖어 댔다. 남매로 보이는 두 아이가 갈색 맨발을 드러낸 채 회랑에서 멍하니 그를 쳐다보고 있었다. "개 좀 저리 쫓아 주겠니?" 그의 부탁에도 아이들은 그저 쳐다보기만 했다.

"앉아, 플루토! 아킬레스도!" 한 여인이 카랑카랑한 목소리를 질러대며 나왔다. 팔에는 한두 살쯤 된 아기가 안겨 있었다. 그녀는 금방 두두스를 알아봤다.

"두두스 씨, 당신이군요. 세상에! 오늘 아침 당신이 온다는 걸 누구라도 알려 줬으면 좋았을걸. 의자 좀 가지고 와라, 꼬마 줄. 두두스 씨란다. 저 건너 엄마가 살던 내커터시에서 오셨구나. 두두스 씨, 그대로네요. 좋아 보여요."

그는 무심한 척 천천히 악수를 하고 가죽 의자에 엉거주춤 앉으며 챙 넓은 모자를 의자 옆 바닥에 내려놓았다. 일요일 예배 때나 입는 정장이 많이 불편했다.

"마크스빌에 볼 일이 좀 있어서요. 오는 길에 당신 가족 생각이 나서, 그래도 인사쯤은 하고 가야지 않을까 하는 생각이 들어서."

"그래도라니요! 줄도 이해할 거예요! 그런데, 두두스 씨, 좋아 보여요. 당신은 하나도 안 변했네요."

"당신도 좋아 보여요, 멘틴. 그대로네요." 이럴 땐 거짓말을 좀 더 대담하게 할 수 있는 재능이 없다는 건 얼마나 안타까운 일인지.

그녀는 행동이 조금 불편했다. 단추가 떨어진 낡은 가운의 앞섶을 여미느라 꽂아 둔 옷핀이 신경 쓰였다. 게다가 무릎에 아이까지 안고 있었다. 두두스는 집 밖에서 만났다면 그녀를 알아보기나 했을까 하는 애처로운 마음이 들었다. 상냥하고 명랑한 갈색 눈은 옛날 그대로였다. 하지만 웨딩드레스 차림의 그토록 날씬하던 몸매는 딱할 정도로 흉하게 변했고, 양피지 같은 갈색 피부는 안쓰러울 정도로 말라 보였다. 눈과 입 주위에는 주름이 보였는데, 몇몇은 오랜 세월이 새겨 놓은 듯 깊었다.

"그쪽 사람들은 어떻게 지내요?" 아이들과 개에게 소리치는 게 습관이 되어 날카롭게 변한 큰 목소리로 멘틴이 물었다.

"모두 잘 지내지요. 올해는 심한 병이 조금 돌기도 했지요. 하지만 내커터시 사람들 모두 당신을 보고 싶어 하지요, 멘틴."

"그런 말씀 마세요, 두두스. 그럴 수가 없어요. 줄의 땅뙈기가 형편없는 흉작이라…… 남편 말이 내년에도 이러면 땅을 모두 팔아 버릴 거래요."

아이들은 그녀의 양 옆에 매달린 채 끈질기게 두두스를 쳐다보고 있었다. 두두스가 아이들과 친해지려 애써 봤지만 소용이 없었다. 그때 줄이 밭일을 마치고 돌아왔다. 타고 온 노새는 문 밖에 묶어 두었다.

"줄, 내커터시에서 두두스 씨가 왔어요. 지나는 길에 인사차 들르셨네요." 멘틴의 남편이 회랑으로 올라와서 두 사람은 악수를 나누었다. 두두스는 멘틴에게 그랬던 것처럼 어색해한 반면 줄은 다소 호탕한 태도로 짐짓 친절한 체했다.

"음, 당신은 참 운도 좋군요." 줄이 허세 가득한 태도로 말했다. "이렇게 마음대로 돌아다닐 수 있으니 말이오. 진심이오! 먹여 살릴 입이 여섯쯤 되면 당신도 계속 그럴 순 없을 거요. 암."

"그럼요. 당신 말이 맞아요!" 멘틴이 커다란 웃음을 터뜨리며 맞장구를 쳤다. 조금 전 줄의 매정한 말을 들었을 때처럼 두두스가 주춤했다. 멘틴의 남편은 7년 동안 아무것도 변한 게 없었다. 다만 어깨는 더 넓어지고 강해졌으며 더 멋져 보이기는 했다. 그렇지만 그런 사실을 굳이 알려 줄 마음은 없었다.

소금에 절여 삶은 돼지고기, 옥수수 빵과 당밀 수프로 차려진 점심을 마친 후 줄이 밭일을 하러 나설 때 두두스도 그 집에서 나올 수밖에 없었다.

문간에 매여 있는 노새에 너무 가까이 간 아이가 발굽에 차일 뻔해서 큰 소리가 나고 아이는 야단을 맞았다.

"아이가 말을 좋아하는군요." 두두스가 말했다. "아이가 당신을 닮았어요, 멘틴. 우리 집에 작은 조랑말이 있는데." 두두스는 아이를 보며 말했다. "나에겐 별로 필요 없단다. 내가 그 녀석을 너에게 보내 줄게. 작고 거친 야생마지만 멋진 녀석이란다. 풀을 먹이면 되고 가끔 옥수수를 한 줌씩 주면 얌전해질 거다. 그러면 너랑 엄마가 일요일마다 그걸 타고 교회에 갈 수도 있을 거야. 어때? 줄까?"

"네 생각은 어떠냐, 줄?" 아이의 아버지가 재촉했다. "그래, 네 생각은 어때?" 문간에서 아이를 어르고 있던 멘틴이 똑같이 물었다.

"작은 야생마, 좋아요!"

두두스는 가족 모두와 차례로 악수를 했다. 심지어 안겨 있는 아기에게도 손을 내밀었다. 그런 다음 노새를 탄 줄과 반대 방향으로 걸음을 옮겼다. 혼란스러웠다. 멘틴의 집에 있을 때부터 쭉 참아 왔던 눈물이 앞을 가려 울퉁불퉁한 길 위에서 넘어지기까지 했다.

아주 오래전 멘틴이 매력적인 아이였던 그때부터 그는 그녀를 사랑했다. 지금도 여전히 그녀를 사랑하고 있었다. 그녀의 결혼식 날, 그는 자신을 혼란스럽게 하는 그녀에 대한 모든 생각을 떨쳐 버리려 애를 썼고, 그랬는 줄 알았다. 그러나 지금 그는 그 어느 때보다 더 그녀를 사랑했다. 더 이상 아름답지 않기 때문에 오히려 그녀를 사랑했다. 꽃처럼 피어나던 그녀의 우아한 자태가 흔적도 없이 사라져 버렸기 때문에, 어떤 면에서는 그녀가 몰락했기 때문에, 무엇보다도 그녀는 여전히 다른 누구도 아닌 멘틴이기 때문에, 그는 그녀를 사랑했다. 어머니가 고통받는 자식을 사랑하듯 그는 그녀를 사랑했다. 그놈을 밀어내고 멘틴과 그녀의 아이들을 데려와서 삶이 계속되는 한 그들을 지키고 보살피며 살아가고 싶었다.

얼마쯤 뒤 두두스가 뒤로 돌아 아이를 안고 문간에 서 있는 멘틴을 바라보았다. 그러나 그녀는 그를 보지 않고 있었다. 그녀의 시선은 밭으로 일하러 간 남편이 있는 쪽을 향하고 있었다.

게티스버그에서 온 마법사

황혼의 어스름 그림자가 길게 드리우기 시작한 4월의 어느 오후였다.

열너덧 살쯤 된 밝고 환한 표정의 잘생긴 소년, 베르트랑 델망데가 자그마한 크리올 조랑말을 타고 쾌적한 시골길을 달려가고 있었다. 더 나은 말을 구할 수 없을 때면 루이지애나 소년들은 대체로 조랑말을 타고 다녔다. 사냥을 나갔던 그는 총을 들고 있었다.

최근 벌어진 일들을 생각하면 베르트랑은 마땅히 낙담한 태도를 보여야 하는데 그렇지 않다고 말하자니 마음이 편치 않다. 사실 지난주에 그는 그랑코토 대학에서 봉 아퀴엘 농장 집으로 소환당해 왔다.

그는 아버지와 할머니가 돈 문제로 곤란을 겪으면서 자신이 학교를 영영 그만두어야 할지도 모를 법적 절차를 기다리고 있는 중이라는 것을 알게 되었다. 그날 이른 식사를 마치자마자 두 분은 그 문제를 해결하기 위해 마을로 나가신 뒤 오후 늦도록 돌아오지 않았다. 베르트랑도 기분 전환 겸 피카윤의 등에 안장을 얹고 멀리 산책을 떠났었다.

그랬던 그가 집으로 돌아오는 길이었다. 봉 아퀴엘 농장의 경계를 이루는, 수많은 장미꽃들이 반짝이는 흐드러진 덩굴장미 울타리 초입에 이르렀을 때였다.

길모퉁이 울타리 바로 아래 있는 무언가를 본 조랑말이 갑자기 소스라칠 듯 놀랐다. 얼핏 보기에는 허름한 넝마 꾸러미 같았다. 하지만 그것은 널찍하고 평평한 바위 위에 앉아 있는 한 부랑자였다.

베르트랑은 부랑자도 똑같은 사람이라고 생각하는 감상적인 사람은 결코 아니었다. 그날 아침만 해도 부엌 창문을 기웃거리던 볼썽사나운 사람을 쫓아냈었다.

그러나 이 부랑자는 늙고 허약했다. 긴 턱수염이 갓 틀어 낸 목화처럼 새하얬다. 베르트랑이 보았을 때 그는 풀을 한웅큼 뜯어 맨발 뒤꿈치의 상처에서 나는 피를 지혈하는 데 정신을 쏟고 있었다.

"무슨 일이시죠, 어르신?" 그가 친절하게 물었다.

그 부랑자는 당황한 눈빛으로 그를 쳐다보았지만 대답은 없었다.

베르트랑은 속으로 생각했다. '음, 내가 언젠가는 의사가 되리라 결심했으니 일찍 치료 연습을 한다고 안 될 건 없지.'

그는 조랑말에서 내려 그 부랑자의 상처 난 발을 살펴봤다. 아주 고약하게 베인 상처였다. 베르트랑은 대체로 충동적으로 행동했지만 다행스럽게도 그의 충동은 대체로 나쁜 결과를 낳지는 않았다. 그는 최대한 민첩하게 노인을 피카윤에 태우고 좁은 길로 조랑말을 끌고 내려갔다.

한쪽에는 짙은 녹색의 울타리가 높고 견고한 벽처럼 솟아 있었고 다른 쪽에는 탁 트인 넓은 들판이 펼쳐져 있었다. 가지런히 늘어선 면화와 옥수수밭 사이에서 흑인들이 부지런히 몸을 놀릴 때마다 솟구쳐 오른 괭이가 여기저기서 섬광처럼 빛났다.

"이런 데가 진짜 루이지애나지." 부랑자가 떨리는 목소리로 내뱉었다.

"그래요. 여기가 바로 루이지애나지요." 베르트랑이 명랑하게 맞대꾸를 했다.

"그래, 나도 알아. 게티스버그 전투가 끝난 뒤 내내 루이지애나 곳곳을 돌아다녔지. 때로는 너무 무더웠고, 어떤 때는 너무 추웠지. 게다가 머리엔 총알까지 박힌 채 말이야. 넌 모르지? 그래. 넌 게티스버그를 기억하진 못할 게다."

"예, 생생하게 기억하진 못해요." 베르트랑이 웃으며 대답했다.

"병원인가? 공장은 아니겠지, 그렇지?" 그가 물었다.

"우리가 가는 곳이요? 아, 아니에요. 거긴 델망데 농장, 봉 아퀴엘이죠. 다 왔네요. 잠깐만 기다리세요. 제가 문을 열게요."

이 기이해 보이는 일행은 집에서 그리 멀리 떨어지지 않은 뒤쪽에서 마당으로 들어섰다. 덩치 큰 흑인 여인이 통나무집 문간에서 녹슨 것처럼 불그레한 한 무더기의 이끼를 뜯다가 그들을 보고 소리를 질렀다.

"아니, 대체 누굴 마당으로 델꼬 들어오는 거예요? 말까지 태워서?"

베르트랑은 아무런 대답도 하지 않았다. 실은 그녀의 질문을 들은 체도 안 했다.

"학교까지 댕기는 사람이 하는 일 하고는. 제정신이에요?" 화가 난 기색이 역력한 그녀는 계속 소리를 질러 댔다. 그러더니 혼잣말로, "베르트랑 마님과 앙쥐 주인님이 가만 안 두실 게 뻔해. 틀림없어. 하! 저 사람을 회랑에 데려가서 제 아버지 안락의자에 앉히진 말아야 할 텐데!"

소년은 꼭 그대로 했다. 쾌적한 회랑 모퉁이에 그 부랑자를 앉혀 놓고 상처를 묶을 붕대를 찾아 나섰다.

하인들은 몹시 못마땅한 기색이 역력했다. 소리 지르던 하녀는 붕대를 찾느라 들어간 할머니 방까지 베르트랑을 따라왔다.

"뭐 땜에 할머니 옷장을 그리 엉망으로 헤집어 놔요?" 그녀는 높고 카랑카랑한 목소리로 불평을 쏟아 냈다.

"붕대를 찾고 있어."

"그럼 붕대 있냐고 물으면 되지. 할머니 옷장은 손대지 말고요. 내 말 좀 들어요. 쩌~기 식당 옆에 앉아 있는 거렁뱅이 얼렁 쫓아내요. 은식기라도 없어지면 욕 먹는 건 도련님이 아니라 나니까."

"은식기? 말도 안 돼, 신디. 저 사람은 다쳤어. 정신 나간 것 모르겠어?"

"나보담 더 말짱하구만. 정신 나간 사람이라면 더더욱 창고 열쇠 맡기고 싶지 않고." 그녀는 경멸하듯 어깨를 으쓱하며 자기 말을 끝냈다.

하지만 베르트랑은 자신이 데려온 불쌍한 사내가 다가가기조차 힘들 정도로 낡고 해진 넝마 옷을 걸치고 있었기 때문에 아버지가 돌아오시면 허락을 받고 목욕탕으로 데려가 씻긴 뒤 깨끗한 새 옷으로 갈아입혀야겠다고 결심했다.

그 늙은 부랑자가 베란다 모퉁이에 무덤덤하게 만족한 태도로 앉아 있을 때 생탕쥐 델망데와 그의 모친이 마을에서 돌아왔다.

생탕쥐는 가무잡잡한 피부에 호리호리한 중년의 사내였다. 세심해 보이는 얼굴에 숱이 많은 검은 머리카락 사이로 희끗희끗한 숱들이 제법 섞여 반짝였다. 그의 모친은 약간 뚱뚱한 편에 예순다섯 나이치고는 정정해 보였다.

두 사람은 낙담한 기색이 역력했다. 그들이 읍내에서 어린 소녀를 데려온 것은 아마 그 아이가 활력을 주기 때문이었을 것이다. 아이 엄마는 결혼해서 읍내에 살고 있는 델망데 부인의 하나뿐인 딸이었다.

델망데 부인과 그의 아들은 달갑지 않은 침입자를 보고 놀랐다. 하지만 베르트랑이 진지하게 설명하며 안심시키자 그들은 부랑자가 함께 있는 것을 어느 정도 묵인해 주게 되었다. 그래서 회랑에 들어와 그 사내 곁을 지나갈 때 무신경한 표정이었을 뿐 홀대하는 시선은 아니었다. 대농장이면 어디건 이런 부랑자라도 하루 이틀 정도는 쉬어 갈 수 있는 구석진 곳쯤이야 언제나 있기 마련이다.

그날 밤 잠자리에 들었을 때 베르트랑은 오랫동안 잠들지 못하고 고요한 별 아래서 그 사내와 그 사내가 한 말을 생각했다. 게티스버그 전투에 대한 끔찍한 이야기는 몸이 부들부들 떨릴 정도로 생생하게 느껴졌다.

바로 그 전장에서 이 남자의 비극적인 새 삶이 시작되었다. 그 이전의 모든 경험들이 텅 빈 것처럼 사라져 버렸기 때문이었다. 황폐한 암흑과도 같은 그 전투를 겪으며 그는 친구도 친척도 없는 존재로 다시 태어났다. 심지어 자기 자신의 이름조차 잊어버렸다. 그 뒤로 그는 방랑자가 되었다. 방랑하는 시간의 절반 이상은 병원에서 보냈다. 고생은 고생대로 하고 어쩔 수 없을 때는 굶어 가면서.

참으로 이상하게도 사내는 베르트랑을 '생탕쥐'라 불렀다. 한 번 그러고 만 것이 아니라 말을 걸 때마다 그랬다. 소년은 그 이유가 궁금했다. 델망데 부인이 아들을 그렇게 부르는 소리를 듣고 생각해 낸 것일까?

그렇게 이 이름도 알 수 없는 방랑자는 봉 아퀴엘 농장까지 흘러들어와 마침내 친절하게 손을 뻗어 자신을 잡아 주는 사람을 찾아냈던 것이다.

다음 날 아침 가족들이 아침 식사 자리에 모였을 때 베르트랑이 너그럽게 받아 준 덕에 익숙해진 그 사내도 귀퉁이 의자에 떡하니 한 자리를 잡고 앉았다.

그가 고개를 살짝만 돌렸더라면 자갈 깔린 산책길과 잘 가꾸어진 화단이 있는 정원을 볼 수 있었을 것이었다. 그곳에서는 화려한 색과 향기가 흐드러진 4월 아침의 향연이 한창이었다. 하지만 그 부랑자는 끊임없이 사람들이 오가는 뒤뜰을 바라보는 걸 더 좋아했다. 뒤뜰에는 작업 도구를 들고 오가는 사람들, 허름한 옷을 입고 활기 넘치는 태도로 먼지를 일으키며 여기저기 뛰어다니며 흑인 아이들의 모습이 보였다.

델망데 부인은 그 사내가 앉아 있는 마루 쪽을 향해 열린 긴 창문을 통해 그의 모습을 힐끔 볼 수 있었다.

델망데 씨는 그 사내에게 유쾌하게 말을 건네기도 했었다. 하지만 그와 그의 모친은 자신들이 처한 곤경에 온 신경을 쏟고 있어서 줄곧 그 얘기만을 했다. 베르트랑만이 부지런히 오가며 그 늙은 사내에게 필요한 일들을 챙겨 주고 있었다. 베르트랑은 하인들이 노인을 돌보는 일을 별로 달갑지 않게 여길 것임을 알았기에 그 불쌍한 이를 위해 컵을 날라 주는 일도 도맡아 했다. 사실 그 노인에 대한 책임은 전적으로 자신에게 있기도 했다.

베르트랑이 김이 모락모락 나는 향긋한 커피를 두 잔째 가져다주었을 때 어깨너머 식당을 가리키며 노인이 나지막하게 물었다.

"저 안에서 무슨 이야기들을 하고 있는 거야?"

"아, 돈 문제랍니다. 한동안은 저희가 허리띠를 졸라매지 않으면 안 될 문제지요." 소년이 대답했다. "아버지와 할머니는 제가 대학을 그만두지 않으면 안 된다는 사실을 제일 가슴 아프게 생각하시지요."

"안 돼! 안 돼! 생탕쥐는 학교를 다녀야만 해. 전쟁도 끝났는데! 전쟁도 끝났는데! 생탕쥐와 플로렌틴은 학교를 다녀야만 해."

"하지만 돈이 없으면 어쩔 수 없죠." 소년이 엉뚱한 이야기를 하는 아이에게 장단을 맞추듯 미소를 지으며 대답했다.

"돈! 돈!" 부랑자가 중얼거렸다. "전쟁은 끝났다구! 돈! 돈!"

생기 없고 멍한 그의 눈길이 뜰을 지나 울창한 과수원 너머 쪽을 향하더니 거기서 멈췄다.

갑자기 그가 앞에 놓인 가벼운 테이블을 밀치고 일어나며 베르트 랑의 팔을 움켜쥐었다.

"생탕쥐, 넌 학교에 가야만 해!" 그가 조용히 말했다. "전쟁은 끝 났어."라고 말하며 슬쩍 주변을 살폈다. "이리 와. 저 검둥이들에게 안 들리게 조용히. 검둥이들이 못 보게. 삽을 가져와라. 벅 윌리엄스 가 수조 만들 때 쓰던 작은 삽 말이다."

그는 아이의 팔을 꼭 잡은 채 계단 아래로 데리고 내려가더니 뜰 을 가로질러 절룩거리며 성큼성큼 앞서 걸어갔다.

베르트랑은 농기구 같은 것들이 있을 성 싶은 헛간 아래서 그 부 랑자가 요구하는 대로 삽을 하나 골라잡은 뒤 그를 따라 과수원으로 들어갔다.

울창하고 빽빽한 풀이 아침 이슬에 젖어 있었다. 자라나는 복숭아 나무와 배, 사과, 자두나무들이 상쾌한 가로를 만들며 양 옆으로 길 게 늘어서 있었다. 울타리 가까이에는 매끈한 붉은 벽돌색 꽃을 피 운 석류나무가 울타리를 이루고 있었다. 그 한참 아래 과수원 중앙 에는 다른 나무들보다 두 배나 되는 큰 피칸 나무가 마치 옛날 왕처 럼 서 있었다.

베르트랑과 안내자가 그곳에 멈춰 섰다. 그 부랑자는 베란다에서 젊은 동행자의 팔을 움켜쥔 이후 단 한 번의 망설이는 모습도 보이 지 않고 그곳까지 왔다. 그는 피칸 나무 쪽으로 걸어가더니 깊고 옴 폭한 옹이가 있는 곳에 등을 기대고 서서 한참을 가만히 바라보다가 앞으로 열 걸음을 걸어가더니 오른쪽으로 몸을 휙 돌려 다섯 걸음을 더 걸어갔다. 그리고는 손가락으로 아래쪽을 가리키며 베르트랑에게 명령하듯 말했다.

"자, 파거라. 발에 부상만 아니라면 내가 하고 싶다만. 게티스버그 전투 이후 나도 삽질이라면 이골이 났거든. 파거라. 생탕쥐, 파! 전쟁은 끝났다. 넌 학교에 꼭 다녀야 해."

그런 말을 듣고도 땅을 파지 않을 열다섯 살 소년이 이 세상에 있을까? 비록 자기가 이상한 사람의 정신 나간 명령을 따르고 있다는 것을 안다고 하더라도 말이다. 베르트랑은 온 힘과 열성을 다해 그 이상한 모험에 몰두했다. 짙고 향긋한 내음이 나는 흙을 여러 삽 퍼서 옆으로 던져 가며 그는 파고 또 팠다.

뼈만 남은 갈고리 같은 손가락으로 앙상한 무릎을 움켜쥔 채 몸을 숙인 그 부랑자는 간절한 표정으로 소년의 리드미컬한 움직임을 지켜보며 한시도 눈을 떼지 않았다.

"그래, 그거다!" 그는 간간이 그렇게 중얼거렸다. "파, 파라고! 전쟁은 끝났어. 넌 학교에 꼭 가야 해, 생탕쥐."

땅속 깊숙한 곳에, 삽이나 쟁기로 평범하게 흙을 파내서는 결코 닿을 수 없을 만큼 아주 깊숙한 곳에 상자가 하나 묻혀 있었다. 시가 상자보다 큰 주석 상자가 분명했다. 여기저기 곳곳이 썩고 끊어진 노끈이 상자 둘레에 칭칭 감겨 있었다.

그 부랑자는 상자가 거기 있는 걸 보고도 전혀 놀라지 않았다. 그저 땅에 무릎을 꿇더니 오랫동안 땅속에 묻혀 있던 상자를 들어 올렸다.

베르트랑은 삽을 내려놓고 눈앞에 벌어진 광경에 경외감을 느끼며 전율하고 있었다. 부랑자 행색을 하고 그에게 다가와 불가사의한 걸음으로 아버지의 땅으로 걸어 들어가더니 마치 신성한 홀처럼 손가락을 뻗어 어쩌면 보물이 담겨 있을 수도 있는 상자들이 묻힌 곳을 가리킨 이 마법사 같은 존재는 도대체 누구란 말인가? 꼭 동화에 나오는 이야기 같았다.

다시 길을 앞장 서 가는 백발노인의 뒤를 따라 가면서 베르트랑은 무언가 유치한 미신이 슬그머니 마음에 떠올랐다. 아주 오래전 그가 어떤 흑인의 오두막 안 기묘한 화롯가에 앉아 밤이면 나타나 제멋대로 불가사의한 마법을 거는 마녀들 이야기를 들었던 그때 느낌과 비슷했다.

델망데 부인은 은식기와 아름다운 도자기를 닦는 습관을 잊은 적이 없었다. 아침 식사를 마친 후 부인은 신디가 가져다 놓은 비눗물 한 통과 부드러운 린넨 천을 넉넉하게 준비한 뒤 자리를 잡고 앉았다. 아기들이 늘 그렇듯 어린 손녀는 그녀 옆에 서서 반짝이는 스푼과 포크를 가지고 장난을 치다가 윤이 나는 마호가니 테이블 위에 일렬로 늘어놓으며 놀고 있었다. 생탕쥐는 창가에서 장부 정리를 하면서 우울하게 얼굴을 찌푸렸다.

늙은 부랑자가 비틀거리며 들어오고 베르트랑이 그 뒤를 바짝 따라 들어올 때 식당 사람들은 그렇게 자기 일에 몰두하고 있었다.

그는 곧장 걸어가 델망데 부인이 앉은 식탁의 반대편에 서더니 상자를 식탁 위에 툭 떨구었다.

떨어진 상자가 박살이 나더니 깨진 옆면에서 금화들이 쏟아져 땡그랑거리며 굴러다니고 미끄러졌다. 몇 개는 기름처럼 매끄럽게 반질거리며 식탁을 따라 구르더니 바닥으로 떨어져 갔다. 그러나 대부분은 그 부랑자 앞에 쌓여 있었다.

"자, 여기 돈!" 수북하게 쌓인 금더미에 쭈글쭈글한 손을 밀어 넣으며 그가 소리쳤다. "누가 생탕쥐가 학교를 못 간다고 그래? 전쟁은 끝났어. 여기 돈도 있고! 생탕쥐, 내 아들아." 그가 베르트랑을 향해 돌연 위엄 있는 어조로 말했다. "벅 윌리엄스에게 블랙 베스가 모는 마차를 타고 가서 파커슨 판사를 이리 데려오라고 해."

파커슨 판사라니! 돌아가신 지 20년도 더 된 그분을! 그는 의아했다.

"가서 말해, 말하라고." 그렇게 말하면서 부랑자 노인은 금화 더미에서 손을 빼 쪼글쪼글한 자신의 이마를 만지고 있었다. "베르트랑 델망데가 보잔다고!"

상자와 금화를 든 그 부랑자를 본 델망데 부인은 칼에 찔리기라도 한 것 같은 날카로운 비명을 질렀다. 그녀는 아들의 팔에 안겨 거칠게 숨을 몰아쉬었다.

"네 아버지다! 생탕쥐, 죽은 줄 알았던 네 아버지가 살아 돌아오셨구나!"

"어머니, 진정하세요!" 아들이 간청했다. "그 끔찍한 전투에서 아버지가 돌아가셨다는 확실한 증거를 보셨잖아요. 이분이 아버지일 리 없어요."

"난 그를 알아! 난 네 아버지를 안단다, 아들아!" 부인은 자신을 붙들고 있던 아들의 팔에서 몸을 빼며 마치 상처 입은 뱀처럼 그 늙은 사내가 서 있는 곳으로 몸을 끌며 나아갔다.

여전히 금화에 손을 넣고 있는 노인의 얼굴은 베르트랑 델망데라는 이름을 소리쳐 불렀던 그때처럼 상기되어 있었다.

"여보," 그녀가 숨을 몰아쉬며 물었다. "당신 아내인 절 알아보시겠어요?"

어린 소녀는 노란 동전을 손에 쥐고 즐겁게 놀고 있었다.

베르트랑은 거의 맥박도 멈춘 채 대리석으로 조각한 젊은 악타이온처럼 서 있었다.

그 노인이 애원하는 부인의 얼굴을 오랫동안 들여다보더니 공손하게 고개 숙여 인사하며 말했다.

"부인, 게티스버그 전투에서 부상당한 한 늙은 병사가 자신과 두 자식들을 위해 부인의 친절한 환대를 간청합니다."

아카디안 무도회

　보빈트, 큰 덩치에 구릿빛 피부를 한 무던한 보빈트는 그 무도회
에는 갈 마음이 없었다. 칼릭스타가 참석한다는 것을 알았는데도 말
이다. 무도회라는 데가 가 봐야 마음만 상하고 일주일 내내 일도 손
에 안 잡히다가 또 토요일 밤이 되면 고통만 다시 시작되는데 무슨
소용이 있을까 싶었기 때문일까?

　그는 어째서 내일이라도 당장 그와 결혼할 마음이 있는 오지나를
사랑할 수 없는 걸까? 아니면 프로니나 아니면 열 명도 넘는 아가씨
가운데 누구라도 그 작고 성질 사나운 스페인 여자보다 사랑할 순
없는 걸까? 칼릭스타의 늘씬한 다리는 쿠바 땅을 단 한 번도 밟아
본 적 없었지만 그녀의 어머니는 쿠바를 다녀온 적이 있었다. 게다
가 그녀에게는 스페인 사람의 기질이 흐르고 있었다. 그런 이유로
아카디안들은 자신의 딸이나 여동생들에겐 그냥 넘어가지 못했을
일도 그녀라면 무척이나 관대하게 봐주었다.

그는 그녀의 두 눈—그녀의 두 눈을 떠올리자 그의 마음이 이내 누그러졌다—꿈꾸는 듯 몽롱한 그 푸른 눈동자를 생각했다. 언제나 사내의 눈을 빤히 들여다보며 애간장을 녹이는 그 눈. 그녀의 금발 머리도 떠올렸다. 물라토의 머릿결보다 더 곱슬거리며 머리에 착 달라붙은 웨이브, 윤곽이 또렷한 미소 띤 입과 오똑한 코, 풍만한 몸매, 그리고 낭랑한 저음으로 노래하듯 속삭이는 목소리까지! 그런 목소리는 악마한테 전수받은 것이 틀림없을 것이다. 아카디안 초원 지대에는 그런 기술을 가르쳐 줄 만한 사람이 달리 없었다. 보빈트는 사탕수수 밭을 갈면서도 그녀 모습을 하나하나 떠올려 보았다.

1년 전 그녀가 어섬션에 갔을 때 이러쿵저러쿵 수군대던 소문이 있었다. 하지만 이젠 아무도 신경 쓰지 않는 그 이야기는 해서 뭐 하겠는가? "걔는 스페인 아이잖아." 사람들 대부분은 어깨를 으쓱해 보이면서 대수롭잖게 말하곤 했다. "피는 못 속이는 법이지." 노인들은 기억을 더듬으며, 담배 파이프를 문 채 우물우물 중얼거렸다.

그 소문은 별 탈 없이 지나갔다. 단 한 번 어느 일요일 미사 후 교회 계단에서 프로니가 칼릭스타와 연인에 대해 말다툼을 하면서 그 소문에 대해 듣기 싫은 소리를 해댔을 때만 빼고. 프로니가 먼저 그녀의 등짝을 후려치자 칼릭스타는 타고난 스페인 사람 기질대로 아카디안 프랑스 말로 거침없이 욕설을 퍼부으면서 프로니의 뺨을 후려갈겼다. "상대하고 싶지 않으니, 저리 꺼져!" "사자 같은 년, 꼴좋다!" 신부가 그 둘을 서둘러 진정시켜야만 했다. 그 생각까지 떠올라 보빈트는 무도회에 가지 않을 생각이었다.

그러나 오후에 프리드하이머네 가게에서 말고삐 사슬을 사던 중

누군가로부터 알세 라발리에르가 무도회에 참석할 거라고 말하는 것을 들었다. 그렇다면 고작 야생마 때문에 그가 무도회를 멀리할 수는 없을 것이었다. 그는 어떻게 돌아갈지 뻔히 알았다. 아니 어쩌면 그보다는, 모르겠다는 말이 더 맞을 것이다. 참석이 흔치 않은 젊고 잘생긴 농장주가 무도회에 모습을 나타내면 어떤 일이 벌어질지 그가 어찌 짐작이나 하겠는가. 만약 알세가 좀 진지한 상태라면 카드 룸에 가서 카드 패나 한두 판 돌리고 말거나 회랑에 서서 노인들과 농작물이나 정치 얘기 정도 주절댈 것이다. 그러나 어찌 될지는 알 수 없는 일이었다. 술이 한두 잔 들어가면 그의 머릿속에 악마가 똬리를 틀지도 모를 일이지. 빨간 손수건으로 이마의 땀을 닦아 내며 보빈트가 혼잣말을 했다. 칼릭스타의 반짝이는 눈, 힐끗 내비치는 그녀의 발목, 빙그르르 휘감겨 도는 그녀의 스커트도 술과 같은 효과를 낼 것이다. 보빈트는 무도회에 가야만 할 것이다.

그해는 알세 라발리에르가 쌀농사를 무려 900에이커나 짓는 해였다. 땅에 막대한 돈을 쏟아 부은 만큼 돌아올 이익금 또한 어마어마 할 것이었다. 라발리에르 마님은 하얀 볼랑트 드레스*를 입고 널찍한 회랑을 이리저리 휘젓고 다니며 머릿속으로 돈 계산하느라 바빴다. 그녀의 대녀인 클라리세까지 한몫 거들어 두 사람은 돈 쓸 궁리로 모래성 쌓느라 여념이 없었다. 그럴 때 알세는 노새처럼 일했다. 그가 죽지 않고 버틴 것은 오로지 그의 강한 체질 덕이었다.

---

* 로브 볼랑트. '날아가는 드레스'란 뜻이며 어깨에서 등 뒤로 천이 아래로 흘러내리도록 만든 드레스. —옮긴이

허리까지 땀에 흠뻑 젖은 채 완전히 기진맥진해서 집으로 돌아오는 게 그의 일상이었다. 집에 손님들이 있거나 말거나 신경 쓰지 않았다. 종종 집으로 찾아오는 손님들은 어머니와 클라리세에게 맡겼다. 자신의 아름다운 친척인 클라리세를 방문하러 두어 시간 거리에 있는 도시에서 온 젊은 남녀들이었다. 그녀라면 그보다 훨씬 먼 거리에서라도 보러 갈 만한 충분한 가치가 있었다. 백합처럼 단아하고, 해바라기처럼 당당하고, 마치 습지에서 자라는 갈대처럼 크고 늘씬해서 우아한 기품이 느껴지는 그녀! 쌀쌀맞게 구는가 싶다가 상냥하게 대하기도 하다가 가혹하게 굴기도 했다. 그런 모든 것들이 알세에게는 짜증나는 일이었다.

그는 가끔 손님들이 모여 있는 곳을 확 쓸어버리고 싶다는 생각이 들었다. 무엇보다 각기 제 나름의 방식으로 그녀를 유혹하면서 여자들처럼 부채질을 해대며 해먹에 매달려 대롱거리는 사내놈들의 꼴을 보면 특히 더 그랬다. 몽땅 강둑 너머로 집어던져 강에 처박아 버렸을 것이다. 그래도 죽지만 않는다면 말이다. 그게 알세였다. 그러던 어느 날 여느 때처럼 잔뜩 피곤한 모습으로 논일을 끝내고 돌아온 그가 두 팔로 클라리세를 꽉 붙들고는 그녀의 얼굴에 대고 격한 사랑의 말들을 거침없이 쏟아 낸 적이 있다. 정신이 나간 게 틀림없었다. 어떤 남자도 그녀에게 그런 식으로 사랑 고백을 하지는 않았다.

"알세 씨!" 그녀는 조금의 동요도 없이 그를 똑바로 쳐다보며 말했다. 알세는 두 손을 떨구었다. 침착하고 냉정한, 감정이 엿보이지 않는 그녀의 시선 앞에서 그의 눈길이 흔들렸다.

"이럴 수가!" 그녀는 돌아서서 그가 마구 흩뜨려 놓은 옷매무새를 빠르고 능숙하게 여미면서 모멸감을 담뿍 담아 내뱉었다.

그 일이 있은 지 하루 이틀 뒤 사이클론이 불어 닥쳤다. 예리한 칼로 잘라 내듯 벼를 초토화시킨 폭풍이었다. 순식간에 몰아닥친 끔찍한 재난이라서 성스러운 초를 밝히거나 축성 받은 종려나무를 태우며 기도할 시간조차 없었다. 노마님은 소리 내어 울면서 묵주기도를 드렸다. 뉴올리언스에 있는 아들 디디에르였더라도 아마 똑같이 행동했을 것이다. 내커터시에서 목화 농사를 짓는 알퐁세 라발리에르에게 이런 일이 일어났다면, 그는 아마도 미친 듯 화를 내며 마치 두 번째 몰아닥친 사이클론처럼 하루 이틀은 참기 힘들 정도로 주변 사람들을 괴롭혔을 것이다.

그러나 불행에 대처하는 알세의 행동은 달랐다. 그는 그 일이 있은 후 아픈 사람처럼 우울해 보일 뿐 아무런 말도 하지 않았다. 섬뜩할 정도로 입을 굳게 다물어 버렸다. 그 모습을 본 클라리세의 마음이 부드럽게 녹아내렸다. 하지만 그녀가 다정하게 위로의 말을 건넸을 때도 그는 묵묵부답 무심하게 대할 뿐이었다. 그러자 그녀와 그녀의 대모는 서로를 부둥켜안고 눈물을 흘렸다.

하루 이틀 뒤, 클라리세가 잠들기 전 달빛 아래 무릎 꿇고 기도하기 위해 창가로 갔을 때 알세의 몸종인 흑인 브루스가 눈에 띄었다. 말안장이 얹힌 주인의 말을 풀밭 가장자리로 조용히 끌고 나와 자갈길가에 서 있었다. 곧 아래층에 있는 방에서 소리가 들려오더니 알세가 나지막한 현관을 가로질러 왔다. 어둠을 뚫고 한 줄기 달빛을 지나 모습을 드러낸 그가 뭔가로 가득 채운 한 쌍의 안장 백을 말 등에 훌쩍 걸쳐 놓더니 잠시도 지체하지 않고 훌쩍 말에 올라타는 모습이 보였다. 말에 타자마자, 브루스와 간단히 몇 마디 나눈 그는 브루스가 말을 끌고 나올 때와는 달리 자갈길에서 나는 소리 따위는 신경도 쓰지 않는 듯 요란스럽게 달려 나갔다.

클라리세는 그 야심한 시각에 몰래 농장을 불쑥 빠져나가는 것이 알세의 평소의 습관이라고는 전혀 생각하지 않았다. 자정이 가까운 시각이었기 때문이었다. 그렇더라도 심상치 않은 그 가방만 아니었다면, 그녀는 그대로 침대로 들어가 의아한 마음으로 걱정하다가 잠들어 뒤숭숭한 꿈이나 꾸었을 것이다. 조바심이 나고 불안한 마음이 든 그녀는 사실을 확인하지 않고는 못 견딜 것 같았다. 클라리세는 얼른 회랑으로 난 문의 빗장을 열고 밖으로 나가 나지막이 브루스를 불렀다.

"피터 할아범, 클라리세야. 이런 한밤중에 저쪽에 뭔가 서 있는 것 같은데 유령인지 뭔지 모르겠네."

그가 길쭉하고 폭이 넓은 계단 층계참의 중간까지 올라왔다. 그녀는 꼭대기에 서 있었다.

"브루스, 알세 씨는 어디 간 거지?"

"글쎄요, 볼 일이 있어서 나가신 게 아닐깝쇼." 브루스는 처음부터 어물쩍거리며 사실대로 말하지 않으려는 기색이 역력했다.

그녀는 맨발을 쿵쿵 구르며 재차 다그쳤다. "대체 알세 씨가 어딜 갔는데? 나한테 허튼소리나 거짓말하면 난 못 참아, 브루스."

"지가 언제 클라리세 아가씨께 거짓말한 적 있었나요. 그런데 요즘 알세 주인님이 너무 힘드셨잖아요. 그렇구말구여."

"그래서 대체 어딜 갔냐구! 오, 동정녀 마리아님이시여! 제게 인내심을 주소서! 어서 말해, 할아범!"

노인이 계단 난간에 몸을 기대며 다시 입을 열었다. "제가 오늘 주인님 방에서 나리 옷을 털고 있었는뎁쇼, 말도 없으시고 우울해 보이셨어요. 그래서 제가 말했습죠. '제가 보기엔 주인님이 이러다 병나서 앓아누우실 것 같아요.' 그랬더니 '그렇게 보여?' 하고 대답하시고는 일어서서 거울에 자기 얼굴을 찬찬히 살펴보시더군요. 그러더니 굴뚝으로 가서 그 지독한 키니네를 말이 들이키듯 눈 깜짝할 사이에 들이키시더군요. 그러고는 그 독한 약을 씻어 내기 위해 방에 보관하던 위스키를 옷이 다 젖을 때까지 벌컥벌컥 들이키셨죠.

"'괜찮을 거야, 브루스.'라고 말씀하시더니 누구하고 싸우기라도 할 듯한 자세를 잡으시더군요. 그러면서 얘기하시길 '난 견뎌 내고 일어설 수 있어. 아는 사람이라면 누구하고든 거래를 해야지. 존 설번한테 배워야 해. 하지만 전능하신 신과 인간들이 나를 다시 무너뜨리려고 한다면, 그땐 나도 어쩔 수 없겠지. 그런 경험은 한 번으로 충분해.' 그래서 제가 나리의 코트 깃을 털어 드리면서, '그렇구말구요.'라고 나리께 대답했습죠. '나리는 좀 쉬셔야 해요.' 그랬더니 나리가 또 대답하시길 '아니야. 난 좀 되는대로 지내야겠어. 나한텐 그런 게 필요해, 그럴 거야. 저기 말안장 백에 옷 몇 벌 넣어줘.' 그러시더군요. 아가씨, 그러니 방해하지 마세요. 저기 케이준 무도회로 신나게 놀러 가신 거예요. 춤꾼들이 벌떼처럼 모여드는 곳입죠!"

모기들이 클라리세의 하얀 발을 사정없이 공격하고 있었다. 그녀는 노인이 한바탕 떠들어 대는 동안 무의식적으로 한쪽 발로 다른 발을 긁고 있었다.

"아카디안 무도회라……." 그녀는 비웃듯이 되뇌었다. "흥! 잘하는 짓이군! 라발리에르 집안 사람이나 되어 가지고. 그래서 옷이 가득 찬 안장 백이 필요했군. 아카디안 무도회에 가려구 말야!"

"클라리세 아가씨, 어서 잠자리에 드세요. 신경 쓰지 말고 편히 주무세요. 나리는 이 주 정도는 지나야 돌아오신다고 했습죠. 젊은 사내들이 모여 해대는 허튼소리들을 아가씨께서 일일이 아실 필요는 없습죠."

클라리세는 더 이상 아무 말도 하지 않고 돌아서서 갑자기 집으로 다시 들어가 버렸다.

"네놈은 주둥이를 너무 많이 놀린다니까. 이 늙은 멍충이 검둥이 같으니라고." 혼자 남은 브루스가 중얼거렸다.

알세는 아주 늦은 시간이 되어서야 무도회에 도착했다. 너무 늦는 바람에 자정에 나오는 치킨 검보*도 먹지 못했다. 사람들이 홀이라 부르는 천장이 낮고 널찍한 방에는 세 대의 바이올린 연주에 맞추어 춤추는 사람들로 가득했다. 홀 주변으로는 넓은 회랑이 둘러져 있었다. 한쪽에 있는 방에는 진지한 표정을 한 사내들이 카드 게임을 하고 있었다. '아기 정원'이라 불리는 다른 방에는 아기들이 잠들어 있었다. 백인이라면 누구나 아카디안 무도회에 참석할 수 있지만 자신이 마시는 레모네이드와 커피 그리고 치킨 검보 값은 지불해야 했다. 물론 아카디안처럼 행동해야 하는 것은 말할 필요도 없었다. 무

---

* 닭이나 해산물에 보통 오크라를 넣어 걸쭉하게 만든 수프. ─옮긴이

도회를 개최한 사람은 그로스베오프였다. 젊은 시절부터 무도회를 열어 왔던 그도 이제 중년의 사내가 되었다. 그 시절 그에게 유일한 골칫거리가 하나 있었는데 다름 아닌 미국 철도 노동자들이었다. 그들은 이곳 사람들과 아무런 상관도 없었고 따라서 무도회에 올 이유도 없었다. 그로스베오프는 그들을 '약탈 길의 악마 집단'이라 불렀다.

알세 라발리에르가 무도회에 참석하자 남자들까지도 술렁거렸다. 그들은 그런 큰 불행을 겪고도 무도회에 참석한 그의 '배짱'에 감탄했다. 물론 라발리에르가 부자였다는 것은 그들도 틀림없이 알고 있었다. 동양에 상당한 자산이 있었고 도시에는 더 많은 재산이 있었다. 하지만 사람들은 그런 타격까지도 달관한 듯 대수롭지 않게 견뎌 내는 것은 용감한 사내나 할 수 있는 일이라 생각했다. 파리 신문을 구독하는 습관이 있어서 세상 물정에 밝은 한 늙은 신사가 유쾌한 웃음을 킥킥 터트리며 모든 사람들에게 말했다. 알세의 행동이야말로 멋진, 대단히 멋진 태도라고. 심지어 알세가 불랑제보다도 당당한 태도를 지니고 있다고. 그렇다, 어쩌면 그랬을 것이다.

하지만 겉으로 드러나지 않은 알세의 속마음에는 오늘 밤 무언가 몹시 못된 짓을 저지르고 싶은 기분이 부글부글 들끓고 있었다. 가엾은 보빈트만이 어렴풋이 그런 기미를 짐작하고 있었다. 그는 문간에 서서 한 아카디안 농부와 웃으며 이야기를 나누며 들뜬 시선으로 사람들을 바라보고 있는 젊은 농장주 알세의 매력적인 눈에 빛나는 광채를 보았다.

보빈트 자신은 둔하고 어색해 보였다. 사내들 대부분이 그랬다.

하지만 젊은 아가씨들은 그지없이 아름다웠다. 알세 곁을 지나가며 그의 눈을 힐끗 쳐다보는 아가씨들의 눈은 시원한 초원에 서 있는 젊은 암소의 눈마냥 크고 짙고 부드러웠다.

하지만 무도회 최고의 미인은 칼릭스타였다. 그녀의 하얀 드레스는 프로니의 드레스만큼 예쁘거나 훌륭하지 않았고, 슬리퍼는 오지나의 것마냥 멋지지도 않았다. (그녀와 프로니는 교회 계단에서 싸웠던 일은 까맣게 잊고 지금은 다시 친구가 되어 있었다.) 게다가 지난번 무도회에서 그녀의 빨간 부채가 망가진 뒤로 숙모와 삼촌들이 다른 부채를 마련해 주지 않으려는 바람에 부채 대신 손수건으로 땀을 식히고 있었다. 하지만 모든 남자들은 그녀가 오늘 밤 최고로 아름답다는 데 이견을 보이지 않았다. 아, 저토록 생기 넘치고 거리낌 없는 태도! 게다가 번뜩이는 재치까지!

"어이, 보빈트! 왜 그래? 왜 그리 꼼짝 않고 서 있어? 꼭 수렁에 빠진 티나 마님의 소처럼, 응?"

그것으로 충분했다. 그 말이 보빈트에게는 더할 나위 없는 자극이 되었다. 그는 마음속으로 다른 생각에 몰두하느라 춤 생각은 까맣게 잊고 있었다. 그 말에 사람들도 그를 놀리며 큰 웃음을 터트렸다. 그도 넉살 좋게 그들과 함께 어울렸다. 칼릭스타로부터 아무 관심을 받지 못하는 것보다는 그렇게라도 주목을 끄는 게 더 나은 것이었다. 하지만 한 모퉁이에 앉아 있던 수존 마님이 옆 사람에게 나지막하게 속삭였다, 만약 오지나가 저렇게 행동한다면 당장이라도 밖으로 끌고 나가 마차에 태워 집으로 데려가 버리고 말 것이라고. 여인들은 늘 칼릭스타가 마음에 들지 않았다.

이따금 잠깐씩 춤이 중단될 때가 있었다. 그럴 때면 짝을 지어 춤을 추던 커플들은 잠깐 숨을 돌리고 신선한 공기를 쐬기 위해 회랑으로 몰려나왔다. 달은 서쪽으로 흐릿하게 기울었고 동쪽에서는 아직 동틀 기미가 보이지 않았다. 그런 잠깐의 휴식이 끝나고 춤꾼들이 다시 어울려 중단되었던 카드리유 춤*을 출 때 칼릭스타의 모습이 보이지 않았다.

그녀는 바깥 어둠 속 벤치에 알세와 함께 앉아 있었다. 두 사람은 철부지 바보들 같은 행동을 하고 있었다. 알세는 그녀의 손가락에서 그저 장난삼아 자그마한 금반지를 빼려고 하고 있었다. 그래 봤자 다시 반지를 끼워 주는 일 말고는 달리 할 수 있는 일도 없었다. 그녀가 손을 꼭 오므렸다. 알세는 그 손을 다시 펴는 게 무척이나 어려운 척 애를 쓰며 그녀의 손을 꼭 쥐었다. 그렇게 두 사람은 손을 맞잡고 있다는 사실을 잊기라도 한 것처럼 서로의 손을 꼭 잡고 있었다. 그는 또 그녀의 작은 갈색 귀에 걸린 얇은 초승달 모양의 귀걸이를 만지작거리며 장난을 치고, 삐져나온 곱슬곱슬한 그녀의 머리카락을 한 줌 잡더니 깔끔하게 면도된 자신의 뺨에 그 머릿결 끝을 부벼 댔다.

"작년에 어섬션에서 일 기억해요, 칼릭스타?" 젊은 세대에 속하는 두 사람은 영어로 말하는 것을 더 좋아했다.

"어섬션 일은 말도 꺼내지 말아요, 알세 씨. 어섬션 말만 들어도 넌더리가 나요."

---

* 18세기 후반과 19세기에 유행했던 프랑스의 사교 댄스. —옮긴이

"알았어요. 바보 멍청이들! 당신이 어섬션에 있을 때 내가 우연히 거길 갔는데 그걸 우리 둘이 같이 갔다고 떠들어 대다니 말이지요. 하지만 어섬션에서 좋았지요, 칼릭스타?"

그때 두 사람은 홀에서 나와 잠깐 동안 환한 문간에 서서 뭔가 불안한 모습으로 어둠 속을 살피는 보빈트의 모습을 보았다. 그는 두 사람을 보지 못하고 천천히 되돌아갔다.

"보빈트가 당신을 찾고 있네요. 당신 때문에 가엾은 보빈트가 안달을 하는군요. 곧 그와 결혼하겠지요, 칼릭스타?"

"아니라고 말할 수는 없어요." 대답을 하면서 그녀가 손을 빼려고 했다. 하지만 그런 그녀의 손을 그는 더 꼭 움켜쥐었다.

"하지만, 칼릭스타. 당신도 알지요, 당신이 어섬션으로 돌아가고 싶다고 말했던 것 말이에요. 그저 그들을 괴롭히기 위해서라도 말이지요."

"아니에요. 난 그런 말 한 적 없어요. 그건 당신 꿈일 뿐이에요."

"나는 당신이 그랬다고 생각했지요. 내가 도시로 갈 거라는 알지요?"

"언제요?"

"오늘 밤."

"그럼 서두르는 게 좋겠어요. 곧 아침이 밝아 오잖아요."

"뭐, 내일 가도 괜찮아요."

"거기는 무슨 일로 가는 건데요?"

"나도 모르겠어요. 호수에 빠져 죽거나 하겠지요 뭐. 당신이 당신 숙부님을 만나러 그리 오지 않는다면 말이지요."

칼릭스타의 마음이 어지러웠다. 알세의 입술이 장미꽃잎처럼 부드럽게 그녀의 귓불을 간지럽힐 때는 정신이 다 나갈 정도였다.

"알세 씨! 알세 씨세요, 거기?" 걸걸한 검둥이의 목소리가 알세를 찾고 있었다. 그는 일어나서 두 사람이 앉아 있던 벤치 옆 난간 레일을 붙잡고 섰다.

"왜 그래?" 알세가 성마르게 소리쳤다. "난 좀 잠시라도 혼자 쉬면 안 되나?"

"엄청 찾았습죠, 나리." 그가 대답했다. "저기 뽕나무 아래에 길에서 누가 나리를 잠깐 보자는뎁쇼."

"가브리엘 천사라 해도 거기까지 만나러 가지는 않을 거야. 또다시 그딴 말 하려고 나를 찾아오면 목을 분질러 버리겠어." 그 검둥이는 툴툴거리며 사라졌다.

알세와 칼릭스타는 소리죽여 웃었다. 칼릭스타의 떠들썩한 면모는 어디론가 사라졌다. 두 사람은 낮은 목소리로 이야기를 나누며 부드럽게 웃었다. 영락없는 연인들이었다.

또 다른 목소리가 들려왔다. 이번에는 흑인이 아니었다. 그 목소리는 마치 번개처럼 알세의 온몸을 꿰뚫고 지나갔다. 그는 벌떡 일어났다.

클라리세가 승마복을 입고 아까 그 흑인이 있던 자리에 서 있었다. 마치 갑자기 꿈에서 깬 사람처럼 알세는 잠깐 동안 혼란에 사로잡혔다. 하지만 이 깊은 밤에 그녀를 무도회로 오게 만든 것이라면 무언가 굉장히 심각한 일이 분명하다는 생각이 들었다.

"무슨 일이야, 클라리세?" 그가 물었다.

"집에 일이 생겼어요. 집에 가 봐야 해요."

"엄마한테?" 그가 놀라며 다시 물었다.

"아니, 대모님은 별일 없으세요. 잘 주무시고 계세요. 다른 일이에요. 놀래키고 싶지는 않은데, 가 보긴 해야 해요. 나하고 같이 가요, 알세."

그녀가 달리 애원할 필요도 없었다. 그녀의 목소리라면 어디건 갔을 테니까.

그때서야 클라리세는 벤치에 앉은 칼릭스타를 알아차렸다.

"아, 너구나, 칼릭스타? 잘 지내니?"

"예, 잘 지내요. 아가씨는요?"

알세는 한마디 말도 없이 칼릭스타에게 눈길도 한 번 주지 않고 낮은 난간을 돌아 클라리세를 따라가기 시작했다. 그는 칼릭스타를 거기 남겨 두고 간다는 사실조차 잊고 있었다. 하지만 클라리세가 무언가 그에게 말을 해 주자 몸을 돌려 "안녕, 칼릭스타." 하고 인사를 하면서 난간 사이로 손을 내밀어 악수를 청했다. 하지만 그녀는 짐짓 못 본 체했다.

"무슨 일이야? 거기 그렇게 혼자 앉아 있다니, 칼릭스타?" 혼자 있는 칼릭스타를 찾아온 것은 보빈트였다. 춤꾼들은 아직 나오지 않았다. 그녀는 파랗게 질린 채 동쪽에서 이제 막 비치기 시작하는 희미한 회색빛을 바라보았다.

"응, 나야. 저기 아기 정원에 가서 올리세 아줌마께 모자 좀 달라고 해 줘. 어디 있는지 아실 거야. 집에 가고 싶어."

"올 때는 어떻게 왔어?"

"걸어왔지, 케테우스하고. 하지만 나는 지금 갈 거야. 그 앤 안 기다릴 테야. 난 지금 당장 갈 거야."

"내가 같이 가 줄까? 칼릭스타?"

"마음대로 해."

두 사람은 활짝 트인 초원을 지나 들판 가장자리를 따라 흐릿한 빛 속을 함께 터덜터덜 걸어갔다. 그가 칼릭스타에게 축축하게 젖고 질질 끌려 더러워진 드레스를 걷어 올리라고 말했다. 그녀는 잡초와 풀을 잡아 뜯고 있었다.

"괜찮아. 빨래할 건데 뭐. 너는 내내 나하고 결혼하고 싶다고 그랬지, 보빈트. 그래, 뭐, 네가 원하면. 어떻든 상관없어, 나는."

그 젊은 아카디안의 초라한 갈색 얼굴에 돌연 주체할 수 없는 행복한 빛이 환하게 빛났다. 그는 기뻐서 말도 할 수 없을 지경이었다. 숨이 턱 막혔다.

"뭐 물론, 네가 원하지 않는다면야……." 칼릭스타가 그의 침묵에 자존심이 상한 듯 건방지게 덧붙였다.

"천만에! 네가 한 말이 나를 얼마나 놀라게 했는지 알잖아. 그거 정말이지, 칼릭스타? 말 바꾸지 않는 거지?"

"내가 언제 이렇게까지 말한 적 있어, 보빈트. 진심이라고, 제길." 그녀는 마치 거래를 마무리하는 사람처럼 사무적인 태도로 손을 뻗어 악수를 청했다. 보빈트는 행복한 마음에 대담해져서는 칼릭스타에게 입맞춤을 요구했다. 그녀는 얼굴을 돌려 조용히 그의 얼굴을 바라보았다. 그녀의 얼굴은 그날 밤의 질펀한 흥겨움이 끝난 뒤 남은 추한 모습을 하고 있었다.

"나는 너와 입맞춤하고 싶지는 않아, 보빈트." 이 말과 함께 그녀는 다시 그를 외면했다. "적어도 오늘은 아니야. 언젠가 다른 날 하자. 보빈트. 저런! 이걸로 만족이 안 되는 거야, 아직?"

"아냐, 만족해, 칼릭스타." 그가 대답했다.

숲을 가로질러 말을 타고 오면서 클라리세의 안장이 풀어지는 바람에 두 사람은 안장을 추스르려고 내렸다. 오는 길에 열두 번도 넘게 그는 집에 무슨 일이 있었느냐고 물었다.

"클라리세, 무슨 일이야? 안 좋은 일이야?"

"아무도 몰라요! 그건 그냥 나한테 일어난 일이에요."

"너한테!"

"지난밤에 당신이 저 안장 백을 가지고 가는 걸 봤어요, 알세." 안장에서 무언가를 바로잡으려 애쓰며 머뭇머뭇 그녀가 말했다. "브루스에게 무슨 일인가 다그쳤더니, 당신이 무도회에 간다고 하더군요. 몇 주고 집에 안 올 거라고. 알세, 나는, 나는 당신이 어쩌면 어섬션으로 갈지도 모른다고 생각했어요. 미칠 것 같았어요. 당신이 오늘 밤 당장이라도 돌아오지 않으면 견딜 수 없을 것 같았어요, 다시는……." 그 말과 함께 그녀는 안장에 기대고 있던 팔에 얼굴을 묻었다.

그는 의문이 들기 시작했다. 지금 이게 사랑인가? 하지만 그가 채 믿음도 갖기 전에 그녀는 그렇다고 말하지 않을 수 없었다. 그녀에게서 그 말을 듣자 알세는 온 세상이 변한 것 같았다, 보빈트가 그랬던 것처럼. 그 사이클론이 그를 거의 망쳐 버릴 뻔했던 것이 지난주였던가? 지금 그 사이클론조차 그저 엄청난 농담처럼 보였다. 한 시간 전만 해도 자그만 칼릭스타의 귓불에 입맞춤하며 말도 안 되는 소리를 속삭이던 사람이 바로 자신이었다. 그런데 이제 칼릭스타는 마치 신화 속 존재처럼 되어 버렸다. 이 세상 단 하나의 거대하고 유일한 실체는 지금 자기 앞에 서서 자기를 사랑한다고 말하는 클라리세였다.

멀리서 빠르게 울리는 총소리가 들렸다. 하지만 그 소리는 두 사람에게 아무런 방해가 되지 않았다. 늘 그러하듯 들판에 나가 허공에 대고 총을 쏘는 흑인 연주자들이라는 것을 두 사람은 알고 있었다. '무도회가 끝났음'을 알리는 것이었다.

폭풍우

1

나뭇잎들이 너무 잠잠해서 비비 같은 아이조차 비가 오려나 보다 생각했다. 어린 아들과도 아무런 격의 없이 대화를 나누는 보빈트가 아들에게 서쪽 하늘의 몇몇 구름을 가리켰다. 어둑한 구름들이 음침하고 위협적인 굉음과 함께 불길한 징조를 보이며 몰려오고 있었다. 두 사람이 있는 곳은 프리드하이머의 가게. 폭풍우가 지나갈 때까지 그곳에 머물기로 했다. 두 부자는 문 안에 있는 빈 나무통에 앉아 있었다. 네 살인 비비는 아주 영리해 보였다.

"엄마가 놀랄 거야." 아이가 눈을 반짝이며 말했다.

"집에 있는 문이란 문, 틈이란 틈은 모두 꼭꼭 틀어막을 거야. 아마 오늘 저녁엔 실비에한테 도와 달라 했을걸." 보빈트가 아이의 마음을 안심시켰다.

"아냐. 오늘은 실비에가 못 와. 어제 도와줬거든." 비비가 재잘댔다.

보빈트가 일어나 카운터로 가더니 새우 통조림을 한 캔 샀다. 칼릭스타가 아주 좋아하는 것이다. 나무통 의자로 다시 돌아온 그는 폭풍우가 퍼붓는 내내 새우 통조림을 들고 무심하게 앉아 있었다. 목재로 된 가게가 흔들렸고, 먼 들판은 쩍쩍 갈라져 커다란 물고랑들이 생길 것 같았다. 비비는 고사리 같은 손을 아빠의 무릎에 올려놓았지만 겁먹지는 않았다.

2

집에 있는 칼릭스타는 두 사람 걱정을 전혀 하지 않았다. 벽 창가에 앉아 재봉틀 작업을 하고 있었던 그녀는, 얼마나 일에 몰두했는지 폭풍우가 다가오는 것도 몰랐다. 하지만 몹시 더운 느낌이 들어 이따금 재봉틀을 멈추고 땀이 송글송글 맺힌 얼굴을 훔치더니 하얀색 드레스의 목 부분을 풀어 헤쳤다. 밖이 어두워지기 시작했다. 그제야 문득 상황을 파악한 그녀는 서둘러 일어나 문이며 창문들을 닫았다.

비가 쏟아지기 전에 현관 쪽 작은 회랑에 널어 말리던 보빈트의 주일 옷들을 걷으려 쫓아 나갔다. 그녀가 집 밖으로 나선 바로 그 순간 알세 라발리에르가 말을 타고 들어섰다. 결혼한 이후로 둘은 자주 보지 못했고, 단둘만 만난 적은 한 번도 없었다. 그녀는 보빈트의 코트를 들고 그 자리에 멈췄다. 굵은 빗방울이 떨어지기 시작했다.

알세는 집 옆쪽에 지붕이 삐죽 튀어나와 비를 피할 수 있는 곳으로 말을 몰아갔다. 그곳에는 닭들이 떼 지어 모여 있었고 모퉁이에는 몇 개의 쟁기와 써레가 쌓여 있었다.

"폭풍우가 그칠 때까지만 회랑에서 좀 피할 수 있을까, 칼릭스타?" 그가 물었다.

"그럼요, 알세 씨."

서로의 목소리에 기쁨이 가득 담겨 있는 것 같아 소스라치게 놀란 칼릭스타는 보빈트의 조끼를 꼭 움켜쥐었다. 회랑으로 올라오던 알세가 몇 벌의 바지를 붙잡은 채 갑작스럽게 불어닥친 돌풍에 날아갈 뻔한 비비의 재킷을 얼른 집어 들었다. 그는 밖에 있겠다는 표시를 했지만 그러느니 무방비로 들판에 서 있는 것이 더 낫겠다는 것이 곧 분명해졌다. 장대같이 쏟아지는 굵은 빗줄기가 회랑의 목재 난간으로 들이쳐서 결국 그는 집 안으로 들어가 문을 닫았다. 빗물이 들이치는 것을 막으려면 문 아래를 막아 두어야 했다.

"아! 엄청난 비로군요! 이런 비는 2년 만에 처음이에요." 칼릭스타가 삼베 자루를 둘둘 말며 소리쳤다. 알세가 그것을 문 틈 아래로 밀어 넣어 막는 일을 도왔다.

그녀는 5년 전 그녀가 결혼하던 때보다는 조금 몸이 불었다. 하지만 여전히 쾌활했다. 푸른 눈동자는 여전히 마음을 녹였고, 비바람에 흐트러지긴 했지만 귀와 관자놀이께의 노란 머리는 전보다 더 확연해 보일 정도로 곱슬곱슬했다.

비가 나지막한 판자 지붕에 덜거덕 소리가 나도록 세차게 때려 대면서 입구를 부수고 그들에게 범람해 올 것처럼 무섭게 쏟아졌다.

두 사람은 식당에서 거실로 그리고 다시 다용도실로 옮겨 갔다. 그 옆방은 그녀의 침실이었다. 비비의 잠자리 곁에 그녀의 잠자리가 나란히 놓여 있었다. 문이 열려 있었다. 커다란 하얀 침대가 놓여 있고 덧문이 닫혀 있는 그 방은 어둑하고 신비로웠다.

알세는 흔들의자에 몸을 던졌고 칼릭스타는 초조한 듯 바닥에 깔린 긴 무명 이불을 걷어 올렸다. 자신이 재봉 작업을 하고 있던 이불이었다.

"비가 이렇게 계속 쏟아지면, 둑이 견딜 수 있을까요?" 그녀가 큰소리로 말했다.

"둑이 당신과 무슨 상관이오?"

"상관이 있지요! 보빈트가 비비를 데리고 저 폭풍우 속에 있으니까요. 아, 둘이 프리드하이머네 가게를 떠나지 말았어야 하는데!"

"칼릭스타, 보빈트가 그 정도 분별력은 있다고 믿읍시다."

창가로 가 밖을 내다보며 서 있는 그녀의 얼굴에 몹시 불안한 표정이 담겨 있었다. 그녀는 습기가 가득 끼어 흐릿한 창을 닦았다. 숨이 막힐 듯 더웠다. 알세가 의자에서 일어나 창가로 와 그녀 곁에서 서서 어깨 너머로 밖을 내다보았다. 억수같이 내리는 빗속에 멀리 떨어진 오두막집들이 흐릿하게 보이고 더 멀리 숲은 회색 안개에 싸여 있었다. 끊임없이 번개가 쳤다. 들판 끄트머리에 있는 커다란 멀구슬나무에 번개가 떨어졌다. 눈에 보이는 모든 공간이 눈이 멀 것 같은 강렬한 섬광으로 가득 찼고 그들이 서 있는 바로 그 바닥까지 충격의 여파가 전해지는 것 같았다.

칼릭스타는 손으로 눈을 가리며 울음을 터뜨리더니 쓰러질 듯 휘

청거렸다. 알세가 팔로 그녀를 붙들어 잡으면서 아주 잠깐 동안 돌발적으로 그녀가 그의 품에 안기게 되었다.

"아!" 그의 팔에서 벗어나 창가에서 물러서면서 그녀가 소리쳤다. "다음은 이 집 차례일 거야! 비비가 어디 있는지만 알 수 있다면!" 그녀는 진정하지 못했다. 앉으려고도 하지 않았다. 알세는 그녀의 어깨를 부여잡고 그녀의 얼굴을 빤히 바라보았다. 아무 생각 없이 그녀를 자신의 품 안으로 끌어당기는 순간 따스하게 고동치는 그녀의 몸이 느껴졌고 오래전부터 품어 왔던 그녀의 육체를 향한 열망과 욕망이 되살아났다.

"칼릭스타, 두려워하지 말아." 그가 말했다. "아무 일도 없을 거야. 이 집은 아주 낮은 데다 큰 나무들이 둘러싸고 있어서 번개를 맞을 수가 없어. 자! 조용히 할 거지? 그렇지?" 그가 얼굴을 가린 그녀의 머리카락을 뒤로 쓸어 넘겨 주었다. 따스한 그녀의 얼굴에서 뜨거운 열기가 풍겨 나왔다. 입술은 석류 열매처럼 붉고 촉촉했다. 하얀 목덜미와 풍만하고 단단한 그녀의 가슴을 느끼며 그의 마음이 어지럽게 요동치기 시작했다. 눈물이 그렁그렁 맺힌 채 그를 바라보는 그녀의 푸른 눈동자에서 두려움이 사라지고 본능적으로 드러나는 관능적 욕망이 몽롱한 빛으로 반짝였다. 그녀의 눈동자를 빤히 바라보며 그가 할 수 있는 일이 키스 말고 또 무엇이었을까! 그녀와의 키스는 어섬션을 다시 떠올리게 했다.

"어섬션 기억해요, 칼릭스타?" 나지막하지만 열정 가득한 목소리로 그가 물었다. 아! 그녀도 기억하고 있었다. 어섬션에 있을 때 그는 수도 없이 그녀에게 키스를 했었다. 감각이 거의 무뎌질 때까지.

하지만 그녀를 위해 그는 필사적인 도주를 선택했다. 그 당시 칼릭스타는 순결한 비둘기 같은 존재는 아니었지만 여전히 신성한 존재였다. 그녀 자신의 무방비 상태가 스스로에 대한 방어막 역할을 하는 그런 열정적 존재. 그렇게 무방비한 상대에게 애써 승리를 쟁취하는 것은 그의 명예가 허락하지 않았다. 하지만 지금, 그녀의 입술은 어떤 면에서는 마음대로 맛볼 수 있을 것 같다. 부드럽게 굴곡진 하얀 목덜미와 눈부시게 뽀얀 두 가슴도.

그들은 격렬하게 쏟아지는 억수 같은 비를 조금도 신경 쓰지 않았다. 그녀는 그의 팔에 안겨 폭풍우의 굉음을 들으면서 웃고 있었다. 그 어둡고 불가사의한 방에서 그녀는 뜻밖의 경이로운 존재였다. 자신이 당연히 누려야 할 타고난 권리를 처음으로 깨달아 가는 단단하고 탄력 넘치는 그녀의 육체는 태양이 이끄는 대로 세상의 영원한 삶을 위해 자신의 숨결과 향기를 거침없이 풍기는 매끄럽고 부드러운 백합 같았다.

꾸밈도 거짓도 없는 그녀의 충만하고 아낌없는 열정은 그의 깊고 깊은 관능의 본성을 꿰뚫어 들어와 그 속에서 감응하는 하얀 불꽃 같았다. 그도 이런 놀라운 경험은 처음이었다.

부드럽게 애무하는 그의 손길에 그녀의 가슴은 황홀한 듯 전율하며 거침없이 그의 입술을 원했다. 그녀의 입에서 희열의 신음 소리가 분수처럼 흘러넘쳤다. 마침내 그가 온전히 그녀를 소유했을 때, 두 사람은 삶의 신비라는 그 아스라한 경계에서 한 몸이 되어 혼절한 것 같았다.

그는 부드러운 그녀의 몸 위에 머물러 있었다. 가쁜 숨을 몰아쉬며 몽롱한 상태로 기진맥진한 채. 그의 가슴은 거세게 고동치고 있었다. 한 손으로 그의 머리를 끌어안은 그녀가 그의 이마에 가벼운 입맞춤을 하면서, 다른 손으로는 그의 늠름한 어깨를 부드럽게 달래듯 쓰다듬었다.

으르렁대는 천둥소리가 멀리 사라져 갔다. 널빤지 지붕 위로 부드럽게 떨어지는 비가 그들을 나른한 졸음과 아스라한 잠으로 유혹했다. 하지만 그럴 수는 없었다.

3

비가 그쳤다. 태양이 반짝이는 녹색의 세상을 보석 가득한 궁궐로 변화시키고 있었다. 회랑에 나온 칼릭스타가 말을 타고 떠나는 알세를 지켜보고 있었다. 그가 몸을 돌려 환한 미소를 보냈다. 그녀가 예쁜 턱을 내밀며 커다란 웃음을 터뜨렸다.

집으로 터벅터벅 걸어오던 보빈트와 비비는 물탱크 밖에서 멈춰서서 모습을 가다듬었다.

"이런! 비비, 엄마가 보면 뭐라 그러겠니! 부끄러운 줄 알아야지! 저 새 바지를 입어. 저 옷깃에 진흙 좀 봐! 그 진흙은 어쩌다 묻은 거니, 비비? 저런 녀석을 봤나!" 비비는 애처롭게 체념한 모습이었다. 보빈트가 자신과 아들에게서 힘든 들판 길을 건너온 떠돌이 같은 행색을 떨어내려고 애쓰는 모습에는 정말 진지하게 걱정하는 모습이 가득해 보였다. 나무 작대기로 비비의 맨다리와 발에 묻은 흙을 긁어 내고, 자신의 묵직한 단화에 남은 흔적들도 조심스럽게 지웠다.

지나칠 정도로 까탈스러운 주부를 만나기에는 최악이자 최소한의 준비를 마친 두 사람은 조심스럽게 뒷문을 열고 들어갔다.

칼릭스타는 저녁 준비 중이었다. 식탁도 차려 놓고 화롯불에서 커피를 내리고 있었다. 두 부자가 들어오자 그녀가 벌떡 일어났다.

"오, 보빈트! 돌아왔군요! 아! 걱정했어요. 비 내릴 때 어디 있었어요? 비비는? 비에 흠뻑 젖지는 않았나요? 다친 데는 없고요?" 그녀는 비비를 끌어안고 좀 심하다 싶을 정도로 과장되게 입맞춤을 했다. 보빈트는 이런저런 변명과 사과를 궁리해 놓았지만 입에도 올리지 않았다. 칼릭스타가 남편이 비를 맞은 건 아닌지 살펴보는 것 같기는 했으나 두 사람이 무사히 돌아와서 만족해하는 것 말고 다른 내색은 보이지 않는 것을 알아차렸기 때문이었다.

"칼릭스타, 내가 새우를 좀 사 왔소." 보빈트가 넉넉한 옆 주머니에서 새우 통조림을 꺼내 테이블 위에 올려놓았다.

"새우라고요! 아, 여보! 당신은 뭐든 참 잘해요!" 그녀는 온 방 안에 다 들리도록 그의 빰에 한껏 키스를 했다. "오늘 밤엔 잔치를 벌여야겠어요! 호호!"

보빈트와 비비도 마음이 놓이면서 즐거워졌다. 세 사람이 식탁에 앉았을 때 끊임없는 웃음소리가 얼마나 크게 계속되었는지 저 멀리 라발리에르 동네에 사는 사람도 들을 수 있었을지 모른다.

4

그날 밤 알세 라발리에르는 아내 클라리세에게 편지를 썼다. 다정한 배려가 가득 담긴 애정 어린 편지였다. 그는 아내에게 서둘러 돌아오지 않아도 된다고, 그녀와 아기들이 빌록시에 있는 게 마음에 들거든 한 달 더 머물러도 좋다고 썼다. 자신은 잘 지내고 있다고, 그립긴 하지만 가족들의 건강과 기쁨이 최우선 사항이라는 것을 깨달았으니 당분간은 떨어져 지내는 상황을 기꺼이 참고 견디겠노라고 썼다.

5

클라리세로 말할 것 같으면 남편의 편지를 받고 황홀할 정도로 기뻤다. 그녀와 아기들은 잘 지내고 있었다. 사교 생활도 마음에 들었다. 많은 옛 친구들과 지인들이 그 빌록시 베이에 살았다. 결혼 이후 처음 맛보는 자유로움이 아가씨 때 느꼈던 기분 좋은 자유를 다시 가져다주는 것 같았다. 남편에게는 헌신적이었던 만큼 그들의 친밀한 부부 생활은 중요한 것이었지만 당분간은 기꺼이 그녀 마음대로 해 나갈 용의가 있었다.

그렇게 폭풍우는 지나갔다. 모두가 행복했다.

바이우 세인트존의 여인

딜라일 부인에게 하루하루 매 순간은 너무도 외로웠다. 남편인 귀스타브는 보르가르와 함께 멀리 버지니아 어딘가에 가 있고 그녀는 바이우 세인트존의 오래된 저택에서 하인들과 함께 지냈다.

부인은 무척 아름다웠다. 그녀 자신이 몇 시간이고 거울 앞에 앉아 스스로의 아름다움에 빠져 멍하니 시간을 보낼 정도였다. 빛나는 금발, 달콤하면서도 번민의 기미가 어리는 푸른 눈동자, 우아한 몸매, 그리고 복숭아 빛 살결에 감탄하며.

그녀는 또 아주 젊었다. 강아지와 뛰어놀고 앵무새와 장난을 치기도 했으며 나이 든 유모 마나 룰루가 옆에서 이야기를 들려주기 전에는 잠도 자지 못했다.

한마디로 그녀는 문명화된 바깥세상을 불안하게 하는 비극의 의미를 깨닫지 못하는 아이 같은 존재였다. 부인의 마음을 움직이는 것은 오직 이 끔찍한 상황이 가져온 직접적인 영향뿐이었다. 즉 온 사방으로 퍼지면서 그녀 자신의 존재 속까지 파고 들어와 그녀의 즐거움을 앗아가 버린 바로 그 우울함뿐이었다.

어느 날 부인과 이야기를 나누려고 들렀던 세핀쿠르는 그녀가 매우 외롭고 울적해 보인다는 것을 알아차렸다. 안색은 파리하고 푸른 눈에는 애써 참는 듯 눈물이 글썽였다.

그는 이웃에 살고 있는 프랑스인이었다. 그는 형제들 사이의 갈등을 이야기하며 어깨를 으쓱했다. 그와는 아무 상관없는 싸움이었다. 그가 분노하는 이유는 단 하나, 그로 인해 생활이 불편하다는 것이었다. 하지만 그 또한 누구 못지않게 명민하고 뜨거운 피를 지닌 혈기왕성한 젊은이였다.

그날 그가 다녀간 이후로 딜라일 부인의 눈에는 더 이상 눈물이 고여 있지 않았고 그녀를 짓눌렀던 황량한 무언가도 깨끗이 사라졌다. 공감이라 할 수 있는 신비스럽고 위험한 유대감이 서로에게 생겨났다.

그해 여름 그는 언제나 하얀 황마 천으로 된 시원한 바지를 입고 상의에는 꽃을 꽂은 차림으로 자주 부인을 찾아왔다. 매력적인 그의 갈색 눈이 다정하고 따뜻한 눈길로 그녀의 눈을 바라볼 때면 슬픔에 잠긴 어린아이가 어루만져 달래 주는 손길에 위안을 느끼듯 부인의 마음이 편안해졌다. 그녀는 다소 구부정한 그의 호리호리한 몸매를 보는 것도, 양옆으로 늘어선 목련나무 사잇길을 천천히 산책하는 것도 좋아하게 되었다.

그들은 때때로 포도나무가 그늘을 드리운 회랑 구석에 앉아 마나룰루가 가져다준 블랙커피를 마시면서 오후 내내 함께 앉아 있기도 했다. 의식하지도 못한 채 서로에게 마음을 열었던 처음 며칠은 쉴 새도 없이 끝없는 이야기를 나누었다. 그리고 그날이 왔다. 상대방에게 해 줄 이야기가 더 이상 남지 않은 것 같은 날이. 그것도 아주 빨리.

그가 그녀에게 전쟁 소식을 전해 주었다. 둘은 무심하게 전쟁에 관한 이야기를 주고받았다. 간간히 오랜 침묵이 흘렀지만 두 사람 가운데 누구 하나 신경 쓰지 않았다. 이따금씩 두 사람은 귀스타브가 보낸 신중하고 슬픈 어조의 편지를 함께 읽고 한숨짓곤 했다.

한 번은 두 사람이 응접실에 걸린 귀스타브의 초상화 앞에 서 있었던 적이 있었다. 친절하고 너그러운 그의 시선이 두 사람을 바라보고 있었다. 부인은 그녀의 고운 천 손수건으로 남편의 초상화를 닦고 충동적으로 그의 모습이 그려진 화폭에 부드럽게 입맞춤을 했다. 지난 몇 달 사이에 남편의 생생한 모습은 점점 더 흐릿한 안개 속으로 멀어져 가고 있었다. 아무리 노력해도 닿을 수 없는 흐릿한 안갯속으로.

어느 날 해 질 무렵, 그녀와 세핀쿠르가 나란히 서서 석양이 불타오르는 늪지대 저편을 말없이 바라보고 있을 때 그가 말했다. "부인, 비탄에 잠긴 이 나라를 떠납시다. 당신과 나, 우리 둘이 파리로 갑시다."

그녀는 그가 농담하는 것이라 생각하고 크게 웃으며 대답했다. "좋아요, 파리라면 틀림없이 여기 바이우 세인트존보다는 즐거운 곳일 테니까요." 그러나 그는 농담을 하고 있는 것이 아니었다. 자신을 속속들이 꿰뚫어 볼 것만 같은 불타는 그의 시선, 섬세한 입술의 떨림, 그리고 갈색 목덜미에 툭 불거진 핏줄이 빠르게 고동치는 것을 보고 그녀는 즉각 알 수 있었다.

"파리든 어디든 당신과 함께라면 좋아요. 오, 제발!" 그녀의 손을 꼭 잡으며 그가 속삭였다. 하지만 그녀는 두려움을 느끼며 그에게서 물러나 서둘러 집으로 돌아갔다. 그를 혼자 남겨 둔 채.

그날 밤, 생전 처음으로 부인은 마나 룰루가 해 주는 이야기를 듣고 싶지 않았다. 이제까지 밤이면 침실에 켜 두었던 커다란 크리스탈 덮개 아래 촛불도 꺼 버렸다. 그녀는 갑자기 사랑이건 아니면 희생이건 무엇이라도 할 수 있는 여성이 되었다. 마나 룰루의 이야기도 듣고 싶지 않았다. 그저 홀로 전율하며 슬픈 마음을 토해 내고 싶었다.

다음 날 아침 그녀는 눈물을 그쳤다. 세핀쿠르가 방문했지만 그를 만나려 하지 않았다. 그러자 그가 그녀에게 편지를 보냈다.

"당신 마음을 상하게 했으니 나는 죽어 마땅합니다! 그러나 내게는 목숨과도 같은 당신에게서 떠나라는 말은 하지 말아요. 잠깐 동안이라도 좋으니 당신 발밑에 엎드려 당신이 나를 용서한다는 말을 들을 수 있게만 해 줘요."

남자들이라면 과거에 이런 편지들을 써 보기도 했겠지만 부인은 그런 사실을 알지 못했다. 그녀에게 그의 편지는 미지의 존재로부터 들려오는 선율과도 같은 목소리가 되어 그녀의 온몸과 마음을 사로잡고 꼼짝도 못하게 소유해 버린 달콤한 격정을 불러일으켰다.

두 사람이 만났을 때, 그녀의 얼굴을 보자마자 그는 자신이 그녀의 발밑에 엎드려 용서를 빌지 않아도 되겠다는 것을 알았다. 그녀는 집 대문 앞에 파수꾼처럼 지키고 서서 가지를 쭉 뻗치고 있는 참나무 아래에서 그를 기다리고 있었다.

아주 잠깐 그가 그녀의 손을 잡았다. 그녀의 손이 떨리고 있었다. 그는 그녀를 껴안고 키스를 퍼부었다. "나와 함께 떠날 거죠, 내 사랑? 당신을 사랑해요. 오, 당신을 사랑해요! 나와 함께 가지 않을 건가요, 내 사랑?"

"어디든 가겠어요. 어디든." 기어 들어가는 듯한 부인의 대답은 거의 들리지도 않을 정도였다.

하지만 그녀는 그와 함께 가지 않았다. 우연은 다른 방향을 원했다. 바로 그날 밤 보르가르가 보낸 급사가 남편 귀스타브의 사망 소식을 전했다.

새해가 시작된 지 얼마 되지 않아 세핀쿠르는 모든 상황을 고려할 때 딜라일 부인에게 다시 사랑을 고백한다 해도 무례하게 서두르는 기색을 보이는 것은 아닐 것이라고 결정을 내렸다.

그의 사랑은 그 어느 때보다 간절했다. 길고 긴 침묵 속에서 홀로 기다려야만 했던 까닭에 어쩌면 더 강렬해졌을 것이다. 예상한 대로 그녀는 깊은 슬픔에 잠겨 있었다.

그녀는 나이 든 친절한 사제가 종교적 위안을 얻으려 자신을 찾아온 신도를 대하는 태도로 그를 맞이했다. 그의 두 손을 다정하게 잡으며 그를 '친애하는 친구'라 불렀다. 그녀가 보인 몸가짐과 태도 하나하나가 세핀쿠르에게 가슴 저미도록 아프고 당혹스러운 확신을 갖게 했다. 그녀의 마음속 어디에도 자신의 자리는 없었다.

그들은 응접실에 있는 귀스타브의 초상화 앞에 앉았다. 초상화에는 귀스타브의 넥타이가 걸려 있었다. 초상화 위로는 귀스타브의 검이 그 아래로는 화단이 꾸며져 있었다. 세핀쿠르는 거부할 수 없는 충동에 사로잡혀 하마터면 제단 앞에서 무릎을 꿇을 뻔했다. 자신이 바라 왔던 희망이 바로 그 제단 위에 제물로 놓인 것이 힐끗 보였다.

늪지대 위로 부드러운 산들바람이 불어오고 있었다. 열린 창문으로 밀려드는 그 바람은 봄철의 온갖 미묘한 소리와 향기를 머금고 있었다. 그 바람을 느끼며 부인은 아득히 멀고 먼 곳에 있는 무언가를 떠올리듯 꿈꾸는 듯한 표정으로 푸른 창공을 바라보고 있었다. 그 모습이 세핀쿠르를 충동적으로 자극해 스스로도 억제할 수 없는 말이나 행동을 하게 되었다.

"당신도 내가 무슨 일로 왔는지 알 겁니다." 의자를 그녀에게 더 가까이 끌어당기며 그가 감정에 이끌려 말을 꺼냈다. "지난 몇 달 내내 나는 끊임없이 당신을 사랑하고 그리워했어요. 낮이나 밤이나 사랑스러운 당신의 목소리는 내 곁에 있었지요. 당신의 눈은……." 그때 그녀가 마치 애원하듯 손을 뻗었다. 그가 그 손을 잡아 끌어안았다. 그녀는 별다른 반응도 없이 그에게 자기 손을 내맡겼다.

"얼마 전까지만 해도 나를 사랑한 것을 당신도 잊었을 리가 없을 거예요." 그가 간절하게 애원했다. "어디든 나와 함께 갈 준비가 되었다고 말한 것도 기억하지요? 나는 당신이 그 약속을 지켜 달라고 청하려고 왔어요. 내 아내이자 동반자가 되어 달라고, 내 인생의 소중한 보물이 되어 달라고 청하러 왔어요." 애정이 가득 담긴 간곡한 그의 청원이 그녀에게는 도저히 이해할 수 없는 낯선 언어처럼 들렸다.

그녀는 잡혀 있던 손을 빼내어 생각이라도 하는 듯 이마를 만졌다.

"모르시겠어요? 이해 못 하시겠어요, 당신?" 그녀는 태연히 물었다. "이제 그런 것들, 그런 생각이 내게는 불가능하다는 것을."

"불가능하다고요?"

"네, 불가능해요. 내 마음, 내 영혼, 내 생각, 내 삶 자체가 다른 사람 것이라는 걸 알 수 없나요? 그 사실은 달라질 수 없어요."

"당신 같은 젊은 여성이 죽은 사람과의 결혼에만 헌신할 수 있다는 것을 지금 나더러 믿으란 말인가요?" 그는 어떤 공포심마저 느끼며 소리쳤다. 그녀는 앞에 놓인 화단만을 한없이 응시하고 있었다.

"내게 지금처럼 남편이 생생하게 느껴진 적이 없었어요." 그녀는 세핀쿠르의 독선을 가엾게 여기기라도 하는 듯한 희미한 웃음을 띠며 대답했다.

"내 주변의 모든 것들이 남편을 생각나게 해요. 저 바이우 건너편을 보면 사냥을 마친 그가 피로한 기색이 역력한 지친 모습으로 나를 향해 달려오는 것이 보여요. 여기 이 의자나 저 의자에 앉아 있는 그가 보이기도 하고요. 익숙한 그의 목소리가 들리기도 하고, 회랑을 걷는 발자국 소리도 듣는답니다.

"우리는 목련나무 아래도 함께 걷고요. 밤이면 꿈속에서 여기, 또 저기 내 곁에 있는 그를 느낀답니다. 그걸 어떻게 할 수 있겠어요! 아! 내겐 추억이 있답니다. 내가 앞으로 백 년을 산다면, 그 백 년 내내 떠올라 내 삶을 가득 채울 추억이 말이지요!"

세핀쿠르는 그녀가 차라리 제단 위의 칼로 자신의 몸을 아무 데나 마구 찌르는 편이 더 낫겠다 생각했다. 견딜 수 없이 괴로운 불길처럼 그의 영혼을 파고드는 그녀의 말보다 차라리 그 편이 훨씬 더 나았을 것이다. 고통과 분노로 엉망이 된 가슴으로 그가 일어났다.

"그렇다면, 부인, 떠나 드리는 것 말고 제가 할 수 있는 게 없군요. 당신에게 작별을 고해야겠군요." 그가 더듬더듬 말했다.

"마음 상해하지 말아요, 당신. 당신은 이제 파리로 가겠죠?" 그녀가 손을 내밀며 다정하게 말했다.

"무슨 상관이겠어요? 내가 어디로 가든." 그가 체념한 듯 소리쳤다.

"오, 그냥 멋진 여행이 되길 바랄 뿐이랍니다." 그녀는 상냥하게 말하며 그를 안심시켰다.

그 후 여러 날 동안 세핀쿠르는 도대체 알 수 없는 수수께끼 같은 여자의 마음을 이해하려고 애써 보았지만 소용없는 일이었다.

부인은 여전히 바이우 세인트존에 살고 있다. 나이는 아주 많지만 여전히 아름답다. 오랜 세월을 미망인으로 지내 왔지만 추문 하나 들리지 않았다. 귀스타브와의 추억에 만족했으며 그 추억이 그녀의 삶의 전부였다. 그녀는 일 년에 한 번 남편의 명복을 비는 장엄 미사를 단 한 번도 거르지 않았다.

한 시간 동안의 이야기

맬러드 부인이 심장병을 앓고 있다는 것은 모두가 아는 사실이라 남편의 사망 소식을 전하는 일은 몹시 조심스러운 일이었다. 여동생 조세핀이 그 역할을 맡았다. 그녀는 머뭇머뭇 드러낼 듯 말 듯 암시를 해 가며 띄엄띄엄 부인에게 비보를 전했다. 맬러드 부인의 남편 친구인 리처즈 또한 그 자리에 있었다. 사실 브렌틀리 맬러드가 '사망자' 명단의 제일 앞자리에 적힌 열차 사고 소식을 접했을 때 신문사 기자실에 있던 사람이 바로 그였다. 그는 두 번째 사고 전보를 받자마자 사고 소식을 믿어 버리고 말았다. 배려심 없고 사려 깊지 못한 어떤 친구가 그 슬픈 소식을 부인에게 먼저 전하는 일은 막아야겠다는 조급한 마음이 앞섰기 때문이었다.

비보를 접하는 맬러드 부인의 태도는 다른 여인들의 태도와는 사뭇 달랐다. 그런 비보를 접하면 보통은 너무 큰 충격에 무슨 영문인지도 모를 정도로 무기력한 상태로 꼼짝도 못하고 마비되는 것이 일반적인 태도였다. 하지만 부인은 즉각적이고도 격렬하게 체념한 채 여동생의 팔에 쓰러져 흐느꼈다. 격정적인 슬픔이 지나고 나자 그녀는 홀로 자신의 방으로 갔다. 누구도 따라오지 못하게 했다.

방에는 편안하고 널찍한 안락의자가 열린 창문을 마주 보고 놓여 있었다. 그녀는 그 안락의자에 꺼지듯 풀썩 주저앉았다. 자신의 육신을 내내 괴롭히다 마침내 영혼에까지 손길을 뻗친 육체적 피로감에 짓눌린 것 같았다.

집 앞 공터에 서서 신선한 봄의 생기로 온통 나부끼는 나무들의 맨 윗부분이 눈에 들어왔다. 대기는 향기로운 비 내음을 머금고 있었다. 저 아래 거리에서는 물건을 파는 행상인의 커다란 목소리가 들려왔다. 누군가가 멀리서 부르는 노랫소리가 그녀의 귓전에 아련하게 들려왔고 수많은 참새들이 처마에서 지저귀고 있었다.

창문을 통해 보이는 서쪽 하늘에는 하나 둘씩 모여 뭉게뭉게 커져 가는 구름 사이 여기저기로 푸른 하늘이 드문드문 모습을 드러냈다.

그녀는 안락의자의 쿠션에 머리를 기댄 채 미동도 없이 앉아 있었다. 울다 잠든 뒤 꿈속에서도 계속 흐느끼는 아이처럼 울컥하는 흐느낌이 솟구칠 때마다 이따금 몸을 떨었다.

그녀는 아름답고 차분한 얼굴을 한 젊은 여성이었다. 그녀의 얼굴 선에서는 무언가 억제하는 듯한 힘, 아니 어떤 강인함마저 느껴졌다. 하지만 지금 그녀의 눈동자는 저 멀리 간간이 보이는 푸른 하늘 한 곳을 한없이 멍하게 응시하고 있었다. 무언가를 곰곰이 생각하는 시선이 아니었다. 이성적 사고의 끈마저 놓아 버린 그런 시선이었다.

뭔가가 그녀에게 다가오고 있었고, 그녀는 두려움 속에서 그것을 기다리고 있었다. 무엇이었을까? 그녀 자신도 알 수 없었다. 너무도 묘해서 뭐라 말하기도 어려운 그것. 하지만 그녀는 느끼고 있었다. 하늘에서 나와 대기를 가득 채운 온갖 소리와 향기와 색채들을 가로지르며 천천히 그녀에게로 다가오고 있는 그것.

그녀의 가슴이 격정적으로 고동치기 시작했다. 그녀는 이제 그것을 느끼기 시작했다. 그녀에게 다가와 그녀를 소유하려는 그것. 그녀는 온 힘을 다해 자신의 의지로 그것을 밀쳐 내려고 애써 보았지만 가늘고 흰 두 손이 그렇듯 아무런 소용이 없었다.

마침내 그녀가 그 노력을 포기하고 말았을 때 보일 듯 말듯 살짝 열린 그녀의 입술에서 나지막한 신음 소리가 새어 나왔다. 그녀는 그 말을 나지막이 여러 번 속삭였다.

"자유, 자유, 자유!"

그녀의 눈에 남아 있던 멍한 눈길과 그에 뒤따른 겁먹은 표정이 사라졌다. 그녀의 눈동자가 강렬하게 반짝였다. 맥박은 빠르게 고동치고 몸을 타고 흐르는 피는 온몸 구석구석을 따뜻하고 나른하게 해 주었다. 그녀는 자신을 덮쳐 오는 이 느낌이 소름끼치는 환희인가 아닌가를 자문하려고 그 흐름을 멈출 수는 없었다. 명료하고도 고양된 그녀 내면의 직관력이 그런 하찮은 것쯤은 떨쳐 버릴 수 있는 힘을 주었다.

그녀는 알고 있었다. 친절하고 부드럽던 남편의 손이 생명의 온기가 사라진 채 가지런히 포개진 것과 언제나 사랑이 가득한 표정으로 그녀를 바라보던 남편의 얼굴이 잿빛으로 변해 무표정하게 죽어 누워 있는 것을 보면 자신이 다시 흐느껴 울게 되리라는 것을. 하지만 그녀는 그 쓰라린 순간을 넘어 오롯이 그녀 자신의 것으로만 지속될 앞으로의 기나긴 세월을 보았다. 그녀는 두 팔을 활짝 열고 그 시간을 반갑게 맞아들였다.

앞으로 다가올 그 세월에는 그녀를 대신해 살아 줄 사람은 아무도 없을 것이다. 그녀 스스로 살아갈 것이다. 자신의 의지를 타인에게 강요할 수 있는 권리가 있다고 맹신하면서 집요하게 그녀의 결심을 꺾으려는 그 어떤 강력한 의지도 더 이상 존재하지 않을 것이다. 짧고 강렬한 이 정신적 각성의 순간에 돌이켜 보면, 친절한 의도에서 건 잔인한 의도에서건 상관없이 타인의 의지를 꺾는 그 행위는 범죄나 다름없었다.

그녀는 남편을 사랑했었다, 이따금은. 물론 사랑하지 않을 때도 있었다. 하지만 이제 와서 그게 무슨 의미가 있단 말인가! 자기 권리가 인간 존재의 강력한 충동이란 사실을 깨닫고 그 권리를 소유하게 된 마당에 불가사의한 미완의 사랑이 도대체 무슨 소용이란 말인가!

"자유! 육체와 영혼의 자유!" 그녀는 계속해서 중얼거렸다.

조세핀이 닫힌 문 앞에 무릎을 꿇고 입을 열쇠 구멍에 대고 들여보내 달라고 간청하고 있었다. "언니, 문 열어! 제발, 문 좀 열어. 언니 상태만 더 악화될 뿐이야. 뭐 하는 거야, 루이즈? 제발 문 좀 열어 줘."

"내버려 둬. 나 괜찮아." 그랬다. 그녀는 열린 창문으로 삶의 정수를 들이켜고 있었다.

앞으로 남은 다가올 날들을 떠올리며 그녀는 공상의 나래를 펴고 있었다. 오롯하게 그녀만의 나날들이 될 봄, 여름의 그 나날들. 그녀는 삶이 오랫동안 계속되기를 빠르고 나지막이 기원했다. 오래 지속될 삶을 생각하며 몸서리쳤던 게 바로 어제였는데.

마침내 그녀는 동생의 끈질긴 간청에 굴복해 일어나 문을 열었다. 눈에는 환희에 찬 들뜬 기운을 가득 머금은 채, 그녀는 자신도 모르게 승리의 여신처럼 행동했다. 그녀가 동생의 허리를 안고 함께 계단을 내려왔다. 리처즈가 계단 아래서 그들을 기다리며 서 있었다.

그때 누군가가 열쇠로 현관문을 열었다. 여행으로 인한 약간의 피로감을 보이면서 여행 가방과 우산을 들고 태연하게 들어선 이는 바로 그녀의 남편 브렌틀리 맬러드였다! 그는 사고 현장에서 멀리 떨어진 곳에 있었기 때문에 사고가 있었다는 사실조차 몰랐다. 귀청을 찢을 듯한 조세핀의 비명 소리와 맬러드 부인이 그를 보지 못하게 막으려는 리처즈의 재빠른 움직임에 깜짝 놀란 그가 걸음을 멈추었다.

그러나 리처즈는 너무 늦었다.

나중에 의사들은 너무나도 엄청난 기쁨이 불러온 심장마비가 그녀의 사망 원인이라고 말했다.

여성의 주체성 – 억압과 욕망 사이

여국현

1. 케이트 쇼팽

19세기 미국 페미니즘 소설의 선구자로 알려진 케이트 쇼팽(Kate Chopin, 1850.2~1904.8)은 남부 미주리주 세인트루이스에서 아일랜드계 아버지와 프랑스 혈통의 어머니 사이에서 출생했으며, 본명은 캐서린 오플레허티(Katherine O'Flaherty)였다. 아버지 토머스 오플레허티(Thomas O'Flaherty)는 성공한 사업가였으며, 그의 두 번째 부인이었던 엘리자 패리스(Eliza Faris)는 세인트루이스 지역에 성공적으로 정착한 유력한 프랑스 가문의 일원이었다. 두 사람 사이에는 전처의 자녀들을 포함해 다섯 명의 아이들이 있었는데, 쇼팽은 그 가운데 셋째였다.

언니들이 어린 시절에 세상을 떠나고 아버지마저 그녀가 다섯 살 되던 해에 일찍 세상을 떠나면서 그녀는 어머니와 두 할머니(외할머니, 친할머니)의 영향을 받으며 자라게 된다. 혼자 있는 시간이 많았던 쇼팽은 동화를 포함해 시나 종교적 이야기는 물론 고전 작품들과 당시의 소설 등 다양한 이야기들을 읽으며 시간을 보내게 되었고, 이는 나중에 쇼팽이 작가의 길을 선택하는 데 적잖은 영향을 미친다.

1870년 오스카 쇼팽(Oscar Chopin)과 결혼한 그녀는 남편의 고향인 뉴올리언스에 정착한 뒤 여섯 자녀를 낳는다. 하지만 1879년 남편의 면화 사업이 실패하면서 내커터시 남부의 클로티어빌로 이주하여 작은 농장들과 가게를 운영하며 살아간다. 이곳에서 쇼팽은 공동체의 활동에 적극적으로 참여하는데 이는 나중에 많은 작품의 소재를 제공하게 된다. 특히, 크리올 문화와 관련된 다양한 이야기들이 이 시절의 경험의 산물이라고 할 수 있다.

1882년 남편이 세상을 떠나면서 쇼팽은 경제적으로 몹시 난감한 처지에 놓이게 된다. 남편이 남기고 간 많은 채무가 그 원인이었다. 한동안 남편이 하던 사업을 직접 맡아 운영하기도 했지만 결국 2년 뒤 루이지애나의 사업을 접고 어머니가 있는 세인트루이스로 돌아간다. 하지만 어머니마저 이듬해 세상을 떠나면서 쇼팽이 심리적, 경제적 곤경에 직면하게 되자 친구이자 주치의였던 프레더릭 코벤헤이어 박사가 그녀에게 글을 써 보는 것이 어떻겠냐는 제안을 한다. 글 쓰는 작업이 쇼팽에게 심리적 안정은 물론 경제적 도움을 줄 수 있으리라는 생각에서였다.

1890년대 초반 시작된 쇼팽의 창작은 순탄한 성공을 거두게 된다. 『애틀랜틱 먼슬리(*Atlantic Monthly*)』, 『보그(*Vogue*)』, 『센추리 매거진(*The Century Magazine*)』, 그리고 『청춘의 동반자(*The Youth's Companion*)』 등의 계간지와 신문, 잡지에 단편소설과 기사, 번역문들을 기고하면서 그녀는 자신이 거주하던 남부 지역의 색채를 또렷하게 드러내는 작가로 자리매김하게 된다. 하지만 주로 그 지역의 민담과 관련된 소재, 지역적 방언이라는 독특성, 그리고 남부의 지역적 특성을 반영하는 것으로 여겨졌을 뿐 본격적인 문학적 완성도라는 측면에서 크게 주목을 받은 것은 아니었다. 또한 작품의 주제와 인물들에 대한 그녀의 남다른 시선 등으로 인해 논쟁의 대상이 되기도 했으며, 심지어 어떤 비평가들은 그녀의 작품들을 비윤리적이라고 비난하기도 했다.

작가로서 획기적 전환점은 두 번째 장편이자 그녀의 대표작이라 할 수 있는 『각성(*Awakening*)』(1899)이 출판되면서였다. 오늘날 그녀의 대표작이자 페미니즘 초기 소설로 평단과 대중들로부터 많은 주목을 받고 있는 이 작품은, 그러나 출판 당시에는 많은 비평가와 독자들로 부터 비판을 받았다. 특히, 아직 가부장적 이데올로기가 강력했던 당대의 시대적 상황을 감안하면, 이 작품의 여성 인물이 보이는 성적인 태도, 모성애적 미덕에 대한 반감, 그리고 결혼 생활에 대한 부정 등은 놀라울 만한 것이었다. 그런 점에서 많은 위대한 고전들이 그러하듯 어쩌면 『각성』은 주제나 내용 면에서 너무 시대를 앞서간 것인지도 모를 일이다. 『각성』을 비롯한 그녀의 소설이 한동안 다시 출판되지 못한 채 사장되면서 비평가들과 대중의 비판에 크게 실망하고 낙담한 케이트 쇼팽은 1902년 마지막 소설 「폴리(Polly)」의 출판을 끝으로 작품 활동을 접은 채 1904년 뇌출혈로 세상을 떠났다. 그녀의 나이 54세였다.

사후 오랫동안 잊힌 것 같았던 그녀에 대한 재평가가 시작된 것은 1950년대에 이르러서였다. 1956년 케니스 이블(Kenneth Eble)은 에세이 「잊힌 소설 : 케이트 쇼팽의 『각성』(A Forgotten Novel: Kate Chopin's *The Awakening*)」을 통해 케이트 쇼팽을 문학사의 한 장으로 이끌어 냈으며, 1969년 오슬로 대학의 세이어스테드(Per Seyersted)가 『케이트 쇼팽: 비평적 전기(*Kate Chopin: A Critical Biography*)』와 두 권으로 된 『케이트 쇼팽 작품 전집(*The complete Works of Kate Chopin*)』을 통해 쇼팽의 작품을 알리기 시작했다. 이후 쇼팽과 그녀의 작품에 대한 활발한 재평가가 이루어지는 가운데 1999년에는 '북미 케이트 쇼팽 학회(Kate Chopin Society of North America)'가, 2004년에는 '국제 케이트 쇼팽 학회(Kate Chopin International Society)'가 창립되었다. 이런 일련의 흐름 속에서 케이트 쇼팽은 미국 남부의 초기 페미니스트 작가로서, 그녀의 작품은 자체의 미학적 가치를 지닌 작품으로서 문학사적 의미를 부여받으며 인정을 받게 되었다.

케이트 쇼팽, 그녀는 97편의 단편소설과 두 권의 장편소설, 네 편의 짤막한 글들을 남겼다. 주요 작품으로는 두 권의 단편집과 두 권의 장편소설이 있다. 단편집 『바이우 사람들(*Bayou Folk*)』(1894)과 『아카디아에서 하룻밤(*A Night in Acadie*)』(1897)은 자신이 거주했던 루이지애나 북중부 지역인 내커터시를 중심으로 한 크리올(Creoles), 아카디안(Acadians), 아프리카–아메리칸 노예들의 삶을 리얼하면서도 우아하게 묘사함으로써 많은 비평가들로부터 호평을 받고 있다. 각각 뉴올리언스와 그랜드 섬을 배경으로 한 『실수(*At Fault*)』(1890)와 『각성(*The Awakening*)』(1899) 등 두 권의 장편소설 가운데 특히 『각성』은 현대 페미니즘의 선구적 작품 가운데 하나로 평가받으며 세계 여러 나라에서 번역, 재출판되고 있다.

비판과 논란 속에 제대로 평가받지 못한 채 세상을 떠난 지 100여 년이 지난 지금 케이트 쇼팽은 19세기 후반 미국을 대표하는 작가 중 한 명으로 인정받으며, 그녀의 몇몇 작품들은 당시 프랑스와 영국에서 출간된 최고의 작품들과 견주어도 손색이 없는 훌륭한 작품으로 자리매김되고 있다. 뿐만 아니라 「한 시간 동안의 이야기(A Story of an Hour)」, 「데지레의 아기(Desiree's Baby)」, 「실크 스타킹(A Pair of Silk–Stockings)」

을 포함한 단편들은 "놀라운 결말(surprising end)"을 보여주는 '잘 쓰인 (well-made)' 단편소설의 전형으로 많은 문학수업 시간에 읽히고 있다.

2. 작품의 특징

주제적인 측면에서 케이트 쇼팽의 작품이 19세기 미국 남부 지역, 특히 루이지애나 지역을 중심으로 크리올 문화와 케이준 문화 내 여성들의 삶으로부터 많은 자양분을 얻고 있다면, 스타일적인 면에서는 당대 프랑스 최고의 소설가인 모파상의 영향을 많이 받았다. 그녀 스스로도 이렇게 언급한 바 있다.

> ……그의 소설은 내게 경이로움이었다. 그의 소설에는 허구가 아닌 삶이 있었다. 나는 모호하면서도 터무니없는 방식으로 플롯과 낡은 메커니즘, 그리고 무대 장식이 바로 이야기 창조 예술의 본질이라고 생각했지만, 모파상은 전통과 권위로부터 벗어나 자기 자신 속으로 침잠해 온전한 자기 자신의 시선으로 삶을 바라보며, 직접적이고도 단순한 방법으로 자신이 본 것을 우리에게 말해 주었다.

실제로 쇼팽은 1894년 무렵 모파상의 작품 몇 편을 번역하여 출판을 시도한 적도 있었다. 하지만 쇼팽이 단순히 모파상을 모방한 것에 그친 것은 아니었다. 그녀는 나름의 주제 의식과 문체로 모파상을 넘어서 자신의 고유한 소설 영역을 구축했다. 특히 19세기 후반 미국 남부 사회를 살아 낸 여성 주체들의 삶과 그들이 스스로의 정체성을 확립하기 위해 겪어 내야 했던 지속적인 내면적 갈등을 남부 방언을 포함한 특유의 문체로 기록함으로써 자신만의 영역을 구축했다.

쇼팽 자신은 여권 운동가나 직접적인 여성 참정권 운동가는 아니었다. 하지만 그녀의 작품 속 여성 인물들은 그 당시 여성 주체들의 내밀한 갈등을 때로는 섬세하게 때로는 대담하게 드러내면서 대농장제에 기반한 미국 남부의 가부장 사회에서 침묵하는 존재로 여겨지던 여성들에 대한 새로운 시각을 제시하고, 한 인간이자 사회적 주체로서 여성들의 목소리를 들려주었다는 점에서 그 어떤 페미니스트 운동 못지않은 의미를 지니고 있었다고 할 수 있다. 에모리 대학의 엘리자베스 폭스-제노베스(Elizabeth Fox-Genovese)는 다음과 같이 언급한다.

> 케이트는 그녀 자신이 말한 바 있듯 페미니스트도 여성참정권자도 아니었다. 하지만 그녀는 여성 주체를 대단히 진지하게 인식한 여성이었다. 그녀는 여성이 강해질 수 있다는 것을 결코 의심하지 않았다.

케이트 쇼팽은 작품 속 개개의 인물들이 처한 사회적, 사적 삶의 현실에 폭넓게 공감하는 태도를 보였는데, 이러한 태도와 인식은 쇼팽 자신의 개인적, 사회적 경험과 밀접한 연관이 있다. 그녀의 삶은 남북전쟁 이전의 노예제 철폐 운동과 남북전쟁 후 자유와 인권 교육, 그리고 참정권 운동을 포함한 페미니즘의 등장이라는 역사적 흐름 속에 자리하고 있었다. 그녀가 이런 운동에 직접 가담한 기록이 알려진 바 없고, 직접적인 운동이나 참여의 목소리를 보이지 않는다는 점에서 어떤 이들은 쇼팽을 적극적인 의식을 지닌 운동가가 아니라 우연히 여성적인 목소리를 갖게 된 개인으로 평가하기도 한다.

그럴 수 있다. 쇼팽 자신도 20세기 후반, 21세기 초반에 사람들이 자신의 작품을 페미니스트적 경향이 있다고 말하는 소리를 듣는다면 어쩌면 놀랄 것이다. 그러나 그녀의 작품에 등장하는 여성 주체들은 그 어떤 페미니스트보다도 더 치열하게 그 당시 여성들의 내적, 외적 현실을 살고 있으며, 소설가로서 쇼팽은 그 어떤 페미니스트 운동가보다 더 또렷하게 여성의 목소리로 여성을 이야기 하고 있었다. 이런 점에서 쇼팽의 글쓰기를 "새로운 페미니스트의 목소리(a new feminist voice)"라고 적극적으로 주장하는 잔 르 마르콴드(Jane Le Marquand)의 언급은 주목할 만하다.

> 쇼팽은 타자인 여성에게 개별적 정체성과 자아 인식, 즉 그녀가 남긴 기록들이 목소리를 갖게 해준 자아 인식을 부여함으로써 가부장적 체계를 뒤흔든다. 그녀 삶의 '공식적' 모습, 즉 주변의 남성들에 의해 형성된 그녀의 삶은 그 이야기 속의 여성들에 의해 도전받고 전복된다.

케이트 쇼팽, 작가로서 그녀는 자신이 좋아했던 작가 모파상처럼 삶을 보여 주고자 했다. 자신의 삶을 통해 스스로 경험하고 목격했던 것을 그려 내는 그녀 소설의 많은 주인공이 여성인 것은 어쩌면 당연하다. 그러나 그녀의 이야기 속 인물들 가운데 다수가 여성들이라 하더라도 어디 여성만 존재하겠는가. 로버트 게일(Robert L. Gale)에 따르면, 쇼팽의 전체 소설에 등장하는 인물들은 모두 786명이며, 그 가운데 여성이 357명, 남성 인물이 403명이라고 한다. 그녀가 그려 낸 그 수많은 인물들—크리올, 아카디안, 백인, 물라토 혹은 흑인—은 성격도 외모도 직업도 신분도 다양하지만 한 가지 공통점이 있었다. 그들은 모두 그 시대를 살던 '아메리칸'이었으며, 그들의 삶은 단순히 미국 남부에 국한된 삶이 아니라 19세기 후반을 관통하는 미국의 삶이었다는 것이다. 이와 같은 다양한 인물들의 삶을 통해 쇼팽은 한 지역, 혹은 단순히 여성만이 아니라 인간성 일반의 삶을 그려 볼 수 있게 해 주었다.

따라서 케이트 쇼팽을 향토색이 짙은 지역주의 작가(a regionalist)라거나 혹은 페미니스트라는 한정된 범주에만 가두는 것은 "도전적인 스타일로 독특한 작품을 써 낸" 그리고 "백지에 삶을 그려 내는 재능에 있어서는 비견할 만한 이가 거의 없는 최고의 작가"라 할 수 있는 케이트 쇼팽에 대한 정당한 평가가 아닐 것이다. 포이(R.R. Foy)의 다음과 같은 주장은 그래서 설득력이 있다.

> 쇼팽의 작품은 위대한 소설의 경지에 이르렀다. 쇼팽의 작품 속에서 유일한 진실한 주제는 인종적 관습적 기준이 드리운 관점을 제거하더라도 남는, 모호하고 복잡하면서도 진실한 의미를 지닌 인간 존재에 대한 것이다.

3. 작품의 주제 해설

케이트 쇼팽은 그동안 국내에 많이 소개되지는 않았다. 대표작인 『각성』은 많이 알려진 면이 있지만 단편소설의 경우 일부 작품들이 번역되었을 뿐이다. 쇼팽에 대한 본격적 소개의 시작이라고 할 수 있는 이 단편집을 통해 단편소설가로서 쇼팽에 대한 보다 적극적인 관심과 평가가 이루어지길 기대하면서 이 작품집에 실린 쇼팽의 작품에 대해 간략한 설명을 첨가한다.

케이트 쇼팽의 단편소설에는 몇 가지 중요한 주제들이 보인다. 그 가운데 다섯 가지 정도의 중심적인 주제들을 살펴보고자 한다.

1) 여성 주체의 정체성의 문제

쇼팽의 여주인공들은 여성으로서 자신의 정체성을 확인하거나 혹은 자신의 삶에 대한 주체적 권리를 추구하는 과정에서 갈등을 경험한다.

「늪지를 넘어」의 주인공 라 폴은 자신이 아들처럼 여기는 존재를 살리기 위해 금기로 여기던 바이우를 너머 마을의 작은 주인네 집까지 가야만 하는 상황에 직면한다. 그녀가 한 번도 넘어간 적이 없는 늪지대를 넘어가는 이 행동은 단순히 늪을 건너는 물리적 행위가 아니라 그녀 스스로의 존재 영역을 확장하는 정신적인 행동이며, 고립되어 있던 자신의 탈출 혹은 해방을 의미하기도 한다. 오랫동안 금기였던 작은 주인님의 집 계단을 올라선 순간 그녀는 비로소 바이우에 갇혀 있던 스스로의 한계를 극복하고 두렵기만 하던 바깥세상을 마주하며 새로운 존재로 태어난 것이다.

「실크 스타킹」의 여주인공은 결혼 전에 자신이 누리던 삶의 모습들과는 완전히 단절한 채 궁핍한 생활에 찌들어 있던 중 뜻하지 않은 가욋돈이 가져다 준 행운을 두고 갈등한다. 무엇을 할 것인가. 그녀의 마음을 먼저 차지한 생각은 당연하게도 아이들이었다. 하지만 정작 장터에 나간 그녀의 선택은 달랐다. 아이들의 옷이며 신발이 아니라 그녀 자신을 위한 것들이었다. 실크 스타킹과 새 신발을 사고 결혼 전 들고 다니던 잡지까지 구입한 그녀는 마침내 늘 지나다니며 밖에서 들여다보기만 하던 고급 식당에 들어가 '소박한' 그러나 전혀 소박하지 않은 식사를 느긋하게 즐긴다. 이 모든 행동은 본능적이고 즉흥적인 선택이었지만 그녀는 후회하지 않는다.

이런 그녀의 행동은 주부이자 어머니로서, 그리고 한 인간이자 여성으로서 자신의 정체성의 갈등 속에서 여성으로서 자신을 위한 선택을 한 것이라고 볼 수 있다. 물론, 소설의 마지막에 이어질 시간은 또다시 그녀에게 주부이자 어머니로서의 삶이라는 피할 수 없는 현실을 가져다 주겠지만 적어도 이 순간 그녀는 오롯이 그녀 자신일 수 있었다.

「한 시간 동안의 이야기」의 맬러드 부인은 어떤가. 젊고 강단 있어 보이는 그녀에게 삶은 하루하루 지속되는 일이 끔찍하게 여겨질 정도로 무의미했다. 겉으로는 더없이 사랑스러운 눈길로 그녀를 바라보는 남편이었지만 사실 당연한 권리이기나 한 듯 언제나 그녀의 뜻을 꺾어 왔다. 그녀의 삶은 그녀 자신의 삶이 아니었다. 그러하기에 사고로 인한 남편의 사망 소식을 접한 그녀가 폭풍 같은 슬픔의 순간이 지나고 느끼게 되는 감정은 더 이상 속박받지 않는 자유로운 인간이 느끼는 해방감이었다. "자유! 자유! 자유!"라는 그녀의 나지막한 외침은 억압으로부터 벗어나 자신만의 삶을 누리게 된 자유로운 여성이자 해방된 인간의 환호성이었다. 남편의 죽음이라는 비극적 소식 앞에서 "자유!"를 외치는 부인의 모습이 충격적인 만큼 결혼이라는 제도 속에서 구속당하던 여성인 그녀가 느꼈던 억압의 무게가 크게 다가온다.

하지만 쇼팽의 여주인공들이 누리는 듯 보이거나 꿈꾸고 한순간 성취하는 듯 보이기도 하는 해방이나 자유 혹은 탈출은 영원하지 않다. 「실크 스타킹」의 전차가 향하는 곳은 부인의 집 앞이며, 부인을 기다리고 있는 것은 여전히 궁핍한 현실이다. 그녀가 타고 있는 전차가 멈추지 않고 끝없이 가기를 바라지만 그것이 현실이 될 수 없음을 그녀도 독자도 너무나 잘 알고 있다.

「한 시간 동안의 이야기」의 맬러드 부인의 "자유" 또한 남편이 살아 돌아오는 순간 너무도 짧은 순간의 허무한 백일몽으로 끝나고 만다. 남편은 사고 현장에 부재했고, 잠시 그녀에게 왔던 자유와 해방감은 그녀에게 다시 부재로 존재한다.

이처럼 케이트 쇼팽은 자신의 여주인공들을 통해 남성 주체들에 의해 주변화된 여성들의 시각을 꼼꼼하게 그려 보인다. 그들은 사회 내 자신들의 한계를 명확하게 인지하는 동시에 그 한계 내에서 갈등하며 그 한계를 벗어나고자 욕망하고 그 욕망을 구현하고자 시도한다. 하지만 그 시도는 성공하는 것보다 실패나 좌절하는 경우 혹은 타협하지 않으면 안 되는 경우가 많다는 것이 그들의 비극이며, 쇼팽이 느끼는 안타까움이자 당대의 현실이기도 했다. 그토록 희열이 가득하던 맬러드 부인의 죽음은 그 모든 비극의 극명한 상징이라고 할 수 있다.

2) 관습에 대한 갈등과 저항 — 욕망하는 주체로서의 여성

쇼팽의 여성 주인공들은 중요한 선택 혹은 결정 국면에서 사회적 도덕적 관습을 따르기보다는 저항하거나 이탈하는 태도를 보이기도 한다. 특히, 성적 결정권과 관련된 부분에 있어서 이 점이 두드러진다. 물론 이들의 저항은 완전한 일탈을 향하는 적극적 저항이라기보다는 소극적 저항에 가깝지만 당시의 여성이 처한 시대적 한계를 고려하면 이처럼 욕망하고 저항하는 여성상이야말로 쇼팽이 소설에서 특히 주목해야 할 부분이라고 할 수 있다. 이 여성 주체들은 소위 "가정 내의 천사(the angels in the house)" 역할을 부여받은 채 관습화된 남성 중심 사회에서 내면적 갈등이나 고통을 드러낼 수 없거나 드러내지 않는, 심지어는 그런 갈등조차 없는 존재로 간주되어 온 여성 주체들의 내밀한 마음속을 보여 주기 때문이다.

「키스」의 여주인공 나탈리는 돈은 많지만 매력이 없는 브랭탕과 젊고 매력적인 청년 하비 사이에서 결혼 상대자를 선택해야 할 순간이 오자 경제적 안정과 부유한 삶을 보장해 주는 브랭탕을 택한다. 그녀의 결정은 한편으로는 관습적이며, 다른 한편으로는 대단히 파격적이다. 브랭탕과의 결혼, 정확히 말하면 그의 재산과의 결혼이 당대 결혼관을 따른 지극히 관습적인 결정인 반면, 결혼 후 하비와의 은밀한 관계를 지속하고자 했던 욕망을 드러내는 것은 일부일처제라는 관습을 철저하게 비웃는 결정이었다.

나탈리의 이러한 태도는 당시는 물론 현재의 관습적 측면에서도 대담함을 넘어서 비윤리적이라는 비판을 받을 만하다. 그럼에도 불구하고 나탈리라는 인물은 가부장적 결혼 제도하에서 대상으로 존재하기를 강요받는 여성 또한 남성과 동일한 욕망과 갈등의 주체일 수 있다는 점을 보여 주고 있다.

「정숙한 여인」 바로다 부인도 마찬가지의 갈등과 결정을 보여 준다. 목장을 찾아온 남편 친구인 거버네일에게 점점 매력을 느끼게 된 그녀. 그 호감은 단순히 남편의 친구에 대한 예의로서 호감이 아니라 여성으로서 관심을 받고 싶다는 욕망에 기반한 호감이었다.

어느 날 밤, 둘이 나란히 앉은 벤치에서 이야기를 나누다 그를 향한 강력한 육체적 끌림을 경험한 그녀는 정숙한 여인이라는 자신의 평판을 생각하며 가까스로 자신의 욕망을 행동에 옮기는 것을 참는다. 거버네일에게 이끌리는 자신을 제어할 수 없음을 느끼게 된 그녀는 흔들리는 스스로의 마음을 단속하기 위해 거버네일이 떠날 때까지 집을 남편에게 맡기고 떠나 있기를 결정하고 실행에 옮긴다. 자신의 친구를 어려워하는 아내의 마음을 알 수 없었던 남편은 그녀를 탓하며 다시 거버네일을 초대하려 하지만 부인의 반대로 뜻을 이루지 못한다. 그렇게 계절이 두어 번 바뀌고 부인이 남편에게 거버네일을 초대하자는 제안을 한다. 이제는 그전처럼 거버네일을 대하지 않을 결심을 하고서 말이다.

거버네일을 다시 만나게 되었을 때 그녀는 어떤 태도를 취할 것인가. '정숙한 여인'이자 친구의 아내가 지녀야 할 마땅한 태도로 거버네일을 대할 것인가, 아니면 그날 밤 이루지 못했던 그 격한 감정에 따라 '정숙'의 관습을 파괴하고 스스로의 욕망을 따를 것인가. 일종의 열린 결말처럼 명확하지 않은 소설의 마지막 장면을 보며 독자들마다 서로 다른 결론을 내릴 수 있는 여지가 있다. 「정숙한 여인」이라는 제목의 아이러니에 주목하는 독자라면, 바로다 부인이 '정숙'이라는 관념을 파괴하고 자신의 내면의 욕망에 따라 「키스」의 나탈리와는 다른 길을 선택할 가능성에 무게를 둘 수도 있을 것이다.

욕망과 갈등이라는 측면에서 가장 파격적이고 인상적인 주인공은 「폭풍우」의 칼릭스타다. 농장 주인 알세 라발리에르의 불길 같은 열정의 대상이었던 그녀는 지금은 보빈트와 결혼하여 사내아이를 낳고 살고 있다. 라발리에르 또한 이미 결혼하여 가정이 있다. 그러나 폭풍우 치던 어느 날, 라발리에르와 칼릭스타는 격렬하면서도 황홀한 육체적 사랑을 나누고, 아무 일도 없었다는 듯 다시 각자의 가정으로 돌아간다.

이처럼 자신의 욕망을 묻어 두지 않고 실현했다는 점에서 라발리에르와 칼릭스타 두 인물은 이 단편집에 실린 다른 인물들과 구분된다. 제어할 수 없는 그들의 강렬한 욕망과 관습적으로는 용인될 수 없는 경계를 넘어선 위반 행위는 그러나 작품 속에서 관능적이며 황홀하게 묘사된다.

그 어둡고 불가사의한 방에서 그녀는 뜻밖의 경이로운 존재였다. 자신이 당연히 누려야 할 타고난 권리를 처음으로 깨달아 가는 단단하고 탄력 넘치는 그녀의 육체는 태양이 이끄는 대로 세상의 영원한 삶을 위해 자신의 숨결과 향기를 거침없이 풍기는 매끄럽고 부드러운 백합 같았다. 꾸밈도 거짓도 없는 그녀의 충만하고 아낌없는 열정은 그의 깊고 깊은 관능의 본성을 꿰뚫어 들어와 그 속에서 감응하는 하얀 불꽃 같았다. 그도 이런 놀라운 경험은 처음이었다.

이 두 인물을 통해 쇼팽은 억압적인 관습의 사회에서도 폭풍우처럼 존재하던 제어할 수 없는 욕망과 우리가 불편함을 감수하면서라도 대면할 수밖에 없는 우리 자신의 또 다른 모습을 외면하지 않고 보여주고 있다고 할 수 있다.

한편, 쇼팽의 작품 속에 등장하는 많은 여성 주체들은 자신의 내적 갈등에도 불구하고 결국 사회적 관습의 장으로 순응해 들어가는 모습들을 보이기도 한다. 결혼 생활이라는 현실 안에서 발생하는 갈등과 관련된 부분에서 이 점은 특히 두드러진다.

「셀레스틴 부인의 이혼」의 여주인공 셀레스틴 부인은 넉 달 동안이나 생활비 하나 보내지 않는, 가장으로서 책임을 제대로 다하지 않는 남편 때문에 생긴 고민을 이웃집 법률가인 팩스턴에게 털어놓고 상의한다. 친정 엄마와 신부, 그리고 주교와의 연이은 상담을 통해서도 그녀의 결심은 확고해서 흔들릴 여지가 보이지 않자 팩스턴 씨는 부인이 이혼할 경우 자신과 결혼할 수 있다는 기대를 점점 키워 간다. 하지만 셀레스틴은 돌연 이혼을 하지 않겠다고 선언한다. 이유는 너무도 간단하다. 돌아온 남편이 한 약속 때문이었다. 그녀의 길었던 갈등은 돌아온 남편의 "새 사람이 되겠다"는 한마디 약속에 눈 녹듯 사라지고, 그녀는 결혼이라는 제도의 품 안으로 다시 들어간다.

셀레스틴 부인은 당시 수많은 기혼 여성들에게 가장 보편적이고 현실적인 선택의 과정을 보여 주는 것이라고 보아도 무방할 것이다. 그녀(들)의 갈등과 불만은 이혼이라는 결정을 통해 결혼 제도를 박차고 나갈 정도의 현실성을 갖지 못한 것이었다. 그러나 셀레스틴 부인의 선택을 단지 그녀 개인의 무기력한 선택으로 볼 수만은 없다. 작품에서 드러나듯 (팩스턴 판사를 제외하면) 그 누구도 셀레스틴의 편에 서지 않았다. 심지어 가장 가까운 가족인 어머니조차도. 그런 개인적, 사회적 상황에서 무수한 당시의 셀레스틴 부인들이 어떤 선택을 하게 될지는 자명해 보인다.

「바이우 세인트존의 여인」의 주인공 딜라일 부인의 경우는 조금 더 복잡하다. 멀리 떠난 남편 때문에 홀로 외로운 생활을 하던 '아이 같았던' 그녀는 청년 세핀쿠르가 함께 떠나자는 청을 했을 때 처음에는 거절했지만 두 번째는 수락한다. 첫 번째 거절은 결혼한 여성으로서 망설임이 포함된 당연한 도덕적 선택이었을 것이다. 두 번째 그의 편지를 받고 그녀가 한 수락은 철저하게 자신의 욕망에 따라 관습을 거스르는 결정이었다. 그러나 때맞춰 날아온 남편의 사망 통지로 인해 그 욕망의 실현은 좌절된다. 시간이 흐른 후 세핀쿠르가 다시 프러포즈를 했지만 그녀는 결국 그의 마지막 청을 거절한다.

부인의 마지막 결정은 두 가지 해석이 가능할 수 있다. 우선, 기혼녀에게 가해지던 '정숙한 여인'이라는 사회적 이데올로기를 따르는 예속적 결정으로 볼 수 있을 것이다. 빠짐없이 남편의 기일을 기억하며 평생을 독신으로 지내는 부인의 모습에서 남성 중심의 결혼 제도와 그 이데올로기를 따르는 관습적 여성의 한 측면이 힐끗 보일 수도 있다.

또 다른 해석은 비로소 온전히 독립적으로 존재하게 된 한 인간이자 완전히 성숙한 '여성' 딜라일의 주체적 선택으로 보는 것이다. 소설이 처음 시작할 때 "아이 같던" 그녀는 작품 속에서 겪은 경험을 통해 변화하고 성장해 가며 마침내 마지막 장면에 이르러서는 세핀쿠르나 남편 혹은 다른 어떤 존재에게도 의존할 필요 없이 자신의 삶을 주체적으로 살아갈 수 있는 성숙하고 완전한 한 독립적인 여성이 된 것으로 볼 수 있다. 그런 점에서 그녀의 마지막 선택은 세핀쿠르가 절규하듯 단순히 "죽은 남편과의 결혼"에 대한 헌신 때문이 아니다. 그것은 스스로의 삶, 한 인간이자 여성으로서 자기 자신의 주체적인 삶을 살아갈 것을 선택한 것이라고 보는 것이 옳을 것이다.

결혼으로 맺어진 관계였으나 실질적으로는 떨어져 지냈던 남편으로 인해 느꼈던 외로움을 잊게 해 준 세핀쿠르를 통해 자신의 욕망에 충실한 선택을 했던 딜라일 부인. 남편의 전사와 함께 변화한 자신을 제대로 이해하지 못하는 세핀쿠르를 보면서 사랑의 독선을 알게 된 딜라일 부인. 그리고 결혼이라는 제도 속에서 얽매이지 않고 온전히 주체적 선택이 가능해졌을 뿐 아니라 경제적으로도 자립할 수 있는 주체가 된 딜라일 부인. 이 모두가 딜라일 부인의 마지막 결정에 응축된 것이다.

그녀는 더 이상 남성과의 관계에 얽매이거나 사랑이라는 불확실한 감정에 휘둘리는 존재가 아니다. 그녀는 성숙한 여성이자 온전한 인간으로서 확고한 자기 인식 속에서 스스로의 삶을 살아가려는 당연한 선택을 한 것이며, 그런 부인에게 (세핀쿠르의 사랑이건 다른 누구의 사랑이건) 불확실하고 독선적인 사랑은 더 이상 관심사가 아니다. 쇼팽의 이런 태도를 이미 우리는 명확하게 확인한 바 있다. 「한 시간 동안의 이야기」에서 맬러드 부인은 이렇게 말하고 있다.

하지만 이제 와서 그게 무슨 의미가 있단 말인가! 자기 권리가 인간 존재의 강력한 충동이란 사실을 깨닫고 그 권리를 소유하게 된 마당에 불가사의한 미완의 사랑이 도대체 무슨 소용이란 말인가!

딜라일 부인은 떠나자는 세핀쿠르의 청에 다음과 같이 대답한다.

"내 마음, 내 영혼, 내 생각, 내 삶 자체가 다른 사람 것이라는 걸 알 수 없나요?"

여기서 '다른 사람'은 물론 외적으로는 죽은 남편을 언급하는 것으로 보인다. 그러나 앞에서 우리가 살펴본 해석을 참고하면 결국 이 '다른 사람'은 다른 누구도 아닌 딜라일 부인 '자기 자신'을 지칭하는 것으로 읽는 것이 더 정확한 이해가 아닐까.

케이트 쇼팽은 이처럼 남성 중심적인 가부장 결혼 문화가 지배적이었던 당시의 사회 관습 내에서 인간적인 욕망으로 갈등하면서 더러 순응하기도 하고 혹은 저항하면서 스스로의 주체성을 찾아가는 다양한 여성 인물들을 보여 주었다. 이 여성 인물들은 그런 면에서 그 시대의 경계를 넘어 현대적 여성 주체로서도 손색없는 면모를 보인다.

3) 다양한 사랑의 변주곡

다른 소설에서와 마찬가지로 쇼팽의 소설에서도 사랑은 주인공들의 행동과 심리를 결정하는 주요한 동인이다. 물론 그 사랑의 대상이나 양상은 다양하고 그 결과 또한 한결같지는 않다.

먼저 눈에 띄는 것은 부모 세대의 모성애 가득한 사랑이다. 「마담 펠라지」와 「바이우 너머」에서는 부모 세대가 다음 세대에 대해 보이는 헌신적인 사랑을 그리고 있다. 부모 세대의 사랑은 한편에서는 자신의 꿈을 꺾는 희생을(「마담 펠라지」), 다른 한편에서는 스스로의 금기를 넘어 새로운 자신의 모습을 찾는 구원의 길을 열어 주기도 한다(「바이우 너머」).

로카(「로카」) 또한 동일한 면모를 보인다. 예전의 자유로운 삶을 떠올리며 그때와 같은 자기만의 삶으로 돌아갈 수 있는 탈출이 가능했던 순간 로카를 멈추게 한 것은 그녀가 돌보던 아기 비빈이었다. 이 같은 여성 인물들의 모성애적 사랑은 사랑을 받는 대상과 사랑을 베푸는 주체 모두의 삶을 구원하거나 새 삶의 길을 열어 주는 역할을 하는 것으로 그려지는데, 이는 쇼팽이 모성애적 사랑에 부여하는 긍정적 의미의 표현이라고 보아도 무방할 것 같다.

긍정적 의미를 지닌 모성애적 사랑과 달리 갈등을 유발하는 사랑도 있다. 이때 사랑의 감정은 사회적 규범과 어긋나는 내적 욕망의 발현으로서 인물들에게 갈등의 요소가 된다. 앞에서 살펴본 바 있는 「키스」의 나탈리, 「정숙한 여인」인 바로다 부인, 그리고 「폭풍우」의 칼릭스타를 통해 드러나는 열정은 사회적 규범에서 일탈하는 여성 주체의 은밀하면서도 강렬한 내적 욕망을 드러내고 있다.

물론 이상적인 사랑의 결합도 있다. 맨틴과 줄 커플(「아보옐 방문」)은 경제적으로 어려운 상황에서도 서로에게 완전하게 충족된 사랑의 결합을 보여 준다. 두 사람이 비록 가난에서 벗어나지는 못할 것 같아도, 또 맨틴을 향한 두두스의 사랑의 마음이 아무리 강렬하다 해도 줄을 향한 맨틴의 마음을 움직일 수는 없을 것이다. 줄을 향한 한결같은 맨틴의 마지막 시선은 두두스에게는 고통이지만 두 사람에게는 그들의 사랑이 행복한 결말을 향하고 있음을 상징적으로 보여 준다.

에드몽(「로켓」)은 '주술'과도 같은 사랑의 힘으로 전쟁의 포연 속을 헤치고 살아 돌아오며, 옥타비는 사랑의 힘으로 그 괴롭고 힘든 시간을 견뎌 낸 뒤 연인의 귀환이라는 선물을 받는다. 두 사람에게 사랑은 전쟁의 비극마저 이기는 힘을 지니고 있는 듯하다.

「봉듀의 사랑」에서는 사회적 편견과 계층적 차이를 모두 극복하는 사랑의 힘을 지닌 커플이 등장한다. 사람들로부터 무시받는 가난한 '하층민' 랄리에 대한 아즈너의 사랑은 그 어떤 사회적 제약에도 흔들리지 않을 굳건한 사랑으로 자랄 것이라는 기대를 갖도록 아름답게 그려진다.

한편, 강렬한 사랑이었지만 단 한 번의 오해로 무너지는 커플도 있다. 아르망과 데지레 부부(「데지레의 아기」). 부유한 대농장의 주인인 아르망은 피부색이 다르게 커 가는 아들을 보며 부인의 혈통에 관한 오해를 극복하지 못하고, 극복하려는 노력조차 하지 않은 채 자신이 대면한 첫 번째 시련 앞에 굴복하며, 데지레와 아기를 죽음이라는 비극적 결말로 몰아간다. "총 맞은 것처럼" 격렬한 사랑에 빠졌던 아르망은 스스로의 무지와 오해로 인해 자신의 부인과 아이를 죽음으로 몰아가는 무자비한 인물이 된다.

케이트 쇼팽은 이처럼 당시 미국 남부에 거주하는 다양한 주체들의 다양한 사랑의 양상을 통해 인간 삶의 가장 중요한 동인 가운데 하나인 사랑과 욕망의 여러 단면을 보여 주면서 우리 삶의 다면적인 측면을 담아 내고 있다.

4) 남부 사회의 인종적 · 계층적 편견에 대한 사실적 · 비판적 재현

물라토, 크리올, 아카디안, 흑인 등 다양한 인종적 주체들과 연관된 남부 사회의 인종적, 계층적 문제를 통해 미국 남부라는 독특한 지형 속에서 발생하는 인종적 차별의 문제를 사실적으로 재현하고 비판하는 시선은 쇼팽 소설의 또 다른 특징이다. 미국의 남북전쟁 전후를 남부의 문화 속에서 살아낸 케이트 쇼팽에게 계급과 인종의 문제가 중요한 주제가 되는 것은 어쩌면 당연한 일이었을 것이다.

쇼팽이 성년이 되었을 때 남부와 세인트루이스에서는 노예제도가 확립되었으나, 그 이전에 이미 루이지애나주, 특히 뉴올리언스에는 이미 유색인 자유민 공동체가 존재해 왔으며, 백인들과 유색인 자유민 혹은 노예 여성들과 혼인할 수 있는 관습법 또한 존재했다. 당연히 뉴올리언스와 남부 전역에 피가 섞인 혼혈인들(주로 물라토라고 알려진)이 무수하게 퍼져 있었다. 따라서 「데지레의 아기」에 등장하는 아르망처럼 겉보기에는 유럽 출신 미국인이지만 흑인의 피가 섞인 인물들에 대한 차별은 특별한 것이 아니었다. 쇼팽은 바로 그런 현실을 놓치지 않고 포착함으로써 특히 여성이기 때문에 더욱 잔인하게 겪을 수밖에 없는 여성적, 인종적 차별이라는 이중의 고통의 문제를 지적하고 있다.

출신을 알 수 없는 '업둥이'라는 불안정한 인물인 데지레에 대한 열정적인 사랑 하나로 결혼을 감행했던 아르망은 태어난 아기가 커 가면서 혼혈의 징후를 보이자 데지레의 혈통을 의심한다. 흑인의 피가 섞였다고 믿을 수밖에 없는 데지레를 그는 더 이상 사랑할 수 없을 뿐 아니라 아내로서 집에 둘 수도 없다는 단호한 태도를 취한다. 데지레가 흑인의 핏줄이라는 그의 확신과 흑인에 대한 인종적 편견은 너무도 강하고 확고해서 데지레를 죽음으로 내모는 결정적 원인이 된다. 결국 어떤 방법으로도 자신의 존재를 증명할 길이 없음을 아는 데지레는 아기와 함께 죽음을 택하는 절망적인 선택을 하게 된다. 남부 사회에서 유색인 종의 피가 흐르는 여성으로 낙인찍힌 그녀의 선택을 통해 쇼팽은 당시 남부 사회에 확고하게 흐르던 인종적 편견과 여성에 대한 차별이라는 이중의 억압을 통렬하게 고발하고 있다.

이러한 이중적 차별의 존재로서 여성 주체의 모습은 광녀 취급을 받으며 고립되어 살아가는 라 폴(「바이우 너머」)과 버려진 아이 로카(「로카」)에게서도 나타난다. 라 폴에 대한 쇼팽의 묘사는 그저 광녀로 취급되던 흑인 여성 노예의 정체성에 대한 당시 사회의 편견이 얼마나 무지한 것인가를 보여 주는 한편, 흑인과 노예이기 이전에, 한 인간으로서 여성의 내면에 본능적으로 자리 잡고 있는 강인한 사랑의 힘과 정체성 확인 과정을 인상적으로 묘사한다.

바이우 촉토 출신의 가난한 인디언 로카 또한 사람들의 동정과 파두 부인의 멸시를 받지만 아이에 대한 따뜻한 애정과 보살핌을 통해 그녀 내면에 흐르는 인간적인 면모를 보여 준다. 이런 인물들을 통해 쇼팽은 당시 이들에 가해지던 부당한 편견과 차별을 있는 그대로 드러내는 동시에 비판하는 이중의 효과를 취하고 있다.

5) 삶과 죽음 그리고 전쟁

많은 소설가들의 중요한 주제 가운데 하나인 삶과 죽음, 그리고 전쟁의 문제는 쇼팽의 작품 속에서 자주 등장하는 주제 가운데 하나이다. 특히 작품 속 인물들의 육체적 삶과 죽음은 정서적, 감정적 생기와 유비되어 그려지는데, 「로켓」에서는 삶과 죽음, 그리고 그로 인한 주인공들의 변화가 특히 극명한 대조를 이루며 나타난다. 전쟁에 나간 연인 에드몽의 전사 소식은 꽃처럼 화려하던 옥타비의 외모는 물론 영혼까지 변화시켰지만, 봄과 함께 다시 살아 돌아온 에드몽으로 인해 그녀는 잃었던 생기를 되찾고 소생하는 듯 피어난다.

펠라지(「마담 펠라지」)는 자신이 그토록 염원하며 준비하던 옛 저택의 재건을 포기하는 순간 "불과 몇 개월 사이에 몇 년의 세월이 흘러 버린 것처럼" 늙어 버리고 만다. 맬러드 부인(「한 시간 동안의 이야기」)의 경우는 더욱 극적이다. 남편의 갑작스러운 열차 사고로 인한 사망 소식은 그녀에게 엄청난 충격으로 다가온다. 하지만 그녀는 이내 남편의 억압에서 벗어나 앞으로 온전히 누리게 될 자신의 '육체와 영혼에 대한 자유'에 대한 기대감으로 생기를 얻는다. 앞으로 펼쳐질 자유로운 삶에 대한 희망은 남편의 죽음이라는 충격으로 인한 육체적 무기력함을 넘어서는 희열을 그녀에게 부여한다. 하지만 남편의 사망 소식은 오보였고, 살아 돌아온 남편을 보는 순간, 그녀의 심장은 멎는다.

위에서 언급한 세 인물처럼 육체적으로는 살아 있지만 정신적으로는 죽은 것과 같은 상태의 인물들을 통해 쇼팽은, 인간 주체의 삶과 죽음은 단순히 육체의 존재와 소멸의 문제가 아니라 정신적 자유로움과 활력의 존재 유무와 연관되어 있다는 것을 보여 주고 있다.

(남북)전쟁이 초래한 인간성 파괴와 가정의 몰락과 같은 비극, 그로 인한 인간관계의 변화와 삶과 죽음의 문제는 쇼팽 소설의 또 다른 주요 주제이다.

생사를 함께하는 전장에서 자신의 목숨을 조금이라도 연장하려는 욕망에서 잠든 전우의 목걸이를 훔치는 '어린' 병사(「로켓」)는 전쟁이 파괴하는 인간성을 단적으로 보여 준다. 하지만 아무리 행운과 부적에 운을 맡겨도 전쟁의 무자비함은 피할 길이 없다. '그 어린 병사'의 죽음은 누구도 비켜 갈 수 없는 전쟁의 보편적 비극을 상징적으로 보여 주는 동시에 인간 탐욕의 허망함을 아프게 돌아보게 한다. 멀리 떨어진 곳에서 인간들이 서로 죽고 죽이는 장면을 바라보는 늙은 새의 독백은 전쟁으로 대표되는 인간 세상의 우매함에 대한 작가의 시각을 반영한다고 할 수 있다.

전쟁이 가져온 비극은 「바이우 너머」의 라 폴을 통해서도 드러난다. 그녀가 어린 시절 겪었던 끔찍한 장면―적군에 쫓겨 피투성이가 된 채 들이닥친 작은 주인님―은 그녀의 정신을 앗아 갈 정도의 충격을 주었고, 이 사건 이후 그녀는 말 그대로 "정신이 나간" 광녀가 되었다. 전쟁 속에서는 어쩌면 아주 사소할 수 있는 이 장면이 한 인간과 그의 삶 자체를 바꿔 버리는 이런 장면은 전쟁 자체의 비극적 영향이 인간의 삶을 어떻게 파괴할 수 있는가를 보여 준다.

전쟁으로 인한 인간성 파괴의 장면은 「마담 펠라지」에서도 제시된다. 전쟁으로 폐허가 된 옛 저택 주변에 살면서 저택의 재건을 꿈꾸는 펠라지 자매. 그들이 겪은 전쟁은 저택으로 상징되는 공간의 파괴는 물론 알고 지내던 이웃들의 인간성까지 파괴하거나 혹은 드러내고 있다. 펠라지 저택을 찾아온 적들의 행동은 파괴 그 자체였다.

> 적들은 소란을 피우면서 홀을 지나다니며 포도주를 마시고 크리스털과 유리로 된 물건들을 깨트리고 초상화를 찢어발기고 있다.

이들의 공간 파괴는 그 공간에 거주하는 이들의 정신적 파괴까지 수

반한다. 어린 폴린이 느끼는 두려움으로 상징되는 그 파괴는 앞에서 보았던 라 폴의 경험과 유비된다.

이러한 개인적 파괴의 비극적 장면은 「게티스버그에서 온 마법사」에서도 보인다. 전쟁에 참여해서 전사한 것으로 알려졌던 베르트랑 델망데는 거의 정신을 놓은 부랑자 같은 모습으로 귀향한다. 아무도, 심지어 그의 부인과 아들조차 그를 알아보지 못할 정도로 피폐하게 변한 베르트랑 델망데의 모습은 앞의 인물들 못지않은 비극적 인상을 제공한다. 다행스러운 것은 그럼에도 불구하고 그가 집을 찾아왔을 뿐 아니라 전쟁 이전에 자신이 숨겨 두었던 금화까지 기억해 냄으로써 가난으로 인해 학업을 그만둘 위기에 처해 있던 손자의 상황까지 호전시킨다는 점이다. 마치 전장에서 살아 돌아와 가족들에게 기적을 불러일으키는 마법사처럼. 그러나 한 인간 베르트랑 델망데 자신의 기억은 온전치 못하다. 여전히 아들도 부인도 알아보지 못하는 비극적 상황이 그의 현실인 것이다.

전쟁의 비극은 또한 개인의 삶에 돌이킬 수 없는 흔적을 남긴다. 「알시비아드의 귀향」에서 아들 알시비아드의 귀향을 애타게 기다리는 장 바 노인은 전쟁에 나갔던 이들의 귀향을 기다리는 모든 사람들의 희망을 대변한다. 방문객일 뿐인 바트너를 살아 돌아온 아들이라고 철석같이 믿으며 그의 보살핌을 받으며 평안하게 생을 마감하는 장 바 노인의 임종 장면은 전쟁에서 사랑하는 이들을 잃은 비극을 경험한 모든 이들의 염원과 그 간절함을 아는 사람들의 마음에 바치는 작가의 위무라고 할 수 있다. 이처럼 쇼펭에게 전쟁은 공간적 파괴는 물론 한 인간의 정신적 파괴와 더불어 인간적 관계의 파탄을 가져오는 비극적 요인으로 비춰진다.

이제까지 쇼팽의 작품에 담긴 대표적인 주제들을 살펴보았다. 쇼팽은 이와 같은 다양한 주제를 담은 작품을 통해 당시에는 침묵할 수밖에 없었던 여성 주체들의 내면적 갈등과 욕망에 대한 세심한 묘사를 보여 준 것은 물론, 나아가 남부 사회 전반에 관한 다양한 인물들과 사회적 양상을 그려 냄으로써 여성주의적 입장을 지닌 작가로서만이 아니라 19세기 후반에서 20세기 초반의 미국 문학을 대표할 수 있는 작가로 평가받고 있다.

글을 시작하면서도 언급했듯이 쇼팽은 그동안 국내에 많이 소개되지 않았다. 역자들은 이번 번역에 들어가지 못한 쇼팽의 단편들 전체를 국내 독자들에게 소개하고자 현재 후속 작업을 진행 중이다. 이번에 번역된 작품들과 이어 나올 번역 작품들을 통해 케이트 쇼팽에 대한 보다 적극적인 관심과 평가가 이루어지길 기대한다.

- 1850년 2월 8일 세인트루이스에서 아버지 토머스 오플레허티(Thomas O'Flaherty)와 그의 두 번째 부인이었던 어머니 엘리자 패리스(Eliza Faris) 사이에서 첫째 딸로 출생했다. 본명은 캐서린 오플레허티(Catherine O'Flaherty). 그녀 위로는 배다른 오빠인 조지(George O'Flaherty)가 있었다.

- 1853년 여동생 메리(Mary Thérèse O'Flaherty)가 태어났지만 콜레라에 걸려 이내 사망했다.

- 1854년 여동생 제인(Jane O'Flaherty)이 태어났다.

- 1855년 세인트루이스에 있는 성심기숙학교(Sacre Heart Academy)에 입학했다. 평생의 친구인 키티 가레슈(Kitty Garesche)를 만났다. 같은 해 11월에 부친 토머스 오플레허티가 열차 사고로 사망하면서 다니던 성심기숙학교를 중퇴했다. 증조모 빅토리아 샤를르빌(Victoire Verdon Charleville)에게 프랑스어, 피아노 등 가정교육을 받기 시작했다.

- 1856년 여동생 제인이 사망했다.

- 1857년 성심기숙학교에 부정기 학생으로 등록한 후 1868년까지 재학했다.

- 1861년 이복 오빠인 조지가 분리 독립을 지지하는 미주리 보병부대에 입대했다.

- 1862년 조지가 미주리에서 포로로 잡혀 미시시피에 갇혀 있던 북군 포로와 교환, 석방되었다.

- 1863년 증조모 빅토리아가 사망했다. 이복 오빠 조지가 아칸사(Arkansa)에서 장티푸스에 걸려 사망했다. 북군 병사들이 케이트 쇼팽의 친구인 엘리사에게 미합중국 국기를 흔들 것을 강요하면서, 거부할 경우 집을 불태우겠다고 협박했다. 이때 케이트는 깃발을 감추었다가 발각되어 잠깐 구속되었다. 오플레허티 가의 노예들이 모두 도주했다.

- 1865년에서 1866년까지 세인트루이스의 아일랜드 게토 지역인 케리 패치(Kerry Patch) 근교에 있는 방문학교(Academy of the Visitation)에 다녔다.

- 1866년부터 1868년까지 성심기숙학교에서 정식 학생으로 공부해 1868년 졸업했다.

- 1868년 독일과 프랑스 문학을 공부했다. 세인트루이스의 사교계 데뷔 무도회에서 오스카 쇼팽(Oscar Chopin)을 만났다. 뉴올리언스를 방문하기 시작했다. 이 무렵 「해방 : 인생 우화(Emancipation: A Life Fable)」을 썼다.

- 1870년 6월 9일 오스카 쇼팽과 결혼했다. 결혼 후 9월까지 독일, 스위스, 프랑스 등으로 신혼여행을 다니면서 여행 일기를 기록했다. 돌아와 뉴올리언스에서 신혼 살림을 시작했다.

- 1871년, 남편 오스카가 면화 도매상으로 성공한다. 5월에 아들 장(Jean Baptist Chopin)이 태어났다.

- 1873년 9월 아들 찰스(Oscar Charles Chopin)가 태어났다. 12월에 오빠 토머스(Thomas O' Flaherty Jr.)가 마차 사고로 사망했다.

- 1874년 남편 오스카가 뉴올리언스의 백인 우월주의자 군대에 들어가 리

버티 플레이스(Liberty Place) 전투에 참여했다. 아들 프랜시스(George Francis Chopin)가 태어났다.

- ▪▪ 1876년 1월 아들 프레더릭(Frederick Chopin)이 태어났다.

- ▪▪ 1878년 1월 아들 펠릭스(Felix Andrew Chopin)가 태어났다. 면화 수확이 흉작이 들어 남편이 많은 돈을 잃었다.

- ▪▪ 1879년 면화 중개업에 실패한 남편을 따라 시아버지의 유산인 농장이 있는 내커터시(Nachitoches Parich)로 이주했다. 그곳은 그녀의 단편소설의 주된 배경이 되었다. 딸 마리아(Maria Laïza Chopin)가 태어났다.

- ▪▪ 1882년 12월 남편 오스카가 사망했다. 케이트 쇼팽은 12,000달러의 빚을 떠안은 채 남편의 가게를 운영했다.

- ▪▪ 1882년 부유한 농장주이자 유부남인 샘파이트(Albert Sampite)와 교제했다.

- ▪▪ 1884년 가족들을 데리고 세인트루이스로 이주해 어머니와 함께 생활했다.

- ▪▪ 1885년 어머니 엘리자(가 사망했다. 주치의 콜벤헤이어 박사(Dr. Kolbenheyer)의 권유로 소설을 쓰기 시작했다.

- ▪▪ 1886년 세인트루이스에 집을 구해 이사했다. 그 무렵부터 종교적으로는 여전히 가톨릭이었지만 성당에 적극적으로 참여하여 활동하는 것은 그만두었다.

- ▪▪ 1888년 「릴라 : 폴카 피아노곡(Lila: Polka for Piano)」을 발표했다. 「쓸모없는 크리올 사내(A No-Account Creole)」의 초고를 집필했다. 출판을 위한 집필과 함께 모파상(Guy de Maupassant)의 소설을 연구하기 시작했다.

- ▪▪ 1889년 시 「만약 그렇다면(If It Might Be)」을 발표했다. 처음으로 인쇄된

작품인 「논점!(A Point at Issue!)」을 발표했다.

▪▪ 1890년 『실수(At Fault)』를 자비로 출판했다. 엘리엇(T.S. Cliot)의 모친인 샬럿 엘리엇(Charlotte Stern Eliot)이 창립한 '수요 여성 박애주의자 문화 클럽(Women's philanthropic and cultural Wednesday Club)'의 창립 멤버로 참여했다.

▪▪ 1890년부터 1891년까지 두 번째 소설인 「영 닥터 고세(Young Dr. Gosse)」를 집필했다.

▪▪ 1891년 놀라운 속도로 단편소설들을 출판하기 시작했다.

▪▪ 1892년 '수요 클럽'에서 탈퇴했다.

▪▪ 1894년 1월 『보그(Vogue)』 창간호에 소설 두 편을 실었다. 3월 『바이우 사람들(Bayou Falk)』이 출판되었다. 일기책인 「인상(Impressions)」을 집필하기 시작했다. 인디애나에 자리한 '서부작가협회(Western Association of Writers)'에 가입하여 「서부 작가 협회」를 출간했다. 모파상의 소설 여덟 편을 번역했다.

▪▪ 1895년 3월 번역한 모파상의 소설 출판을 시도하지만 실패했다.

▪▪ 1897년 11월 『아카디아에서 하룻밤(A Night in Acadia)』을 출판했다.

▪▪ 1898년 시카고에서 문학 편집자를 구하려고 애쓰는 한편 소설집 『소명과 목소리(A Vocation and a Voice)』를 출간하고자 했지만 실패했다.

▪▪ 1899년 4월 『각성(The Awakening)』을 출판했다. 작품에 관한 부정적인 평가가 다수였다.

▪▪ 1899년부터 1900년까지 루이지애나를 방문했다.

▪▪ 1900년 『미국 인명사전(Who's Who in America)』에 이름이 올랐다.

▪▪ 1902년 아이들에게 재산을 유증하는 유언을 작성했다. 그녀의 마지막 소

설인 「폴리(Polly)」를 발표했다.

- 1904년 세인트루이스 세계박람회를 방문한 후 뇌출혈로 자택에서 사망했다. 세인트루이스의 캘버리(Calvary) 공동묘지에 안장되었다.

- 1953년 프랑스 비평가인 아나봉(Cyrille Arnavon)이 『각성』의 프랑스어 번역판인 『에드나(*Edna*)』를 출판했다.

- 1969년 오슬로 대학의 세이어스테드(Per Seyersted)가 『케이트 쇼팽 : 비평적 전기(*Kate Chopin: A Critical Biography*)』와 두 권으로 된 『케이트 쇼팽 작품 전집(*The Complete Works of Kate Chopin*)』을 출판했다.

- 1975년 『케이트 쇼팽 소식지(*Kate Chopin Newsletter*)』가 발행되었다. 이 소식지는 1977년까지 같은 이름으로 발행되다가 『지역주의와 여성적 상상력(*Regionalism and the Female Imagination*)』으로 제목을 바꿔 계속 발행되었다.

- 1974년 12월에 뉴욕에서 개최된 현대언어학회(Modern Language Association)에서 제1회 쇼팽 세미나가 열렸다.

- 1975년 12월에 샌프란시스코에서 개최된 현대언어학회에서 제2회 쇼팽 세미나가 열렸다.

- 1999년 북미 케이트 쇼팽 학회가 출범했다.

- 2004년 국제 케이트 쇼팽 학회가 출범했다.

케이트 쇼팽의 이 단편집은 2016년 결성된 번역 공동체 '번역공방'
의 첫 번째 결과물이다. '번역공방'은 문학을 사랑하는 마음으로 함께
영문학 작품을 공부하며, 국내에 소개되지 않은 좋은 작품을 번역, 소
개하는 일에 뜻을 같이한 사람들의 모임이다. 첫 번째 번역 작품으로
케이트 쇼팽의 단편집을 선택한 구성원들은 지난 2년 동안 매주 1회의
공동 세미나를 통해 케이트 쇼팽의 작품을 읽고 토론하며 번역하는 과
정을 가져왔다. 권민정, 서효진, 오연용, 안인선 네 분이 참여했다. 이
분들이 아니었으면 이 번역은 나오지 못했을 것이다.

주 1회의 공동 학습을 통한 작품 읽기, 개별 작품들에 대한 해석과
초벌 번역, 그리고 초벌 번역을 함께 읽고 토론, 수정한 다음, 전체 문
장에 대한 교정본을 카페에 제시하여 회원들이 공유하고 다시 토론하
는 방식으로 번역 작업은 진행되었다. 이러한 과정을 통해 나온 작품
전체의 초벌 번역 문장을 다듬고 수정한 최종 번역 작업은 여국현이
맡았다.

방송대에서 강의를 하면서 진정으로 문학을 사랑하며, 아무런 대가

없이 작품을 읽고 좋아서 공부하는 분들을 많이 만났다. 문학에 대한 그분들의 진정성 있는 자세와 열정에 약간의 방법과 노력만 더해지면 의미 있는 결과물을 만들어 낼 수 있을 것이라 믿었다. '번역공방'을 결성한 까닭이다. 오늘 첫 결과물을 내게 되었다. 이러한 열정과 노력을 봐 주시고 케이트 쇼팽의 단편집 출판을 흔쾌히 허락해 주신 푸른사상사 한봉숙 대표님과 맹문재 주간께 깊은 감사를 드린다.

'번역공방'에서는 이번에 빠진 케이트 쇼팽의 나머지 단편들도 번역하는 작업을 계속하고 있다. 뿐만 아니라 아직 국내에 소개되지 않은 다른 훌륭한 작가들도 찾아 소개하는 일도 꾸준하게 지속하고자 한다.

케이트 쇼팽의 훌륭한 작품들을 잘 전달하기 위하여 최선을 다했지만 부족한 부분이 있을 수 있을 것이다. 그 책임은 전적으로 대표 역자인 여국현에게 있다. 케이트 쇼팽의 이 단편집이 많은 분들에게 전해지기를 바라며, 독자 여러분들의 아낌없는 질정을 구한다.

2019년 2월

번역공방 대표 여국현